A. C. MEYER

Fascinada
por você

São Paulo
2015

UNIVERSO DOS LIVROS

Diretor editorial
Luis Matos

Editora-chefe
Marcia Batista

Assistentes editoriais
Aline Graça
Letícia Nakamura
Rodolfo Santana

Preparação
Guilherme Summa

Revisão
Maria Rita Mazzucatto
Jonathan Busato

Arte
Francine C. Silva
Valdinei Gomes

Arte de capa
Zuleika Iamashita

Dados Internacionais de Catalogação na Publicação (CIP)
Angélica Ilacqua CRB-8/7057

M559f

Meyer, A. C.

Fascinada por você / A. C. Meyer. – São Paulo: Universo dos Livros, 2015.

272 p. (*After Dark*; v. 3)

ISBN: 978-85-7930-913-7

1. Literatura brasileira 2. Ficção 3. Romance Erótico I. Título

15-0853 CDD B869

Universo dos Livros Editora Ltda.
Rua do Bosque, 1589 – Bloco 2 – Conj. 603/606
CEP 01136-001 – Barra Funda – São Paulo/SP
Telefone/Fax: (11) 3392-3336
www.universodoslivros.com.br
e-mail: editor@universodoslivros.com.br
Siga-nos no Twitter: @univdoslivros

Este livro é dedicado a todos os leitores.

Não deixe alguém te fazer pensar que você não é capaz de algo apenas porque essa pessoa não conseguiria. Se você deseja alguma coisa, se quer realmente, lute por isso. Ponto final.

— *À procura da felicidade*

Prólogo

Nova York

– Evelyn, você não está prestando atenção ao treino! – A reclamação de Sally me tira da nuvem cor-de-rosa em que viajei o dia inteiro.

Nathan Lewis, o zagueiro do time da escola, me pediu em namoro na hora do intervalo e me beijou pela primeira vez. Eu nunca tinha namorado ninguém. Apesar de fazer parte da equipe de líderes de torcida da escola e ser bastante popular, eu era bastante tímida no que dizia respeito a garotos. Além disso, eu era a fim de Nathan – Nate, como todos o chamavam – há muito tempo. E, finalmente, ele demonstrou que havia me notado.

Nate é lindo, moreno, tem ombros muito largos e um sorriso torto. Todos gostam dele porque é divertido e muito simpático. E agora ele é meu namorado!

– Desculpe, Sally. Vou me esforçar mais – sorrio sem graça para nossa capitã, que segue com o treino. Mas sou incapaz de diminuir a empolgação.

★

Hoje faz um ano que Nate e eu estamos namorando. Esta noite ele disse que me levaria a um lugar especial para podermos comemorar. Eu me arrumo animada, pensando no vestido bonito que comprei na Saks especialmente para essa ocasião. Espero que ele goste, apesar de ser um pouco curto. É um vestido preto de lã, um pouco acima do joelho. Visto-o com uma meia-calça de lã grossa, também preta, e minhas botas Chloé de cano longo. Por cima, o sobretudo vermelho protege meu corpo do frio de Nova York. Carrego um pouquinho na maquiagem, estranhando meus olhos pintados, já que não os vejo assim há meses, desde que saí da equipe de *cheerleaders*. Nate dizia que os caras do time achavam que todas as líderes de torcida eram vadias e ele não queria que eu me misturasse com elas. Eu confiava cegamente em sua opinião. Ele sempre foi muito respeitado por todos na escola e eu tinha que concordar que muitas meninas da equipe já tinham saído e, inclusive, ido para a cama com vários jogadores do time. Apesar de saber que ele estava certo, eu me sentia um pouco sozinha, já que acabei me afastando das meninas que eu considerava minhas amigas. Passo o batom vinho, que realça minha pele clara e, nesse momento, o interfone toca.

– Eve, seu namorado chegou – meu pai grita da sala, parecendo descontente. Papai não gostava de Nate, achando que ele tinha domínio sobre mim, coisa que não era verdade, e a gente acabava brigando.

Eu tentava entender seu lado. Não deve ser fácil ser pai – e, ao mesmo tempo, mãe – de menina. Minha mãe morreu durante o meu parto e, desde então, somos só nós dois. Pego minha bolsa e sigo até a sala, abrindo um sorriso que espero que seja tranquilizador.

– Estou saindo, papai. Nós vamos ao show da Christina Aguilera, no Madison Square Garden, então devo chegar tarde, ok?

– Eve, cuidado. Está levando seu cartão de crédito e o celular? Se você tiver algum problema e quiser que eu te busque, é só me ligar.

– Estou levando, papai, mas Nate...

– Eve, se você precisar que eu te pegue, não deixe de ligar. Promete? – Meu pai às vezes é tão exagerado.

– Prometo – eu falo sorrindo e saio para encontrar meu amor, que está me esperando no carro. Nate está sorrindo, encostado na porta do carro, mas, quando me vê, seu olhar muda e ele fica sério, imediatamente.

– Que merda é essa, Lucky? – ele me chamava assim, pois dizia que eu era sua garota da sorte. Desde que começamos a namorar, ele tinha se destacado muito no time.

– O quê? – eu pergunto, olhando para baixo, procurando o que poderia estar errado com a minha roupa.

– Já cansei de falar pra você que não gosto de mulher exibida. Anda, entra logo no carro. Vou levar você pra minha casa, para dar um jeito nessa cara – ele fala, pegando em meu braço com força, enquanto me empurra para dentro do carro.

– Desculpe, Nate – falo, realmente constrangida. Não imaginei que estava maquiada demais. – Não foi minha intenção... – começo a me desculpar, me sentindo culpada por estragar nossa noite.

– Olha, Lucky, eu realmente estou tentando livrar você da influência negativa daquelas vadias do time, mas é mais difícil do que eu imaginava. – Seu tom de voz é duro e meus olhos se enchem de lágrimas por medo de que ele termine comigo.

– Eu sinto muito – o carro para num semáforo e ele se volta para mim, segurando em meu queixo com força.

– Evelyn, eu acho bom você acordar pra vida. Ou sua fama de piranha vai se espalhar pelo colégio e eu não vou conseguir evitar. Vamos resolver isso lá em casa – ele solta meu queixo e se vira para frente, levando-nos até a casa dos seus pais, em silêncio.

Oh, Deus, eu não posso perder meu namorado. *Não o deixe terminar comigo*, eu peço, numa oração silenciosa.

★

Desde a noite do nosso aniversário de um ano de namoro, algo mudou dentro de mim. Eu me sentia triste, culpada. *Eu* fui a responsável por Nate ficar tão selvagem, já que havia me arrumado de um jeito tão vulgar. Ele é homem, é impossível se segurar, ele falou. Agora eu entendo o que ele queria dizer quando reclamava das amizades com as meninas da equipe.

Nossa primeira vez não foi nem perto do que eu esperava. Não mesmo. Doeu. Muito. Senti como se algo estivesse me rasgando por dentro. Depois que tudo acabou, eu estava com o rosto inundado em lágrimas, e o lençol muito sujo de sangue. Quando Nate viu, seus olhos se arregalaram e ele cuidou de mim. Me deu banho, fez carinho. Disse que não conseguiu se segurar, mas que prometia que as próximas vezes seriam melhores. Não tivemos muitas oportunidades de ficarmos sozinhos depois daquela noite. Mas, em pouquíssimo tempo, estaríamos a caminho da faculdade. Eu tinha sido aprovada em cinco faculdades diferentes. Ele estava aguardando o resultado da seletiva de bolsas do futebol. Logicamente, para onde ele fosse eu iria junto. Ele era a pessoa mais importante da minha vida. Não importa o que meu pai diga. Minha felicidade está em Nate.

★

Estamos no meio do período de provas. Nate está pelo *campus*, provavelmente ajudando a aplicar trote em algum calouro recém-chegado. Uma mensagem chega no meu celular. Sorrio ao ver que é do meu pai. Ainda bem que Nate não está aqui ou ficaria reclamando que meu pai quer nos afastar. Sim, ele realmente quer, por mais que eu fale que Nate me ama e é bom para mim. Mas tenho certeza que ele sente ciúmes, principalmente porque já não vou para casa há quase dois anos.

O curso de medicina é bastante puxado, e a faculdade é muito longe de casa. Mais uma coisa que nos fazia brigar. Papai achava que eu deveria estar em uma faculdade melhor, mais perto, como a Columbia, mas Nate só conseguiu a bolsa aqui e eu não poderia deixá-lo sozinho. Ele precisava de mim. Principalmente porque as coisas não andavam bem para ele no futebol.

Ele sofreu uma contusão séria e estava afastado do time, o que o deixava desanimado e aborrecido; ele, então, acabava descontando na bebida. Eu sempre pedia que tomasse cuidado, que não bebesse tanto. Que não era bom para nós. Há quinze dias, ele voltou bêbado de uma festa e cismou que eu estava permitindo as investidas de Alex, um colega de turma. Eu fiquei bastante assustada, já que ele estava um tanto agressivo. Me pegou pelos pulsos e me empurrou com força contra a parede, gritando que eu estava "fodendo com aquele almofadinha". Eu jurei que não era verdade, que nós apenas fizemos um trabalho juntos e ele acabou se descontrolando e me deu um tapa. Quando isso aconteceu, nós dois ficamos assustados e ele chorou. Disse que me amava e não queria me perder. Eu prometi que não o deixaria. Naquela noite, ele me levou para a cama e fez amor comigo devagar, a noite toda, e eu nunca me senti tão amada quanto naquele momento.

Respondo a mensagem de papai, prometendo visitá-lo em breve. Vou fazer o meu melhor para ir nas férias de julho para casa.

★

Eu estava muito cansada. A faculdade era muito puxada e Nate me queria com ele o tempo todo. Ele estava andando com uns amigos que costumavam viajar para Vegas todos os fins de semana, para jogar nos cassinos da cidade. No início, era uma despesa que a gente não tinha como sustentar, mas um dos amigos dele bancava as nossas idas. Até que Nate aprendeu a jogar e, numa maré de sorte, passou a ganhar muito dinheiro.

Ele me levava para o cassino e me mandava usar uns vestidos lindos, que valorizavam a minha figura longilínea, sem me deixar vulgar. Eu passava a noite sentada ao seu lado, sorrindo e assistindo a ele jogar, enquanto repassava, na cabeça, a matéria que estudaria no dia seguinte. Eu não podia deixar de apoiá-lo. Nate precisava de mim e era minha obrigação estar ao lado dele, principalmente porque ele estava ganhando muito dinheiro para nós. Ele dizia que eu era sua garota da sorte, a estrela que brilhava e o fazia conquistar as mesas do cassino. Sua Lucky.

Estávamos juntos há pouco mais de quatro anos e sempre falávamos que gostaríamos de um casamento romântico ao pôr do sol. Ele dizia que assim que eu acabasse a faculdade, nós nos casaríamos e ele cuidaria de mim. Eu não via a hora.

★

Hoje foi um dia difícil. Perder meu pai foi um golpe que eu não esperava. Doeu demais. Principalmente porque papai foi a minha esperança de liberdade. Nate, a cada dia, está mais difícil, mais agressivo. Nós temos brigado muito. Ele não para de beber e se drogar. Volta todos os dias para casa bêbado ou chapado e, dependendo do seu estado de espírito e quantidade de drogas no organismo, fica ora agressivo ora amoroso. Mais agressivo do que amoroso, na verdade. Tem sido complicado esconder tantas marcas no corpo. Eu queria terminar o semestre e voltar para casa, definitivamente. Mas agora papai se foi e Nate é minha única família. Ele dizia que a culpa era minha. Ele me batia porque eu estava errada, mesmo quando eu não tinha feito nada.

Em determinados momentos, sinto vontade de procurar o serviço de aconselhamento do *campus*. Mas tenho medo de que ele descubra e a gente brigue mais uma vez. Eu não trabalhava, só estudava, já que o curso de medicina consumia quase todo meu tempo livre. E depois de mais de cinco anos de relacionamento, não sei se eu conseguiria recomeçar sozinha.

Após o funeral de papai, volto para casa. Mal cruzo a porta e já estremeço.

– *Lucky!* – ele grita, assim que eu passo pela porta.

– Oi.

–Vá se vestir. Você tem quinze minutos para ficar apresentável. Vamos ao cassino.

– Nate, eu estou voltando do funeral. – Faço um esforço sobre-humano para conter a vontade de chorar. – Eu queria...

– Lucky, eu preciso de você. Seu pai está morto, já passou. Pare de agir igual a um bebê e vá se arrumar que hoje eu quero ganhar – ele fala, enquanto anda em minha direção e me prende contra a parede. Um cigarro está entre seus dedos e eu entro em pânico. Da última vez que ele fez isso com um cigarro na mão, ele queimou a lateral da minha barriga, porque achou que eu estava sorrindo demais para os amigos dele.

Ele encosta seu corpo no meu, esfregando suas partes íntimas contra as minhas. Posso sentir a dureza da sua ereção e faço uma prece silenciosa para que ele não queira fazer nada, já que estou a ponto de desabar em lágrimas.

– Acho que mudei de ideia e vou foder você – ele fala enquanto lambe meu pescoço e eu sinto uma mistura de medo e esperança. Medo desse novo Nate, que me parecia tão desconhecido. Esperança por querer de volta o velho Nate, que me fazia tão feliz. Mas, lá no fundo, eu me pergunto se ele realmente me fazia feliz ou se eu vivia numa névoa, bancando a Poliana, e Nate não era nada daquilo que eu pensava.

Eu não consigo segurar um tremor, o que faz com que Nate me tome ali mesmo, em pé contra a parede da nossa casa, de um jeito agressivo e doloroso. Me faz lembrar de nossa primeira vez pela dor que senti.

O ato sexual entre nós vinha mudando. Antes Nate era afoito, sim, mas me tratava com carinho. Agora, nossas relações eram cheias de puxões de cabelo, tapas no bumbum e palavras agressivas. Ele me chamava de nomes baixos e me mandava acariciar seu membro, com avidez, com a minha boca.

– Você é uma vagabunda, Lucky. Nem chupar um pau direito você sabe – ele reclama e puxa meu cabelo com toda força, fazendo com que eu fique com lágrimas nos olhos. Eu não sei o que dizer. Ele me toma com força e eu me sinto humilhada e envergonhada. Eu só queria que ele fosse carinhoso comigo e me fizesse feliz, mas, pelo visto, eu não era mais merecedora da sua consideração.

Ao atingir o orgasmo, ele me solta e segue direto para o banheiro. Ouço o chuveiro ser aberto e me arrasto até o quarto, com as lágrimas caindo. Deito na cama enrolada como uma bola, desejando que a água do chuveiro lave toda aquela agressividade e permita que o homem que eu amava retorne para mim.

★

Não posso acreditar que isso está acontecendo comigo. Olho novamente para o teste de farmácia que comprei. Grávida. Minha cabeça está um nó. Como vou conciliar, neste momento, uma gravidez com a faculdade? Em breve, a residência médica ficaria ainda mais apertada e eu sabia que mal teria tempo para cuidar de mim, quem dirá de um bebê. E ainda tinha Nate. Ele não estudava mais, já que repetiu quase todas as matérias pela terceira vez e perdeu a bolsa de estudos, mas dificilmente aceitaria cuidar de uma criança. Tento ser forte ao pensar que tudo o que passei no último ano foi com o objetivo de conseguir sair dali. Agora, eu estava ainda mais presa.

A porta de casa se abre num rompante e Nate entra, procurando por mim. Mal tenho tempo de me livrar do teste de gravidez.

– Lucky, sua vadia, cadê você? – ele grita, andando pela casa.

– Aqui... – ele não me dá chance de completar e abre subitamente a porta do banheiro, que não tinha trinco, quase me pegando no flagra.

– Que merda é essa que você está fazendo, Lucky? – ele pergunta, cheirando a álcool.

– Eu... nada... – eu começo, mas o impacto do soco quase me joga no chão. – Nate...

– Porra, Lucky – ele me sacode pelos ombros e eu sinto meu queixo doer tanto que parece ter se desintegrado. – Eu quero saber que porra é essa que você está escondendo de mim. Você está me traindo, piranha? – ele grita ainda mais e quase me derruba ao me revistar para encontrar o que eu estava escondendo.

– Eu estou grávida – eu solto, antes que ele me machuque mais. Mas o impacto em meu queixo é muito forte.

– Eu sabia. Você é uma vagabunda mesmo, Lucky. – Mais um golpe, agora na lateral do meu corpo. Eu grito e coloco as mãos na minha barriga, tentando protegê-la.

Ele me segura com força e me leva para o quarto.

– Eu vou te dar uma lição que você nunca mais vai esquecer, sua vadia. Você não consegue ficar com as pernas fechadas, não é? – ele grita e me joga na cama. – Você vai aprender que não pode me trair e sair impune. Seu amante vai ser punido, mas agora é a sua vez. – O medo me toma e pela primeira vez, em seis anos, eu tenho total consciência de que ele está me violentando. Eu grito, pedindo que ele pare e tento empurrá-lo com força, mas meu corpo é muito menor que o dele e muito mais leve também. Sua mão golpeia meu rosto, com toda a força, atingindo a região do meu ouvido. Algo explode dentro de mim e eu sinto muita dor.

Por mais que eu grite e o empurre, Nate continua seus movimentos agressivos e arranca as roupas do meu corpo, investindo contra mim. É exatamente nesse momento que meu corpo se apaga e eu não consigo mais assimilar o que está acontecendo ao meu redor. A única coisa que lembro é que, em pouco tempo, ele me quebrou completamente.

Abro os olhos e noto que estou em um hospital. Uma jovem enfermeira vem até mim e pergunta como estou me sentindo. Tudo dói, mas, ao mesmo tempo, estou completamente anestesiada.

– Onde... ond... – eu começo a perguntar, ainda muito grogue.

– Seu marido? Ele foi para casa, disse que iria tomar um banho e descansar. Ele volta amanhã.

– Por favor... eu preciso... fugir dele – eu falo com dificuldade, tentando aproveitar minha única chance de fugir, mas ela parece me entender.

– Foi ele que fez isso? – ela pergunta, séria, e eu balanço a cabeça. Ela aperta minha mão, com carinho. – Eu vou te ajudar, meu anjo.

Em poucas horas, tudo virou um borrão. A polícia foi chamada, eu dei queixa contra Nate e ele foi preso por estupro, agressão e tentativa de homicídio.

O processo levou alguns meses, e todas as noites eu pedia a Deus forças para continuar a vida, para cuidar bem do bebê que crescia em mim. Quando a polícia me liberou, recolhi tudo que era meu daquele apartamento e fui embora. Agora que meu pai tinha morrido, eu não tinha família, e meu bebê era o foco da minha vida.

Pedi transferência de faculdade, comprei uma passagem só de ida e fui embora, com a promessa de nunca mais me envolver com ninguém. Nathan conseguiu acabar com os últimos resquícios de doçura que havia em mim. Ele quebrou meu coração e deixou marcas internas que eu nunca esqueceria. Eu cuidaria do meu bebê e ele seria o centro do meu universo. E esqueceria que, um dia, esse homem sequer tocou em mim.

Agora eu seria finalmente livre.

Capítulo um

Cinco anos depois...
Los Angeles

Rafe

Faltavam apenas três dias para o casamento de Danny e Julie, e meu amigo estava tão tenso quanto a corda da guitarra de Alan. Ele estava tão nervoso que Charlie não parava de reclamar enquanto ele andava com ela, ao meu lado, a caminho da loja de ternos, presa no canguru.

– Desculpe, querida. Papai vai tentar ser mais suave – ele fala para ela, sorrindo, e dá um beijo em sua cabecinha.

– Você quer que eu a segure? Acho que você vai derrubá-la a qualquer momento – ele levanta a sobrancelha para mim, ao me ouvir implicar, e eu dou uma risada. Era de praxe entre mim, ele e Zach implicarmos um com o outro para ver quem conseguia ficar mais tempo com as crianças no colo.

Marcamos com Zach para buscar nossos ternos, e nosso ponto de encontro era na Starbucks da Melrose Avenue. Deixamos nossos carros no estacionamento do After Dark e seguimos, caminhando até o café. Danny agora era o feliz proprietário de uma minivan, o que, logicamente, era motivo para brincadeiras infinitas da nossa parte.

Assim que atravessamos a rua, na esquina do café, damos de cara com Zach, que estava se preparando para entrar.

– E aí, caras! – Zach fala e nos cumprimentamos com apertos de mão e tapinhas nas costas. Charlie parece gostar da movimentação e balbucia animada para Zach.

– Oi, meu amor. Você deve estar cansada de ser levada igual a uma mochila por esse seu pai babão, né? – Zach fala com ela, que abre um sorriso sem dentes para ele. – Passa ela pra cá. Você já brinca com ela a semana inteira – ele exige, e Danny liberta a criança do canguru, passando-a para ele. Zach brinca com menina, fazendo uns barulhos para Charlie rir.

– E aí, Zach, está treinando para ser pai? – pergunto. – Engraçado que você não me deixou trazê-la até aqui, né? – reclamo com Danny, dando um soco leve em sua barriga e ele ri.

– Eu e Jo estamos tentando. Na verdade, a gente decidiu tentar desde que as gêmeas nasceram, mas, por algum motivo, ainda não ficamos grávidos. Espero que não tenha nada de errado – ele fala, parecendo preocupado.

– Será que tem algo errado com seu "garoto"? – Danny fala rindo e Zach fecha a cara. – Porque eu não tive problemas. Fiz cesta dupla!

– Claro que não, seu idi... – ele ia chamá-lo de idiota, mas Danny faz uma cara feia, apontando para Charlie, lembrando-nos da regra de não xingar na frente das crianças. – Seu mala! A médica de Jo explicou que é normal. Se depois de um ano, continuarmos com dificuldade, aí sim vamos precisar fazer exames mais específicos.

– Incrível como a vida muda. Algum tempo atrás essa conversa de casamento e bebês jamais existiria – eu sorrio e, então, Danny pergunta:

– Rafe, e você e... – Ele vacila e eu o interrompo:

– Nada, cara, deixa quieto. Ela me trata como melhor amigo e resolveu sair com um cara do hospital. – Respiro fundo e nós entramos na Starbucks. – Não sei como ela vai conseguir se relacionar com alguém, sendo tão arredia.

–Você já conseguiu descobrir algo sobre o pai da Maggie? – Zach pergunta, enquanto eu peço meu café.

– Não, ela não fala. Eu já perguntei algumas vezes, mas a Jennifer é muito fechada.

– Realmente, ela é bastante fechada. Nem para Julie ela comentou sobre isso – Danny comenta e nós três sentamos para tomar o café, antes de irmos para a loja de roupas masculinas.

Após o café e um pouco de conversa fiada, finalmente chegamos à loja para buscar os ternos. O vendedor recomenda que a gente experimente as roupas antes de levar, para o caso de haver a necessidade de ajustes. Nós três provamos nossos ternos cinza-claros, enquanto Charlie fazia a festa da equipe de vendas, passando no colo de cada vendedor da loja.

Olho no espelho e nos vejo com a roupa do casamento, e me sinto tão... adulto. A mudança que vinha ocorrendo em nossas vidas era algo assustador. Vejo em Danny o mesmo olhar assustado que o meu.

–Você está bem, Danny? – Zach pergunta.

– Estou... Você se sentiu nervoso no seu casamento com a Jo? – Danny pergunta a ele, sério.

– Muito. Eu tinha pavor que ela fugisse. – Nós todos soltamos uma gargalhada ao lembrar da dificuldade que foi convencer Jo a assumir a relação.

– Mas, tirando isso, você ficou nervoso?

– Um pouco, mas eu estava tão decidido e foi tudo tão rápido que nem tive tempo de pensar. Por quê? Você está com dúvidas? – Ele faz uma cara preocupada.

– Não! De forma alguma. Eu só fiquei nervoso ao me dar conta de que, finalmente, vai acontecer. Julie provocou tantas mudanças na minha vida, que eu nem me lembro mais como era ser solteiro e não ter família. Ela e as meninas são o *meu tudo*, a luz da minha vida e eu acho que estou tão nervoso para o casamento, porque é a minha forma de demonstrar a ela tudo que ela significa para mim.

Eu respiro fundo, feliz pelo meu amigo. Mas, ao mesmo tempo, a lembrança de Jenny e Maggie invade a minha mente, me fazendo desejar que nossa história fosse diferente do que é. Então, o celular de Danny toca na bolsa da Charlie, que nesse momento está babando no ombro do gerente da loja, me tirando do meu devaneio.

– Hey, baby. Está tudo bem? – Danny abre um sorriso, ao atender a ligação. – Estamos ótimos. Ela tentou fugir umas duas vezes, mas eu consegui convencê-la a ficar. – Nós todos rimos. – Está tudo bem, Ju. Ela está encantando a todos, enquanto o papai experimenta seu terno. – Ele continua ouvindo ao que Julie fala e seu sorriso amplia. – Como assim "se o papai ficou lindo"? O papai é lindo! Ele ficou muito mais gato.

– Metido – eu falo rindo.

– Metido não. Sincero – ele responde, fazendo uma careta para mim. Então, ele se afasta e ouço-o falar baixinho. – Eu te amo, baby. Mais do que eu imaginava ser possível.

Nesse momento, meu próprio celular toca, tirando minha atenção da conversa do meu amigo. Vejo no visor: JENNY.

– Jenny, oi! – Sim, eu pareço um adolescente falando com a namoradinha.

– Oi, Rafe. Desculpe incomodar.

– Meu anjo, você nunca me atrapalha – *Argh!* Pareço um daqueles conquistadores baratos.

– Oh... obrigada – ela fala suavemente. – Estou ligando para perguntar se você se importa de ficar com Jude hoje à tarde. Quer dizer, se você não tiver compromisso, é claro!

– Não, meu anjo, não tenho. Você tem compromisso hoje? – eu e minha boca grande.

– À tarde vou encontrar as meninas, George e Mary para a última prova do vestido do casamento.

– Hum. E Maggie?

– Maggs vai comigo.

– Experimentar vestido? Deixa ela comigo, Jenny. Você vai ficar mais à vontade para fazer a prova de roupa. Eu fico com ela e Jude.

– Mas você vai ficar com os dois?

– Eu não me incomodo. Vou levá-los ao parque, à tarde, assim eles queimam energia – falo, já pensando na minha programação com as crianças. Eu realmente adoro crianças, mas Maggie é muito especial para mim.

– Tem certeza, Rafe? Porque eu posso... – Eu não a deixo completar.

– Tenho certeza, absoluta. Devo chegar em casa daqui a mais ou menos uma hora, tudo bem para você?

– Sim, perfeito. Obrigada, Rafe.

– Não precisa agradecer, meu anjo.

– Preciso sim – ela fala e eu sorrio com segundas intenções.

– O único agradecimento que eu quero é jantar com vocês hoje à noite.

– Mas... – eu não a deixo completar.

– Sem "mas". É a minha única condição. – Ela ri e eu solto o ar que nem sabia que estava prendendo.

– Está bem. Jantaremos os quatro, então.

– Combinado. Até mais tarde, querida.

– Até mais tarde.

Desligo o celular sorrindo e Danny ainda está conversando com Julie.

– Eu tenho certeza que sim. Vai ser perfeito. Ops! Acho que a P1 entregou um pacote ao gerente da loja, baby.

– Nossa Senhora! – eu falo, ao sentir o cheiro que vem do "pacote".

– Pai do céu! – Zach sai do provador, tampando o nariz. Eu tiro o telefone da mão de Danny e falo com Julie.

– Jesus, Maria e José! O que você deu para essa menina comer, Julie? – eu ouço sua risada. – Está fedendo de longe – eu falo rindo e Danny pega o aparelho de volta.

– Acho que vou passar para Zach trocá-la. Ele e Jo estão "treinando" para fazer um bebê, devem aprender a cuidar também. – Eu solto uma gargalhada e Zach faz uma cara feia, enquanto Danny se despede de Julie. – Beijos, baby. Eu te amo.

Danny desliga o celular e vai resgatar o pobre gerente, que parece estar ficando verde.

– Vem com o papai, pequena bomba de gás lacrimogêneo! – ele fala rindo para Charlie e ela abre um grande sorriso.

– Senhor, não acha melhor tirar o terno, antes de trocá-la? – Danny olha ao redor e empurra Charlie em minha direção.

– Vai adiantando a troca dela, vou tirar o terno.

– O que vocês colocam no leite dessas crianças? Não é possível que saia algo tão fedorento de uma bebê tão lindinha – Zach se aproxima e eu passo o "pacote" para os seus braços. – Toma. Vai treinando desde já.

– *Arghhhhh*. O que é isso?? Garotinha, esse cheiro vem de você? Meu Deus – ele pergunta a Charlie, que já não está mais rindo tanto. Danny sai do provador e a bebê começa a reclamar e a ficar vermelha. Falta pouco para ela explodir.

– Vocês são dois covardes – ele pega a garotinha das mãos de Zach, falando e apontando em nossa direção, enquanto a apoia no balcão da loja.

– O senhor não pode... – o gerente começa e ele mal levanta o olhar.

– Existe um fraldário aqui?

– *Ehrr*... não.

– Então, tenho que trocar minha filha aqui. Não vou levá-la no banheiro masculino, cheio de micróbios. – O gerente olha para ele, parecendo horrorizado, e Danny começa a descartar a bomba que está na fralda de Charlie.

Zach e eu acompanhamos o processo, tampando o nariz.

– Covardes – ele fala, olhando para nós, enquanto abre a roupinha de Charlie. Se ela continuasse assim, teríamos que carregar máscaras antigases.

– Só um pouquinho, baby. Papai vai resgatar você – Danny fala e sorri para ela. Quando abre o primeiro adesivo da fralda, ele faz uma careta, e todos nós sentimos vontade de fugir. Está terrível. Mas Charlie o olha com tanta confiança que ele parece não ter coragem de parar de trocá-la. Nós puxamos uma respiração profunda e prendemos o ar, enquanto ele abre o outro lado da fralda, tirando o lixo tóxico da menina e enrolando num saco plástico para descarte de lixo. Ele a limpa, deixando uma nuvem branca de talco ao redor, até que, finalmente, veste-a de novo.

Danny a pega no colo e ela faz uns pequenos grunhidos.

– Eu sei, querida. Sou seu herói – Danny fala para ela, que sorri, fazendo mais um pequeno barulho, como se estivesse concordando com ele. Danny, então, joga a bolsa em minha direção e segue pela loja com ela no braço. – *Tsc, tsc.* Covardes – ele repete e a gente ri, enquanto o seguimos em direção ao caixa para pagar pelo terno. O gerente está no caixa, ao lado do funcionário, e Danny entrega o pequeno pacote fedorento a ele. – Pode jogar fora? Obrigado. Vamos aos valores? – ele fala para o rapaz do caixa, descartando o gerente.

– Quem mandou fazer cara feia para nós – ele fala baixinho para Charlie e rimos.

Pagamos nossas compras e saímos da loja, seguindo em direção ao After Dark, conversando animadamente. Eu e Danny vamos buscar nossos carros e Zach segue para uma reunião com fornecedores.

– Estamos organizando sua despedida de solteiro. É uma pena que Alan não vai chegar a tempo – eu comento e Zach balança a cabeça.

– Nada de *strippers*, por favor. Minha noiva me mata.

– Pode deixar, Sr. Eu-tenho-medo-da-minha-noiva. Será algo bastante divertido – Zach fala e nós dois rimos, guardando segredo.

– Tenho que ir, caras. Nos vemos amanhã, na despedida de solteiro.

Despeço-me dos dois quando chegamos ao estacionamento. Tenho uma tarde animada para organizar.

Capítulo dois

Jenny

Entro na loja de Rachel com Julie, que carrega Chloé no colo, e me sinto emocionada. Nem acredito que hoje será a prova final do vestido de casamento. Eu sei, pode parecer besteira, mas casamentos abalam o meu emocional profundamente. Talvez por eu nunca ter conseguido realizar o sonho de entrar de noiva na igreja e tudo mais. Então, ver a minha melhor amiga transformar isso em realidade era maravilhoso.

– Até que enfim! – ouço a voz de George e nós duas sorrimos.

– Desculpe a demora, querido. Estávamos procurando vaga para estacionar. – Desde que tiveram as meninas, Danny comprou uma minivan para ele e outra para ela, e, dessa vez, ela me deu uma carona. Ele dizia que não queria mais se preocupar com a Julie em casa sozinha, sem ter como sair, caso fosse preciso.

– Vamos, meninas, vamos lá pra dentro. – George me empurra e pega Chloé do colo de Julie.

– Todo mundo já chegou? – pergunto, sorrindo ao ver George fazendo gracinhas para a bebê.

– Só falta Jo. – Nesse momento, ouvimos um barulho de moto e olhamos pela vitrine para ver Zach encostando para que Jo pudesse saltar da moto. Ela tira o capacete, assim como ele, e Zach a puxa num beijo arrebatador.

– Fico imaginando o que esses dois devem fazer em cima dessa moto – George fala com ar sonhador.

– Melhor não pensar, George. – Nós três rimos e imediatamente Rafe me vem à mente. Por mais que eu me esforçasse, ele vivia no meu subconsciente e sempre que uma sugestão mais sensual me era oferecida, meu cérebro só enxergava Rafe como protagonista.

– Garotinha, por favor, deixe para ter pensamentos impertinentes quando seu marido estiver por perto, ok? – George fala para Julie, me tirando do meu devaneio, e eu a olho sem entender.

– Oh, George... – Julie fala rindo. – É que eu lembrei que Zach tinha se oferecido para comprar a moto de Danny, quando ele comprou as minivans, mas Daniel ficou triste ao pensar em vendê-la. Ele, às vezes, ia na garagem e a alisava, como se estivesse se despedindo de um grande amigo. Fiquei com tanta dor no coração que eu o desencorajei a vender a moto. Eu o convenci, dizendo que ele poderia ir para o trabalho com ela e nós dois poderíamos sair juntos para passear, quando as meninas estivessem na casa dos avós. E que a moto também seria boa para atividades a dois – ela fala e nós três caímos na gargalhada. Nesse momento, Jo entra na loja sorrindo ao ver nós dois.

– O que vocês estão aprontando aqui, hein? – Jo pergunta, enquanto beija George e tira Chloé do colo dele.

– Estávamos babando no macho-alfa que você chama de marido. Jo, você tinha que tirar umas fotos dele, se é que você me entende, pra gente conferir o material.

– Me tira dessa, George. Eu já tenho um material de muita qualidade em casa, me esperando – Julie fala rindo.

– Quem disse que eu não iria pedir do seu também? Poderíamos fazer um ensaio com os homens maravilhosos do After Dark para nosso prazer – ele se volta para mim. – Jenny poderia providenciar o do Rafe. – Antes que eu consiga protestar, ele continua: – Fico imaginando um ensaio com Alan. Ai, ai – George suspira e eu e Jo fingimos estar horrorizadas.

– Tire seus olhos dos nossos homens, seu piriguete. Você já tem um macho-alfa para chamar de seu – Julie fala.

– E vamos combinar que Ben é um santo!

– Ah... *mi amor*. Mês que vem é nosso aniversário. Faremos cinco anos juntos – George suspira enquanto vamos em direção ao segundo andar da loja, onde ficam os vestidos de festa e de noiva.

– Que lindo! Tem que ter uma comemoração especial.

Ele acena e conta animado:

– Ele disse que está preparando uma surpresa. Estou tãoooooo ansioso!

– Eu imagino. Mas tenho certeza que será uma surpresa maravilhosa – Jo fala, ninando Chloé.

– Até que enfim vocês subiram. Estávamos só ouvindo as risadas – Mary fala, vindo até nós, e dá um abraço apertado em cada uma. – E doidas para saber o que era. – Nós todos rimos do bom humor da sogra de Julie.

– Eu estava com saudades – falo para ela, e a abraço. Mary era a figura mais próxima de uma mãe que eu já tive em toda a minha vida.

– Eu também, querida. Você está bem? E onde está Maggie? – ela pergunta, ao mesmo tempo que me dá um abraço apertado.

– Ela está com Rafe e Jude. A essa hora eles devem estar no parque – nós duas sorrimos com a imagem. Nesse momento, Livy se aproxima e abraça Julie.

– Nervosa? – ela pergunta, segurando as mãos da noiva.

– Um pouco. – Ela levanta uma sobrancelha. – Ok. Estou muito – todos na sala riem.

– Rafe está com as crianças, é? – George não perde a deixa. – Rafe está sempre cuidando de Maggie. Ele seria um ótimo pai para ela. Você está dando uma chance a ele, doutora?

– George! Nós somos apenas amigos – eu falo, com um ar contrariado. – Não existe nada desse tipo entre nós.

– *Ahaaaaammmm*. Eu sei. Só do tipo: "Ele é meu amigo, maaasss existe um incêndio entre nós", ou ainda "Ele é meu amigo, maaassss adoraria que ele me jogasse na parede e..." – George não tem tempo de terminar, porque eu o corto, séria.

– George, não existe nada entre nós. Nem pode existir, ok? Não insista. – Eu me viro e sento no sofá, chateada por ter perdido a calma com George, enquanto a sala fica silenciosa e ele, de boca aberta. Rachel aparece no exato momento para acabar com o constrangimento.

– Então, todas prontas para verem seus vestidos? – ela pergunta sorrindo, não percebendo o mal-estar no ambiente.

– Sim – as meninas respondem, mas George vai até o sofá e senta ao meu lado enquanto as minhas amigas vão para seus respectivos provadores experimentar suas roupas de damas de honra.

– Querida, me desculpe. Eu não quis ofender você. Eu só fico triste de ver dois amigos que nitidamente se gostam estarem indo por caminhos opostos. Rafe é um cara íntegro e tem uma devoção à sua filha que dificilmente você encontrará num homem. Mas você tem todo direito de não querer dar uma chance a ele. Ou ainda, uma chance a você. – Olho para ele e as lágrimas começam a cair. *Se ele soubesse...*

– Obrigada – eu falo baixinho e o abraço. Como eu queria poder abrir meu coração e explicar porque é impossível dar uma chance a Rafe. Julie está parada ao nosso lado sem saber o que fazer, quando George faz sinal para ela se aproximar e a puxa para um abraço sanduíche. Quando eu me acalmo, viro para eles e falo: – Você tem toda razão. Rafe é um dos melhores. E eu sei que ele ama Maggie, mais do que o próprio pai dela. Mas as coisas são complicadas e, neste momento, eu realmente não posso me envolver com ele.

– Se precisar conversar sobre qualquer coisa, estamos aqui, baby.

– Eu sei, George. Vocês são meus melhores amigos. – Mais um abraço sanduíche.

– Pronto. Agora que já declaramos amor eterno, pode ir lá vestir sua roupa de dama de honra, boneca – George fala, rindo e me empurrando na direção do provador.

*

George

Eu estava muito animado com essa prova de vestidos. Sim, eu amo moda, mas, principalmente, porque estou emocionadíssimo com os preparativos do casamento de Danny e Julie.

–Você vai provar depois, garotinha. Não é, Rachel?

– Com certeza. A noiva fica por último para que todas as damas de honra possam apreciá-la. – Rachel sorri e volta a conversar com Mary. Enquanto as meninas trocam de roupa, Julie e eu nos abraçamos, enrolados no sofá.

– Como você está, garotinha? Lá dentro? – eu pergunto e ela sabe exatamente do que estou falando.

– Esses momentos são os mais difíceis, sabe? Eu sei que eles adorariam estar presentes e sinto tanta saudade! Mary é maravilhosa, está sempre ao meu lado, mas sinto muita falta da minha mãe – ela fala baixinho, aconchegada ao meu abraço.

– Eu entendo, garotinha. Mas eu tenho certeza que eles estão com você, acompanhando todos esses momentos. – Beijo o alto da sua cabeça e a aperto em meus braços. Julie era como minha irmã mais nova, a minha garotinha amada e, mesmo crescendo, casando e tendo filhos, eu continuaria a vê-la daquele modo para sempre. Nesse momento, Livy sai do provador com um grande sorriso no rosto.

Rachel, Julie e eu conversamos muito sobre os projetos dos vestidos. Julie queria que as damas de honra estivessem lindas, mas não queria que elas perdessem a individualidade. Cada uma delas tinha um temperamento e um estilo e nós tentamos adequar isso ao casamento. Rachel, então, desenhou um vestido para cada dama de honra, com cores e modelos adequados ao estilo de suas donas. Apesar das cores diferenciadas, os vestidos eram todos em tons pastéis, o que proporcionava uma visão delicada e homogênea.

Livy olhou-se no grande espelho e virou para nós, mostrando o lindo vestido que ela usava. Escolhemos para ela um modelo verde-água, que iria ressaltar seus compridos cabelos ruivos. O vestido, assim como os demais, era longo, em tecido fino. Ele tinha um decote ombro a ombro, que dava um ar romântico e inocente ao seu visual, mas ao mesmo tempo muito feminino.

Jo é a próxima a sair do provador e seu vestido é perfeito para ela. Tem um corte moderno, também em tecido fino e fluido, e foi confeccionado num tom azul-bebê. A cor e o decote de um ombro só valorizavam a tatuagem azul que tinha nas costas. Ela era o reflexo de uma mulher linda, bem-sucedida, sexy e segura de si.

Livy e Jo param uma ao lado da outra sorrindo e comentando sobre seus vestidos, quando Jenny sai do provador. Seu vestido é num tom amarelo-bebê, de tecido e caimento igual aos demais, exaltando sua postura feminina. O vestido de alças finas e decote redondo era todo plissado e, na cintura, uma faixa posicionada como um cinto dava um ar franzido ao modelo. Jenny estava linda e sensual, e eu sussurro no ouvido de Julie:

– Rafe vai enlouquecer. – Ela concorda com um balançar de cabeça. – Vocês estão tão lindas – eu falo, com lágrimas nos olhos.

– O que eu mais gostei é que os vestidos são a nossa cara e formam um conjunto perfeito – Jo fala e se volta para Rachel. – Você está de parabéns, amiga. Ficaram lindos – Rachel sorri e se volta para mim.

– Eu tenho uma surpresa para você.

– Para mim? *Ohhhh* – eu me surpreendo e Rachel continua.

– Não fui eu que fiz, porque não confecciono peças masculinas, porém, eu desenhei e mandei para um amigo que trabalha com Marc Jacobs, e ele mandou fazer exclusivamente para você. – Ela estende um terno fechado dentro de uma capa protetora. – Vá experimentar e diga o que acha.

– *Oh. My. God.* Um Marc Jacobs, exclusivo? Para mim? *Ohhh* – eu falo animado e saio correndo para o provador. Visto o terno rapidamente, enquanto elas conversam e em menos de cinco minutos saio do provador. É perfeito. Rachel mandou fazer um terno de tecido rosa num estilo moderno. Não, não faça essa cara. Não é esse tom que você está pensando. É algo clássico e chique, como eu. Um tom de rosa seco, quase nude. E digo mais, mesmo que eu não fosse gay, poderia usar um terno desses sem constrangimento e seria muito admirado. Além disso, na minha pele bronzeada de sol, ficava ainda mais perfeito. A camisa branca suavizava ainda mais o meu visual e uma gravata num tom de rosa mais escuro completava o look.

– George – Rachel me chama, aproximando-se, e continua –, vamos fechar o look com um sapato social num tom puxado para o caramelo. Na sua lapela, vai uma flor branca. Você está moderno, bonito e nada *cheguei*. Além de tudo, faz um lindo composê com as demais damas de honra.

– Eu vou entrar com elas? Jura? – eu pergunto de boca aberta e Julie e Rachel concordam. As meninas me rodeiam e me abraçam, e sim, estou completamente emocionado. Ao terminarem o abraço em conjunto, eu vou até Julie e a puxo do sofá, levantando-a em meus braços num abraço apertado. – Eu me sinto tão feliz de ter vocês como amigas. Vai ser um casamento perfeito.

– Nós é que temos sorte de ter você – Julie fala, enxugando as lágrimas.

– Juntem-se. Quero tirar uma foto de vocês – Mary fala e entrega Chloé a Julie, para que ela possa pegar a câmera dentro da bolsa. – É só por um minuto, mocinha. A bebê volta já já para mim – ela fala e nós rimos, tendo plena consciência que ninguém na família permite que ela ou Daniel fiquem com as meninas no colo quando estamos todos juntos. Somos todos um bando de parentes corujas.

– Julie, é a sua vez – Rachel chama e nós começamos a gritar como se estivéssemos num show. Ela leva Julie para o maior provador da loja e estende o vestido branco no cabideiro. – Tire a roupa que vou lhe ajudar, querida – ouço Rachel falar, enquanto a ajuda a vestir a peça.

Quando está vestida, ela sai do provador, acompanhada de Rachel, que a ajuda a subir num pequeno tablado redondo. Ela está linda, é uma noiva perfeita, apesar de não estar totalmente pronta.

Rachel acaba de arrumar sua saia, solta seu cabelo e coloca no topo de sua cabeça uma tiara toda cravejada de diamantes.

– Isso foi um presente do seu marido. Ele mandou fazer na Tiffany para você. Será algo novo.

– Danny mandou? – Julie pergunta surpresa. Danny era o melhor no quesito presentes!

– Sim. Ele queria que você parecesse uma princesa e desenhamos juntos, para que ele levasse até a loja e mandasse fazer especialmente para você.

Em seguida, ela prende o véu, que tem o mesmo tom do vestido. Só então ela permite que Julie vire para o espelho e se veja vestida de noiva. O vestido branco era a coisa mais linda que eu já tinha visto na vida. Tomara que caia, com decote princesa, o busto inteiro enfeitado com um bordado branco. A saia longa em cetim era ampla, mas do tamanho ideal para que ela parecesse uma princesa de contos de fadas e não um bolo de casamento.

– Oh, Rachel. – Nenhum de nós consegue falar nada. As lágrimas chegam, sem que a gente consiga segurar.

– Eu sei, querida – Rachel a abraça. – Você está linda.

– Obrigada – ela sussurra. Rachel enxuga suas lágrimas e pisca para ela.

– Agora, Julie, fique paradinha para que eu possa ver se está tudo certo – Rachel fala, arrumando o vestido. A sala está no mais absoluto silêncio e, quando levanto o olhar, vejo Mary, com Chloé no colo, e as lágrimas caindo. Jo de boca aberta e Jenny e Livy com sorrisos sonhadores no rosto.

– Oh, querida – Mary fala ao entregar Chloé para mim e vai até ela. – Você está tão linda. Gostaria tanto que sua mãe estivesse aqui. Ela estaria tão orgulhosa. – Eu não consigo conter minha emoção. Mary segura a mão de Julie e fala, olhando em seus olhos. – Quando você e Jo tinham uns seis anos, mais ou menos, fizemos um jantar na casa de Chloé e Jack. Isso era muito comum entre a gente, nos víamos todos os dias e jantávamos em família todos os fins de semana. Esse dia, em especial, era uma noite de outono, como agora. Nós estávamos no jardim da casa. Você estava sentada no grande balanço que seu pai tinha instalado para você. Pensando com calma, era muito parecido com o que vocês têm em casa, agora. Daniel estava sentado ao seu lado e Jo estava no chão, com as bonecas. Daniel estava com o braço em volta dos seus ombros e vocês estavam no mais profundo silêncio.

Mary enxuga as lágrimas e respira fundo, ao continuar:

– Sua mãe e eu ficamos preocupadas com esse silêncio. Você vai perceber, no futuro, que crianças em silêncio dificilmente singifica coisa boa. – Nós todos rimos. – Ela resolveu ir até o balanço e saber o que estava acontecendo. "Vocês estão bem? Brigaram?", ela perguntou e vocês três olharam para ela, muito chocados, como se o fato de vocês brigarem, naquele momento, fosse algo muito absurdo. Daniel olhou para ela e disse "Lógico que não", com aquele ar de dono do mundo que ele sempre teve. – Eu rio novamente ao lembrar da expressão que ele faz até hoje quando algo é absurdo demais. – "E o que vocês estão fazendo, tão quietos?", ela perguntou. Daniel olhou para ela e disse, com muita simplicidade: "Estamos brincando de casados". "Casados?", ela perguntou. "Não deveriam estar entrando na igreja e dizendo sim na frente do padre?" "Não, tia. Não estamos brincando de casamento. Estamos brincando de casados. Já cansamos de ver você e o tio Jack, ou o papai com a mamãe, e sabemos que é assim que funciona." Eu me aproximei, achando graça da história e Danny continuou: "Vocês sentam nos lugares por horas e ficam em silêncio, às vezes abraçados, às vezes de mãos dadas. Minha mãe e a senhora ficam com um sorriso bobo no rosto e meu pai e tio Jack às vezes beijam a cabeça de vocês. Às vezes dão outro beijo, mas aquele é nojento", Daniel explica fazendo uma careta. "E vocês não ficam incomodados com esse silêncio?", eu perguntei, impressionada, assim como Chloé estava. "Não, mamãe. É bom. A gente fica sentado e vê as estrelas, enquanto Jo faz de conta que é nossa filha e fica brincando de bonecas." – Mary interrompe a história ao ouvir um gemido. Jo está sentada no sofá, chorando muito.

– Eu me lembro deste dia – ela fala entre lágrimas. Mary sorri para a filha enquanto eu, também chorando, sento ao lado dela, com o bebê nos braços. Mary se volta para Julie, novamente.

– Nós deixamos vocês "brincando de casados" e voltamos para a cozinha. Eu e Chloé estávamos muito surpresas com a situação toda, mas sua mãe tinha um *feeling* muito aguçado. "Mary, você sabe que quando esses dois estiverem grandes vamos ver isso acontecer, né?", ela me perguntou e eu concordei. "Tenho certeza de que foram feitos um para o outro. Daniel vai trazer bom humor a Julie e ela vai trazer doçura ao coração dele." Nós rimos e voltamos a cozinhar, deixando o assunto morrer. Ela tinha certeza, Julie, que isso um dia iria acontecer. E tenho certeza de que, onde quer que ela esteja, está feliz por ver o casamento de vocês se tornar realidade.

– Oh, Mary. – Julie a abraça com força, enquanto eu e Jo estamos grudados um no outro, com Chloé. – Obrigada por compartilhar isso comigo. Não me lembrava disso, nem que costumávamos brincar assim. Mas, durante toda minha vida, tive a certeza de que Daniel era o homem certo para mim e que o que eu sentia não era ilusão, mas sim um amor para a vida toda.

– Gente, isso parece uma história de filme! – Livy fala, seu nariz vermelho de tanto chorar. Na verdade, olhando para todos que estão na sala, não tem ninguém que não esteja chorando. Nem mesmo a assistente de Rachel poupou as lágrimas com essa história linda que Mary nos contou.

– Ou de livros, né? – eu falo e todas balançam a cabeça. – E você, garotinha, é uma noiva de contos de fadas! Está linda e perfeita!

Todas concordam comigo e, enquanto Rachel faz os últimos ajustes no vestido, Livy pergunta sobre a despedida de solteira.

– George, e a despedida? Você não nos contou até agora como será. – Eu abro um grande sorriso, parecendo o gato que engoliu o canário.

– Vai ser incrível! E é só isso que eu vou falar para vocês. Hoje eu quero todo mundo indo dormir cedo, para amanhã estarem lindas e sem olheiras para nossa despedida de solteira! – Nós todos gritamos e rimos juntos, e então, eu me volto para Jo. – E a senhorita, nada de ficar até altas horas da madrugada explorando o... Mary, tampe os ouvidos! – eu ordeno a Mary, que dá uma gargalhada e me volto para Jo. – Martelo do seu marido. – Todos nós rimos e Jo abre um enorme sorriso.

– George, eu te amo, mas deixe o "martelo" do meu marido em paz.

– Não posso, Docinho, desculpe. Ele é gostoso demais! – eu falo, com um sorriso inocente e Jo joga uma das almofadas do sofá em cima de mim, rindo, com cuidado para não atingir o bebê.

– Bom, juntem-se. Quero tirar uma foto de todos vocês – Mary fala, sorrindo enquanto vai pegar a câmera fotográfica, e as meninas se aproximam de mim, ainda com Chloé no colo.

– Deixa eu pegar ela pelo menos para tirar uma foto? – Julie pede e eu entrego a linda bebê. Julie abre um sorriso ao pegar o pequeno embrulhinho perfumado que dorme tranquilamente, apesar de toda a euforia em que estamos.

A tarde avança e, quando já fizemos os últimos ajustes nas roupas, começamos a nos preparar para ir embora.

– Meninas, eu espero vocês todas prontinhas para a despedida, hein? Nada de começarem a festejar antes!

– Estou tão curiosa, George! – Livy fala, andando comigo de braços dados em direção à porta.

– Só posso dizer, minha flor, que será I-NES-QUE-CÍ-VEL!

Capítulo três

Jenny

Fui acordada pelo sol que brilhava por entre a cortina e não pude deixar de sorrir ao lembrar da noite anterior. Rafe nos levou para jantar numa cantina italiana, com espaço para as crianças brincarem e uma verdadeira *nonna* italiana. Foi uma noite mágica e maravilhosa, eu não queria que acabasse nunca.

Não olhe assim para mim, eu vou contar. Sim, no final da noite, depois que as crianças entraram, ele me beijou. Foi um beijo suave, delicado e nada parecido com os beijos que tínhamos trocado na última vez que ficamos juntos no seu escritório. Foi perfeito para fechar uma noite perfeita, apesar da vontade de seguir em frente e dar vazão ao sentimento que ele me despertava.

Sim, eu era completamente atraída por ele, mas eu sabia que não podia me entregar a uma relação como Rafe merecia e desejava.

Levanto da cama, ouvindo pela babá eletrônica Maggie falar com as bonecas. Apesar de ela já ter cinco anos, eu não abria mão da babá eletrônica, por medo de pegar pesado no sono, ao voltar dos plantões, e não ouvi-la me chamar caso tivesse um pesadelo à noite, por exemplo. Eu tinha transformado o quarto de hóspedes em um quarto de bonecas e, quando ela levantava cedo, ia direto para lá.

Levanto da cama e, ainda de camisola, sigo até a frente da casa. Vou até o quarto de bonecas e Maggie está sentada no chão, um vestido rosa de princesa por cima da sua camisola, os cabelos bagunçados do sono enfeitados pela pequena coroa de plástico cor-de-rosa que Rafe havia dado e que ela cuidava como se fosse uma verdadeira joia.

– Maaaaa-mããããeeee – ela grita ao me ver e sai correndo para me beijar. Maggie era uma criança tão fácil de conviver, tão doce e boa. Estava quase sempre de bom humor.

– Bom dia, Maggs. Dormiu bem? – Eu a aperto em meus braços e beijo seu rosto gordinho.

– Dormi. Eu estava preparando as bonecas para o baile.

– Baile? Teremos um baile?

– Sim. Tio George disse que vocês vão a um baile de despedida de alguém, apesar dele ter dito que ninguém vai embora. Eu não entendi muito bem, mamãe. Só sei que é um baile e que você e tia Julie, tia Jo e tia Livy vão se vestir de princesas. Então, eu estava arrumando as minhas bonecas para o baile delas. Mas ninguém vai se despedir não. Todas vão ficar aqui mesmo – ela fala, me dá mais um beijo e volta a brincar, enquanto eu fico rindo da sua explicação.

Sigo para o banheiro, pensando em tomar um banho antes do café da manhã, mas sou interrompida por Vanessa Carlton cantando "Thousand Miles" em meu celular. George.

– Tan tan tan tan tannnn – George canta a marcha nupcial antes mesmo que eu diga alô e solto uma gargalhada. – Ops! Não é hora da marcha nupcial ainda! E não para você! Hoje é a despedida de solteira! Acho que essa aqui é mais conveniente – e começa a cantar "My neck, my back", de Khia, e fico vermelha igual a um pimentão.

– Geoooorgeee!! – eu o repreendo e ele solta uma gargalhada.

– Hoje é dia de alegria, doutora! Ver uns gatos sem roupa e...

– Oh, George. Você quer que o noivo enfarte? – eu pergunto e ele ri, feliz.

– Ok, sem meninos tirando a roupa. O que você está fazendo?

– Eu estava me preparando para tomar um banho – eu respondo, indo para o banheiro. – Acabei de acordar.

– Humm. Certo. Então, tome seu banho e se arrume. Daqui a uma hora vou bater aí na sua porta – George fala e eu levo um susto. Não tínhamos marcado nada para agora cedo.

– Me buscar? – eu pergunto. – Para ir para onde? Eu não tenho com quem deixar a Maggie, querido. Não posso incomodar Rafe de novo.

– Ele também tem compromisso. Vocês receberão os reforços de Mary e Paul, que vão ficar com a sua menina e as de Julie.

– *Ohhh.* – Paro no caminho do box, surpresa. Sim, Mary e Paul são maravilhosos e amam uma desculpa para ficarem com as crianças. Mas, para falar a verdade, sinto uma dorzinha no coração cada vez em que tenho que sair sem levar minha princesa. – Aonde nós vamos, George?

– *Spa.* Hoje você será mimada, cuidada, massageada, esticada e tudo mais a que tiver direito. Precisa estar pronta para nossa noite especial. Eu tenho planos – George fala e eu posso ouvir o sorriso em sua voz.

– Por que a frase "eu tenho planos" me provoca um certo pânico? – eu pergunto e ele solta uma gargalhada.

– Doutora, meus planos são sempre ótimos. E esse, em especial, tenho certeza de que você e um certo dono de bar vão A-MAR! Chuveiro! Agora! – ele fala. Então, nos despedimos e entro no chuveiro. Eu não sei o que George está aprontando, mas espero que seu plano mirabolante não me coloque em uma situação constrangedora.

★

Horas mais tarde, eu já estava nervosa. Muito. Meu estômago estava embrulhado e minhas pernas pareciam gelatina. Não faça essa cara! Eu nunca fui a uma despedida de solteira para saber o que realmente acontece e nunca fui uma pessoa interessada em ver *strippers* tirando a roupa. Não é que eu não aprecie a forma masculina ou não babe vendo um cara lindo, claro que sim! Mas no que diz respeito a sexo, eu tive poucas experiências, entende?

Todos nós passamos o dia num spa, inclusive os meninos. Foi um dia tão divertido. Fomos cuidados, mimados e, o mais importante, estávamos todos juntos. No final do dia, George nos separou: meninas para um lado, meninos para outro. Duas limusines nos esperavam na porta do spa para levar os grupos a seu destino. Não sei como ele teve tempo suficiente para cuidar de duas despedidas de solteiros: a de Julie e a de Danny.

Nossa limusine nos levou ao L'Ermitage, um dos hotéis mais exclusivos de Los Angeles. Fomos recebidas pelo gerente, que nos encaminhou aos nossos quartos para que pudéssemos nos arrumar para essa grande noite. George havia preparado tudo. Nem roupa ele deixou que trouxéssemos, em cada quarto tinha um par de roupas: uma para a noite e outra para a manhã seguinte, já que passaríamos a noite no hotel e tomaríamos o café da manhã juntas.

George deixou umas peças bem suspeitas no meu quarto. A roupa, em si, era linda. Uma saia preta curta, toda de paetê, com uma blusa vermelha frente única. Parecia uma das roupas que Julie usaria num show e eu nunca – nunca mesmo – havia vestido algo parecido. O que me assustou foi a lingerie que ele escolheu. Ou, talvez, a falta dela. A blusa não me permitia usar sutiã, então a única peça era uma calcinha fio-dental de renda preta. Nem sei se posso chamar isso de calcinha, já que era quase inexistente. Sim, eu era uma garota de lingeries, mas essa era ousada até para mim. Parecia com o tipo de lingerie adequada para... uma despedida de solteiro. No masculino mesmo. Como se eu fosse a "despedida" do noivo em questão.

Quando eu estava quase pronta, uma batida na porta me surpreendeu. Ao abrir, me deparei com uma cabeleireira e uma maquiadora, que estavam a postos para me produzir. George pensa em tudo mesmo!

Estávamos em meio ao barulho do secador, puxões de cabelo e uma quantidade absurda de potes coloridos quando Julie bateu na porta e entrou no quarto, seguida por Jo.

Elas estavam lindas. Jo estava com seu cabelo loiro-escuro arrumado em cachos soltos, dando um ar selvagem a seu rosto bonito. Seus olhos pareciam maiores com a maquiagem pesada e a boca estava pintada com um batom vinho, que a deixava mais sexy que o normal. Ela estava usando um vestido verde, grudado no corpo, com um grande decote nas costas.

– Ei, Jenny, não me olhe assim. Esse visual *stripper* de Vegas é coisa do George – Jo diz, antes que eu tenha a chance de abrir a boca. Meus olhos caem sobre Julie e a surpresa é ainda maior. Seu cabelo claro está preso num penteado elaborado; seu rosto, tão maquiado quanto o de Jo, destaca sua pele clara, sua boca colorida num tom nude. Ela usava um vestido de renda curto, rosa clarinho e parecia uma noiva sexy.

– Jenny... *ohhh*... – ela fala, olhando para mim, vestida naquela roupa de mulher fatal que George escolheu para mim.

– O que foi, Julie? Eu estou horrível, né? Eu nunca deveria ter deixado George me arrumar... – eu falo, num tom choroso, completamente insegura.

– Não, Jenny. Você está linda. Eu fiquei surpresa porque nunca a vi assim. Você parece muito mais jovem!

– Ela nem parece que tem uma filha – Jo concorda com ela, e eu olho para elas, desconfiada. – O que não estou entendendo é por que estamos vestidas "para matar", se nossos homens não vão estar presentes – Jo responde, indo até o frigobar. Ela tira uma *ice* para ela e outra para mim, e uma água para Julie.

– Eu não tenho *um homem* – eu respondo, pegando a garrafa da mão de Jo.

– E Rafe é o quê? Seu amigo colorido? – Jo pergunta, abrindo a bebida, e eu dou um pulo da cadeira onde estou sentada.

– Jo! Rafe é só meu amigo e vizinho. Já cansei de... – Jo não deixa que eu termine.

– Jen, Rafe é louco por você. E você por ele. É nítido para qualquer um. Não sei por que você não dá uma chance ao coitado. – Julie olha de mim para Jo, como se estivesse numa partida de tênis.

– Não, Jo. Somos só amigos – eu insisto, com a cabeça baixa, olhando para a bebida como se fosse meu colete salva-vidas. – Eu não quero me relacionar com ninguém. Eu... estou muito ocupada com o trabalho... e... meu... meu tempo livre é da Maggie – eu falo e viro o líquido de uma vez.

– Meninas, não vamos brigar. Jo, se Jenny está dizendo que não tem nada é porque não tem. Eu só queria entender por que George nos vestiu assim – Julie fala e, nesse momento, as profissionais de beleza encerram os trabalhos comigo e se despedem. Vou até o espelho grande, seguida pelas duas e, quando olho nosso reflexo, eu me assusto. – Pai do céu! Estamos prontas para fazer uma ponta em *Showgirls* como *strippers* – eu falo, lembrando do filme antigo, e nós três caímos na risada.

– Ainda bem que não terá homens em nossa festa, senão Danny ia me prender no quarto! – Julie fala, sacudindo a cabeça e rindo. Meu cabelo estava preso num penteado sexy. A roupa colava em meu corpo como uma segunda pele. É, acho que George exagerou. – Gente, essa roupa é imoral – eu falo e as duas começam a rir.

– Tenho certeza de que seríamos presas em alguns estados – Jo fala e uma batida nos interrompe. Vou até a porta e, ao abrir, George chega acompanhado por Livy, que não está muito diferente de nós, com uma minissaia azul e um top marfim.

– Uau! Vocês estão um arraso! – ele fala, andando até nós, com uma caixa na mão.

– George, você não vai nos obrigar a fazer *striptease*, né? – Jo pergunta e ele abre um sorriso divertido.

– Docinho, lógico que eu não vou obrigar vocês a nada, mas, se vocês quiserem, no final da noite já é outra história. – Todas nós caímos na gargalhada, nossos rostos refletindo a incredulidade de que isso pudesse acontecer. – Garotinha, você está sexy! – Ele se volta para Julie, com um sorriso, e estende a caixa branca. – Isso é para você.

– Oh... pra mim? – Julie leva a caixa até a cama e, quando abre, leva um susto. – George, é um véu? De noiva? – ela pergunta, tirando o véu curto de dentro da caixa.

– Claro que é um véu de noiva. Não é o que você é? – ele fala, revirando os olhos, tirando o véu de suas mãos e colocando-o na cabeça. – *Ahhh*... perfeita! – ele fala e todas nós gritamos empolgadas. Julie se vira para o espelho e murmura.

– Eu me sinto uma noiva... *stripper*. Oh céus! Só George para fazer isso comigo!

– Cheguem todas para cá! Vamos tirar uma foto – ele liga a câmera do celular e nos juntamos para uma selfie. – Digam xisss – ele fala.

– Xiiisssss – nós repetimos, rindo, e ele bate a foto e posta no Facebook. Uma batida na porta nos assusta, mas George toma conta da situação, indo até lá para abrir.

– Ah, que maravilha! Pode colocar em cima da mesa, obrigado – ele fala para o garçom, que entra com uma garrafa de champanhe e taças para nós. O garçom abre a garrafa e nos serve enquanto George vai distribuindo para cada uma de nós. Quando o garçom se retira, George levanta sua taça propondo um brinde. – A uma despedida de solteira divertida e inesquecível. Quero todas enchendo a cara, exceto você, Julie, que está amamentando, e aproveitando muito. E fazendo *striptease* no final. Além de *otras cositas más*.

– Oh... George!! – todas nós parecemos chocadas, enquanto ele abre um sorriso de Gato de Cheshire.

– Tin-tin. – Ele encosta a taça na nossa e bebe a champanhe, enquanto ainda estamos um pouco atordoadas com seus comentários.

Essa noite seria, no mínimo, interessante.

Capítulo quatro

Eu estava boquiaberta. George nos levou para o salão do L'Ermitage. Era um espaço a céu aberto, no último andar do prédio. O local já estava lotado de convidadas, que também estariam no casamento. Amigas de escola da Julie, da faculdade de Jo, vizinhas, ex-vizinhas, primas de Daniel e Jo, além de esposas de parceiros comerciais do After Dark.

Eu começava a entender as roupas que estávamos usando. George conseguiu reproduzir uma espécie de clube em Vegas, mas com muita classe e glamour. As mesas estavam decoradas com flores e velas, dando um ar intimista ao ambiente.

Havia pequenos tablados redondos espalhados pelo espaço da festa, onde dançarinos sem camisa se moviam no ritmo da música, animando quem estava na pista. Recepcionistas entregavam boás, máscaras e outros adereços para as convidadas usarem durante a festa, transformando o local num espaço divertido e animado.

Um garçom para ao nosso lado, oferecendo champanhe e, ao olhar para ele, não posso deixar de notar como é lindo. Ele me olha nos olhos, com muita intensidade. Alto e muito forte, ele se vira e abre um sorriso para Julie, entregando uma taça especial.

– Essa é sua, senhorita – ele fala e nós ficamos surpresas.

– Minha? – Julie sussurra, sem graça.

– Sim, é água mineral, já que recebemos orientação de não servir bebida alcoólica para a noiva – ele fala, sorri novamente, e pisca para mim, se afastando. As meninas gritam e eu fico vermelha. E a noite só estava começando.

Olho ao redor e percebo que todos os garçons que estão no salão são incrivelmente bonitos.

– George... – eu o chamo, ainda sem acreditar na quantidade de homens lindos que estão ao nosso redor. – De onde saíram esses garçons?

Jo sacode a cabeça e completa:

– E os dançarinos? Deus, George! Eu sou uma mulher casada – George ri e sacode a cabeça, nos empurrando em direção à mesa.

As convidadas nos cumprimentam, conforme vamos andando pelo salão, até a nossa mesa. Enquanto todas as mesas eram decoradas com arranjos de rosas vermelhas, a "mesa da noiva" tinha um exuberante arranjo colorido. Um boá branco estava enrolado na cadeira ao centro, que era diferente das demais. Era uma cadeira com as costas altas, parecendo um trono de princesa, todo estofado e com uma plaquinha acima que sinalizava: NOIVA. Esse George é terrível! Pensa em tudo.

– Garotinha, ali é seu lugar, maaaas você sabe que não vai ficar sentada a noite toda, né? Meninas – ele fala se voltando para nós –, cada uma de vocês deve sentar no seu lugar. Vocês vão identificá-los pelas cores dos boás, que combinam com as cores de vocês – ele fala, nos empurrando em direção às cadeiras e, para nossa surpresa, sobre a mesa há caixas de presentes para cada uma de nós.

Na mesa redonda, Livy sentou-se à minha esquerda, George à minha direita, seguido por Julie e Jo.

– George, podemos abrir essas caixinhas? – Julie pergunta, curiosa. Caixinha é um eufemismo da parte dela, porque o embrulho é enorme. E, sinceramente, estou com medo.

– Podem sim, bando de borboletas curiosas – ele fala e ri, enquanto nós abrimos os laços das nossas caixas e tiramos a tampa.

– *Ooohhhh* – foi o murmúrio geral da mesa, quando olhamos o conteúdo. A primeira coisa que nos chamou a atenção é que tinha, além de muitas outras coisas, uma caixinha azul da Tiffany, que é óbvio, foi a primeira coisa que nós pegamos.

– Vocês são tão previsíveis! – George falou, rindo. – Antes que vocês abram, eu quero falar uma coisa. Pode parecer muito anos oitenta ou até mesmo clichê. Mas, eu queria que vocês tivessem algo que representasse a nossa amizade.

– Ownnn, George! – nós murmuramos, já com lágrimas nos olhos e ele movimentou as mãos para que abríssemos nossas caixinhas. Ao tirar o laço e abrir a tampa, me deparei com um belo colar de ouro branco, com um pingente também em ouro branco, com parte de uma inscrição.

– Venham meninas, juntem suas partes – ele fala, esticando a parte dele. Os cinco pingentes juntos formam a frase "Amigos verdadeiros são para sempre" e é claro que estamos emocionadas. – Vocês são as minhas melhores amigas, a família que eu escolhi. E eu amo muito vocês quatro – ele fala comovido e eu o abraço com força, enquanto as meninas levantam da mesa e nos abraçam também. – Pronto, agora vão ver seus outros brinquedos! – Ele nos "expulsa" do abraço conjunto e voltamos todas rindo para nossos lugares.

Começo a explorar minha caixa e, imediatamente, fico vermelha. Eu deveria imaginar que George, o safado, iria agir. Mas um gemido de Julie tira a minha atenção e eu estico a cabeça para ver o que ela ganhou. Dentro da caixa dela tinha óleos de massagem, géis estimulantes, bolinhas perfumadas, entre outras coisas, facilmente encontradas em sex shops. Um conjunto de lingerie preta, com ligas combinando, da Victoria's Secret, e um vale-presente de hospedagem para um fim de semana no Ritz-Carlton de Marina del Rey, em nome dela, de Daniel e das gêmeas. O vale, além da hospedagem, incluía spa e serviço de *babysitter*, para as crianças.

– George, você pensou em tudo! – ela fala.

– Claro, garotinha. E os itens de dentro você pode usar na viagem de vocês – ele fala piscando o olho e eu ouço a risada de Jo. – Gostou, Docinho? – ele pergunta com um sorriso suspeito e eu me volto para Jo.

– George, você é hilário – ela fala e eu me estico para ver o conteúdo. A caixa de Jo é um pouco mais atrevida que a de Julie. Além dos óleos e bolinhas, George colocou algema, venda de olhos, e alguns outros itens que não faço ideia para que servem, além de uma lingerie ainda mais sexy do que a de Julie.

– O que é isso? – Julie pergunta, tirando um aparelhinho de dentro da caixa. Ele é de silicone, macio e bastante flexível, em formato de uma letra c, com uma divisão no meio, como se fosse uma alça. Ele é de uma cor vinho e Julie gira a peça na mão, sem fazer a mínima ideia para que serve.

– É um estimulador – Jo responde, parecendo conhecer muito bem o objeto estranho.

– Estimulador? De quê? – eu pergunto, mas pelo olhar de George, eu fico com medo da resposta.

– Do ponto G e clitóris – Jo responde e Livy abre a boca, parecendo chocada. Minha cara não deveria estar muito diferente.

– Ohhh... – eu falo e olho para o pequeno objeto, percebendo que a extremidade dele é um pouquinho mais grossa que o restante.

– Esse é especial – George fala e todas nós olhamos para ele. – Tem oito vibrações e permite a penetração – George explica e Julie coloca o objeto de volta à caixa de Jo. – Pensei em te dar um desses, mas Danny me bateria – ele fala rindo. – Zach é mais aberto, digamos assim, a esses apetrechos.

Olho de volta para a minha caixa e fico muda. Mortificada.

– Jenny, o que tem na sua? – Julie pergunta e eu fico vermelha, mas quem responde é George.

– Como ela não tem namorado, porque não quer, eu dei uma ajudinha a ela, para... hum... satisfazer suas necessidades.

– Jenny, o que tem na sua caixa? – Julie pergunta de novo, agora ainda mais assustada.

– Hum... um amigo íntimo? – eu respondo e todas caem na gargalhada, eu não aguento e começo a rir também. – George, você não presta – eu falo para ele e ele cai na risada.

– Eu queria entender por que todo mundo ganhou presente divertido e eu ganhei chocolates – Livy reclama, mostrando a sua caixa repleta de chocolates Godiva.

– Chocolates não, florzinha. Chocolates Godiva! – ele fala com um sorriso.

– Não deixa de ser chocolate – Livy reclama e ele ri ainda mais.

– Por que você é virgem e vamos conservá-la assim, até o "Sr. Certo" aparecer.

Todas nós rimos, até as lágrimas caírem. Mais uma rodada de champanhe passa por nossa mesa e o garçom é ainda mais lindo que o primeiro, seguido de um outro, muito parecido com Ryan Reynolds, servindo canapés.

– Mas esse bufê é caprichado! – Jo fala, e George abre um grande sorriso, virando sua taça.

– Agora que todas já abriram suas caixas, vamos dançar! – George levanta e nós o seguimos em direção à pista de dança, enroladas em nossos boás. Nós passamos a noite dançando, bebendo champanhe, enquanto Julie alternava entre suco de laranja e água.

Num determinado momento, o clima do local muda. O DJ troca o estilo de música e "Buttons", das Pussycat Dolls, começa a tocar e o clima sensual toma conta da pista. George leva Julie até um dos tablados, que agora estava vazio, já que os dançarinos saíram do salão, incentivando-a a subir para dançar. Fecho meus olhos, vou para o canto do salão e deixo a batida da música me levar. Pussycat é sempre muito sexy e eu me balanço no ritmo marcado da música.

De repente, eu sinto uma eletricidade no ar, que não estava ali antes. Sem parar de dançar, abro meus olhos e levo um susto. Rafe envolve os braços ao meu redor e me puxa contra ele. Tomada pela sensualidade da música, me deixo levar pelo momento, aceitando seu toque sensual.

Sim, bem que George avisou. A noite *realmente* promete.

Capítulo cinco

Rafe

A festa estava bastante animada, apesar de ser uma festa quase que exclusivamente masculina, exceto pela presença de dançarinas com vestidos minúsculos, e garçonetes que mais pareciam modelos da *Playboy*. George organizou tudo e deixou Ben como nosso anfitrião. Eu e Zach sabíamos, por alto, o que iria acontecer, mas George foi quem realmente cuidou de tudo.

Os caras estavam espalhados pelo salão, alguns perto do bar, bebendo. Outros, perto da TV, que transmitia o jogo do Los Angeles Lakers, vibravam com a vitória parcial contra os Washington Wizards. No outro extremo do salão, foram disponibilizados vários jogos eletrônicos, que estavam sendo disputado pelos caras. Sim, a festa era um sucesso, do ponto de vista masculino.

Ando pelo salão, pensando no que deve estar acontecendo do outro lado, na varanda. George prometeu a nós três que não teria *strippers*, mas, ainda assim, eu estava inseguro. Sim, eu e Jenny continuávamos como "melhores amigos", mas a cada dia ficava mais difícil segurar meus sentimentos por ela e pela pequena Maggie.

Ela era uma menina tão boa e carinhosa, era impossível não ficar encantado por ela. Eu a via todos os dias e, quando Jenny não estava por perto, ela me chamava de papai, já que Jenny brigava quando ela dizia isso em sua frente. A espertinha já tinha entendido que tinha coisas na vida que a mamãe *ainda* não pode saber.

– Quase na hora, cara – Zach fala, aproximando-se de mim, com um sorriso no rosto. Desde que ele e Jo casaram, há alguns meses, ele vivia assim, com um sorriso bobo no rosto, como se conhecesse todos os segredos do mundo. E eu preciso confessar a vocês que eu sentia um pouco de inveja do que eles tinham. Eu sei, isso é horrível, mas eu não podia segurar o desejo de andar por aí com o mesmo sorriso que ele.

– Onde está Daniel? – pergunto, olhando ao redor, à procura do nosso amigo.

– Conversando com Michael – Zach fala, indicando a direção onde Danny está, com um dos nossos fornecedores.

– Rapazes, tudo certo? Vamos lá? – Ben se aproxima perguntando.

– Claro! Vamos lá – Zach responde e nós vamos até Daniel para levá-lo ao outro salão. – Danny, 'bora. Sua surpresa lhe aguarda.

– Surpresa? Que surpresa? Zach, eu disse...

– Sem prostitutas – Zach responde levantando as mãos, em sinal de rendição. Mas, ao abrir a porta e olhar para o salão, ele completa: – Isso não quer dizer que você não vai ganhar uma dança... ou algo mais – Danny e eu seguimos o olhar de Zach e vemos Julie dançando em cima do pequeno palco. E, meu Senhor, ela parece... sexy.

Olho para Daniel e ele está de boca aberta, com os olhos fixos em Julie. Zach e eu o empurramos em direção à noiva e o colocamos sentado em frente a ela, que está com os olhos fechados, dançando ao som de The Pussycat Dolls. Ele é a própria visão de um homem atormentado pelo desejo.

– Já que você não quis ir a Vegas ganhar uma dança no colo... – Zach começa e eu concluo:

– Demos um jeito de Vegas vir até você.

– Tirem seus olhos imundos de cima da minha mulher. Procurem suas próprias dançarinas. Andem, circulando – ele fala, Zach e eu o deixamos observando Julie, enquanto rimos muito.

Passo os olhos pelo salão e eles recaem sobre a mulher que eu estava procurando. E, puta que pariu, desculpem pelo palavrão, mas nada exprimiria melhor o que eu estou sentindo ao vê-la.

Jenny parece uma bomba sexy pronta para explodir. Eu nunca a vi vestida assim, tão sensual. Minissaia com uma blusa vermelha que deixava suas costas nuas, exceto por uma pequena tira que eu conseguiria facilmente desamarrar.

Ela não havia me visto ainda. Enquanto Zach foi direto em cima de sua esposa, eu resolvo dar a volta pelo outro lado e pegá-la de surpresa por trás. Ela está dançando, distraída, quando eu chego por trás dela. Seus cabelos estão presos, facilitando o acesso da minha boca ao seu pescoço. Eu tentava resistir, com todas as minhas forças, mas ela era demais para mim.

Vejo seu corpo se arrepiar e sei que ela sentiu a minha presença. Passo meu braço ao redor da sua cintura fina e a puxo contra meu peito, colando seu corpo no meu. Ela se assusta e olha para trás, mas quando se dá conta que sou eu que a estou abraçando, ela relaxa em meus braços.

A música continua e nós nos mantemos assim, agarrados um ao outro, dançando juntos. Desisto de segurar o desejo e lambo a lateral do seu pescoço. Ela geme baixinho, e se encosta ainda mais contra meu corpo. A essa altura eu já estou duro e tudo que penso é em abrir o zíper da calça, colocar o pau para fora, levantar as costas daquele pedacinho de pano que ela chama de saia, puxar a calcinha dela para o lado e tomá-la ali mesmo, sem me preocupar com quem está ao nosso redor.

A música muda e Beyoncé começa a cantar "Naughty Girl", mantendo a aura sensual. Jenny estava enrolada em um adereço de plumas vermelhas, que a faz parecer ainda mais sexy. Eu a viro de frente para mim, grudando seu corpo ao meu, e continuamos dançando na batida da música. Nossos olhos agora estão grudados. Eu a puxo para ainda mais perto, aproximando nossas bocas, mas sem tocar. Sua respiração fica acelerada e eu mordo seu lábio inferior.

– *Hummm* – ela geme baixinho, e fecha os olhos, quando eu dou uma lambida no local onde a mordi. Minhas mãos parecem ter vida própria e correm pelo seu corpo, passando pelas suas costas nuas e, em seguida, minha mão direita segue para a frente de seu corpo, tocando sua barriga lisa por baixo da blusa vermelha e subindo até encontrar seu seio. Ela geme mais em meu ouvido e eu já perdi a noção de onde estamos e de quem eu sou. Meus dedos brincam com seu mamilo duro, deixando-a ainda mais excitada. – Oh, Rafe – ela chama meu nome, e eu falo, com a voz rouca de desejo em seu ouvido:

– Vou levar você para o meu quarto. Sem reclamações, Jen. Somos apenas eu e você. E quando chegarmos lá, vou arrancar essas duas tiras do seu corpo e foder você contra a porta. Você vai usar apenas esse salto que deixa suas pernas ainda mais deliciosas, enrolada nessa coisa de plumas.

– No boá? – ela pergunta, parecendo surpresa.

– Eu não sei o nome disso, mas deixa você sexy.

Ela passa os braços ao redor do meu pescoço, enfiando os dedos em meu cabelo. Nossos olhos estão vidrados e eu a beijo. Eu tentei, Senhor. Juro que tentei. Fiz o possível, nos últimos meses, para ficar longe dela. Mas agora é impossível, para mim, resistir. Quando nossos lábios se afastam, eu a agarro em direção à porta, com o pensamento fixo em levá-la para o meu quarto, mas ela me para no caminho.

– Rafe, eu preciso pegar minhas coisas – ela fala, parecendo um pouco constrangida.

– Claro, Jen. Onde estão? – ela indica uma mesa. Vamos até lá e ela pega uma caixa vermelha que está em cima da mesa.

– Algo mais? – ela sacode a cabeça em negativo. – Então vamos.

Eu a levo, segurando sua mão o tempo todo e entramos no elevador. A tensão está no ar e ela agarra aquela caixa vermelha junto ao corpo, como se estivesse segurando um bote salva-vidas.

– O que tem aí dentro? – eu pergunto e... que interessante. Ela fica desconcertada. – Jenny?

– Não é nada. Apenas um presente que George nos deu.

– Posso ver? – eu pergunto e macacos mordam minha bunda se ela não apertou ainda mais a porra da caixa contra o corpo.

– Não é nada de mais, Rafe – ela responde, me deixando curioso, mas eu decido não insistir. Por enquanto.

O elevador para em meu andar, e eu a levo em direção ao meu quarto. Mal consigo abrir a porta e a puxar para dentro, antes de beijá-la. Decidido a dar vazão à minha fantasia, eu me afasto e tiro a caixa da mão dela, para que eu possa despi-la com mais facilidade.

– O que você vai fazer com isso, Rafe? – ela pergunta, parecendo preocupada.

– Tirar da sua mão. Está me atrapalhando – eu falo, levando a misteriosa caixa vermelha para cima da mesa, mas, antes que eu perceba, ela está em cima de mim, puxando a caixa da minha mão. Sua atitude foi tão inesperada que eu me assusto e, com a força que ela puxa a caixa, nós dois caímos no chão e a caixa se abre.

– Puta merda, Jennifer. – Observo o conteúdo da caixa espalhado, mas o vibrador é o que me chama a atenção.

– Rafe, não é o que você... – Eu não a deixo completar. Minha mente começa a imaginar mil e uma coisas para fazer com aquilo, e se antes eu estava excitado, agora estou no meu limite. Tiro a caixa vazia de sua mão e a levanto, puxando--a contra mim, capturando sua boca num beijo selvagem. – Rafe... – ela geme meu nome baixinho contra meus lábios e eu a empurro contra a porta, para cumprir a minha promessa.

Ela arranca os botões da minha camisa e a tira de mim, jogando-a no chão, e eu tiro seu pedaço de pano vermelho num puxão. Ele recebe o mesmo destino da camisa. Ela abre o meu cinto e eu consigo tirar sua saia, deixando-a só com uma calcinha mínima. Se é que eu posso chamar de calcinha aquela pequena tira que mal cobre o centro das suas pernas.

– Oh, Jen, você está me matando – eu falo, puxando sua calcinha para o lado e enfiando dois dedos em sua entrada molhada. – Você está tão molhada – eu murmuro e ela sacode a cabeça.

– Sim – ela geme, enquanto meus dedos fazem os movimentos de entra e sai. Eu resolvo tirar o pedacinho de pano que estava atrapalhando meu caminho. Ela geme mais alto e eu sussurro em seu ouvido.

– Segure sua coisa de plumas, querida. Desta vez, apenas eu vou brincar com você. Da próxima, vamos usar o presente que você ganhou – eu falo, acelerando meus movimentos, e ela geme ainda mais alto.

Abro minha calça, puxando-a junto com a cueca boxer para baixo e mal consigo tirá-la de mim, bem como meu sapato. Eu a beijo com força, esfregando minha ereção contra seu ventre e a ouço gemer baixinho.

Me afasto apenas o suficiente para pegar um preservativo no bolso da calça e, quando volto para ela, a imagem à minha frente é digna de uma revista erótica. Ela está linda, nua, lábios cheios pintados de vermelho. A única coisa envolvendo seu corpo é o negócio de plumas e eu estou pronto para fazê-la gozar.

Coloco o preservativo no pau e, antes que ela tenha tempo de falar qualquer coisa, penetro seu corpo, arrancando um gemido alto. Ela envolve suas pernas longas ao redor do meu corpo e suas unhas arranham minhas costas.

Eu a empurro contra a porta, fazendo movimentos de vai e vem com força. Não temos nenhuma condição de fazer nada com calma. Ela grita meu nome, e eu seguro seu quadril com força, entrando e saindo dela, cada vez mais rápido.

– Oh, Rafe... Sim... Mais... – ela grita, e eu acelero meus movimentos. Meus pensamentos se voltam para a caixa com brinquedos sexuais e, só de imaginá-la se tocando com o vibrador, chego ao ponto sem volta.

– Jenny, eu vou gozar. Quero você comigo – eu falo, ofegante, e ela sacode a cabeça, concordando. Mais alguns movimentos até que eu não consigo mais segurar. – Agora, baby, goza comigo – eu falo para ela e sinto os músculos de sua vagina apertarem meu pau. Seu corpo se contorce contra o meu e, finalmente, nós dois atingimos o orgasmo juntos.

Uau. Nunca, em toda minha vida, uma mulher tinha mexido tanto comigo.

Nossos corpos estão suados, estamos ofegantes e os olhos de Jenny estão nublados. Ela desenrola as pernas do meu corpo, e se apoia contra a porta, enquanto eu tiro o preservativo e amarro a ponta. Ao levantar os olhos para vê-la, ela está com a cabeça encostada contra a parede, de olhos fechados, ainda ofegante.

– Vem, querida – eu falo e a pego no colo, já que ela parece que vai desmontar a qualquer momento. – Vamos para a cama.

– Cama? – ela pergunta sonolenta.

– Sim – eu respondo e sigo até o quarto. No caminho, jogo o preservativo na lixeira da suíte, e sigo até a cama, colocando-a deitada. Ela se aconchega ao meio da cama, com um sorriso no rosto, e eu deito em seguida, abraçando-a por trás. Beijo sua testa, aperto seu corpo contra o meu e caio no sono com ela, tendo sonhos repletos de gemidos eróticos com a ajuda de um certo vibrador.

Capítulo seis

Os primeiros raios de sol da manhã que passam pela cortina me despertam, mas não quero acordar. Imediatamente, a lembrança da noite anterior me vem à mente. Lembro dos acontecimentos da festa, nossa foda contra a porta, dormir agarrado com ela e acordar no meio da noite, com Jenny ajoelhada na cama, me acordando da melhor forma possível. Eu sorrio ao lembrar disso e abro os olhos pronto para puxá-la para mim, quando me surpreendo com a cama vazia.

– Porra, Jenny – eu resmungo, puto, levantando da cama. Não posso acreditar que ela foi embora sem falar comigo. Estou tão irritado que estou até xingando, coisa que não gosto de fazer em voz alta, por me trazer memórias do passado que não gosto de lembrar.

Vou até o banheiro, jogo uma água no rosto. Olho no espelho, vejo marcas de unhas nos meus ombros e fico ainda mais puto. Essa mulher quer me enlouquecer, eu penso comigo mesmo, enquanto escovo os dentes. Volto para o quarto, visto uma boxer limpa e saio em direção à sala de estar da suíte, para ver se ela deixou, pelo menos, um bilhete.

Sigo pelo corredor que leva à sala, passando a mão pelo cabelo, sem conseguir acreditar que ela me deixou depois da noite passada. Chegando à sala, encontro a caixa vermelha, fechada, em cima da mesa, e a roupa de Jenny dobrada em cima da cadeira. Um fio de esperança corre pelo meu corpo. Ela não poderia ter ido embora sem roupas, certo? Olho novamente ao redor e vejo a porta da varanda aberta. Sigo até lá e encontro Jenny, vestida com a minha camiseta, deitada numa *chaise*, com uma caneca nas mãos. Graças a Deus.

– Jen? – eu a chamo e ela abre os olhos assustada.

– Oh, não tinha visto você entrar – ela fala baixinho e eu sento ao lado dela.

– Você está bem? – eu pergunto, fazendo um carinho em seu rosto. Ela aconchega o rosto na minha mão. Parece um bom sinal.

– Estou sim. Desculpe, acordei cedo e não queria obrigar você a acordar também. Então, eu só levantei devagar e vim pra cá. E peguei sua camisa. Desculpe, eu não pedi – ela fala, baixa a cabeça e eu seguro seu queixo, levantando-o até que ela esteja olhando para mim.

– Meu anjo, não peça desculpas. Eu apenas senti sua falta e fiquei com medo que você tivesse ido embora. Não me incomodo de te emprestar minha camiseta. Ela fica melhor em você do que em mim. – Pisco o olho para ela, e um sorriso aparece naquele rosto tão lindo.

Ficamos em silêncio por alguns minutos, até que eu não consigo segurar meu impulso e falo:

– Jenny, você está arrependida da noite passada? – Ela sacode a cabeça em negativo e eu continuo: – Baby, eu não quero abrir mão de você. Eu gostaria de uma chance para nós dois. Eu gosto muito de você. E nem preciso dizer o quanto Maggie é importante para mim – ela balança a cabeça, concordando e eu prossigo: – Nós podemos ir devagar. Não precisamos fazer nada apressadamente. Eu só queria ficar com você. Nós somos tão bons juntos...

– Oh, Rafe... – ela fala e abre um pequeno sorriso para mim. – Eu tenho medo... – ela sussurra e eu a puxo para mais perto de mim.

– Você não precisa ter medo, Jenny. Eu só quero ficar com você. Estou cansado de lutar contra isso – ela desvia o olhar em direção à vista da varanda. Ficamos em silêncio novamente, até que ela fala:

– Ok, Rafe. Vamos tentar. Eu só... eu só não queria contar a nossos amigos, por enquanto. Acaba gerando uma expectativa e eu não quero lidar com essa pressão. Não por enquanto. Além disso, eu tenho uma filha pequena e ela é muito influenciável e sensível a você. "Formalizar" um namoro é um passo muito grande, e eu preciso me sentir segura para isso – ela fala e, estranhamente, "sentir segura" não me pareceu apenas segurança emocional. – Você acha que consegue lidar com isso, Rafe? Ficarmos juntos, mas sem pressão? Apenas aproveitarmos os momentos e nos conhecermos melhor?

– Consigo – eu respondo, mesmo sem ter certeza se posso lidar com o fato dela ser minha e, ao mesmo tempo, não ser. Essa conversa me faz lembrar o início do relacionamento de Zach e Jo. Só espero que, no fim das contas, a gente consiga progredir como eles. – Será como você quer, Jen – eu respondo e a puxo para meu colo. Ela se aninha contra meu corpo e eu a abraço com força. – Você só não pode fugir de mim – eu falo e ela ri contra meu peito. – Estou falando sério, Jennifer.

Ela levanta o rosto, olhando em meus olhos e responde, séria:

– Eu não vou fugir de você.

Sim! Ela vai ser minha!

– Ótimo. Agora vamos voltar para a cama. Está muito cedo, o café da manhã pré-casamento é só às dez horas e eu sei de coisas muito interessantes que podemos fazer na cama até a hora de levantar.

– Hum... e que tipo de coisas interessantes seriam essas? – ela pergunta rindo, e eu não resisto em mexer com ela.

– Muitas coisas. Uma delas poderia envolver um certo presente que você ganhou noite passada – eu falo rindo e ela fica completamente vermelha.

– Rafe! – Jenny protesta e eu a pego no colo, indo em direção ao quarto. Tínhamos pouco mais de duas horas para aproveitarmos nossa recém-descoberta intimidade. E eu não desperdiçaria um só minuto.

Capítulo sete

Jenny

Depois da noite inesquecível que tivemos, eu e Rafe acordamos pela segunda vez, depois de um cochilo, e liguei para Mary, para falar com Maggie, enquanto estávamos deitados na cama, abraçados. O dia seria tranquilo, já que tínhamos adiantado a maior parte dos preparativos do casamento dos nossos amigos. George havia marcado com todos nós às 10h, no restaurante, para tomarmos o café da manhã.

– Tudo bem, meu anjo? – Rafe pergunta, enquanto veste a calça jeans. Eu estava preocupada com a roupa que eu iria vestir no dia seguinte, mas ele solicitou ao serviço de quarto que transferisse minhas coisas para o quarto dele.

– Sim – eu respondo, enquanto penteio o cabelo, olhando para ele pelo reflexo do espelho. Ele é tão lindo... às vezes isso tudo parece tão irreal... estar com ele aqui, me sentindo querida, desejada... e me desperta um medo tão grande... como se a qualquer momento tudo fosse desaparecer.

–Você fez uma carinha. O que houve, Jenny? – ele para ao meu lado, parecendo preocupado.

– Desculpe, Rafe. Eu não estou triste, não. Só estava me perguntando se isso era real. – Ele parece confuso com meu comentário e eu passo a mão em seu rosto, sorrindo para ele. – Eu acho que estou um pouco... assustada.

– Oh, Jenny. – Ele me puxa num abraço apertado e beija meus cabelos. – Eu sei que você está assustada, mas vai dar tudo certo. Eu só quero cuidar de você e da Maggie – lágrimas se acumulam em meus olhos, demonstrando toda a emoção que eu sinto com suas palavras. Nunca, em toda minha vida, eu me senti realmente cuidada por alguém. E isso me apavora. Uma lágrima rola em meu rosto e ele a seca, com a ponta do dedo. Eu o abraço com força, mas uma batida na porta nos assusta. – Quem será? – eu pergunto e Rafe vai abrir.

– Será que os pombinhos podem sair do ninho de amor para tomarmos café? Hoje temos muito que fazer, não é hora de ficar de amorzinho – George fala, entrando no quarto e eu enrubesço.

– Estamos prontos – Rafe responde. – Vamos, meu anjo?

– Vamos – eu respondo e George abre um enorme sorriso enquanto sigo Rafe e ele até o restaurante do hotel. – Para de rir, George – eu falo baixinho para ele, mas seu sorriso se alarga ainda mais.

Jo, Zach, Danny, Julie e Livy já estavam na mesa, nos aguardando. Ben chega logo em seguida e o *maître* pergunta se pode nos servir. Com nossos cafés na mão, começamos a conversar sobre a noite anterior, enquanto os rapazes falam sobre o jogo de ontem.

– E então, crianças, gostaram da festa?

– George, foi perfeita! – Julie responde sorrindo.

– Gostou do presente, Docinho? – George pergunta baixo para Jo, que solta uma gargalhada.

– George, maravilhoso! Quase fui até seu quarto no meio da noite para te agradecer, mas Zach não deixou – todos nós rimos e Livy sorri, vermelha.

– Julie? – ele se volta para ela com um grande sorriso.

– Julie o quê? Nem vem, George. Não vou falar sobre a minha intimidade, seu espertinho.

– Ótimo. Já me respondeu o que eu precisava. Jenny? – ele pergunta se voltando para mim, que engasgo com o café.

– George!

– Meu bem, não me venha com essa cara ofendida. Eu sei o que aconteceu na noite passada. Eu vejo tudo – George responde, com ar de quem sabe mais do que todas nós.

– O que você viu? – Julie e Jo perguntam e eu fico ainda mais vermelha.

– Eu não vou contar, porque nossa doutora parece ainda não estar pronta. Maaasss, eu fiquei feliz, Jen. E, se você precisar, estamos aqui. – Ele pisca o olho e eu balanço a cabeça, olhando para sua xícara. – Nós te amamos, meu anjo. E só queremos o seu melhor – eu sorrio de leve, e eles não insistem mais no assunto.

– Livy? – George a chama e ela olha para ele e sorri.

– Foi uma noite longa e solitária. E se eu não entrar no vestido de dama de honra, a culpa é sua – ela fala e todas nós rimos.

– Nossa Dorothy tem garras afiadas – George fala e ela solta uma risada.

– Ainda não te desculpei por ter me dado chocolates em vez de presente divertido.

– Eu prometo que quando o "Sr. Certo" aparecer, você vai ganhar um bem divertido, ok?

– Obaaa – ela fala e bate palmas, e todas nós rimos.

O café segue sem mais situações constrangedoras, até a hora que George nos fala que está na hora de irmos embora e nos arrumarmos para o casamento.

Nossas limusines chegam ao hotel para nos buscar, levando os meninos para casa de Mary, para que eles pudessem se arrumar, e nós para casa.

Antes de ir, Daniel chama Julie.

– Baby?

– Oi, querido.

– Só queria dizer que eu te amo. Te vejo no altar. – Ele a beija e se afasta, indo até os meninos, que o estavam esperando. Antes de entrar no carro, ele pisca o olho e ela manda um beijo no ar.

As meninas a puxam para o carro e eu entro com um sorriso, pensando que Daniel e Julie estavam me mostrando que depois do "E viveram felizes para sempre...", os contos de fadas poderiam ser ainda melhores.

Capítulo oito

George

O dia passou num borrão. Fomos todos para a casa de Danny e Julie nos arrumar para o casamento. Enquanto as meninas passavam por seus tratamentos de beleza e se preparavam para estarem lindas, eu resolvo dar uma volta para ver como estão as coisas.

Ao chegar ao deque no fundo da casa, vejo a decoração toda pronta. O deque virou um salão de festas, com mesas dispostas por todo o lugar, cobertas por toalhas brancas e arranjos coloridos. No centro das mesas havia lanternas chinesas cor-de-rosa, iguais às do filme *Enrolados*, da Disney, que dariam um ar romântico ao ambiente quando a luz do sol caísse, dando espaço para a noite chegar.

Julie e Jo foram essenciais para que eu conseguisse chegar até aqui. Elas foram os dois pilares que não deixaram secar meu coração, apesar da decepção que passei com minha família. E agora, olhando aquele lugar, todo pronto para o tão sonhado casamento da minha garotinha, eu tinha a certeza de que eu era muito sortudo por fazer parte daquilo ali.

Primeiro Jo, agora Julie. E elas ainda colocaram na minha vida mais duas amigas para eu tomar conta: Jenny e Livy. Fora as menininhas que em pouco tempo me chamariam de tio: Maggie, Chloé e Charlie.

Abro um sorriso ao lembrar dos nossos momentos divertidos, das alegrias que elas me proporcionaram, das nossas bebedeiras e nossas conquistas. E é com esse sorriso que Ben me encontra.

– Georgie, querido, estava te procurando. – Ele se aproxima e entrelaça seu braço no meu.

– Eu estava aqui, pensando na vida – eu respondo e sorrio. – Você está lindo neste terno, *mi amor.*

Ben solta uma risada e pergunta:

– Você já viu como está a praia?

– Oh, verdade! Ainda não vi.

Seguimos até onde seria a cerimônia. Está tudo tão lindo, parece tirado de um conto de fadas.

– Vai ser um casamento lindo!

– Vai sim – um garçom passa por nós, e nos serve uma taça de champanhe. Ao fundo, ouvimos um barulho e viramos para ver nossos convidados começarem a chegar para a cerimônia. Ben volta a falar: – Querido, daqui alguns dias é nosso aniversário.

– Eu sei! Cinco anos juntos! – Eu abro um grande sorriso orgulhoso.

– Está preparado?

– Para quê?

– Para ser surpreendido. – Ele sorri, mas seu olhar me diz que está guardando um segredo.

– Eu não me importo de ser surpreendido agora.

– Você é muito curioso.

– Jura que você não vai me contar? Oh, *chéri*, vou morrer até lá.

– Se você morrer vai ficar sem saber – Ben responde, divertido.

– Droga – eu falo e nós dois caímos na gargalhada. O telefone dele toca, sinalizando que recebeu uma mensagem. Ele lê a mensagem e sorri.

– Vou lá na frente receber o noivo e os padrinhos.

– Oh, perfeito! – eu falo sorrindo e Ben se afasta. Ao olhar em direção ao outro lado da casa, vejo Jude, com um sorriso enorme no rosto, seguido por Alan, que parece delicioso num terno escuro. O cabelo dele está mais curto, despenteado, como se tivesse acabado de sair da cama, mas, ao mesmo tempo, tentadoramente sexy; a barba feita e o corte impecável da roupa o faziam parecer pecaminoso. As mulheres ficariam enlouquecidas com esse homem, e quando penso nisso, um nome me vem à mente: Livy.

– George! Oi, cara! – Alan vem até a mim e aperta minha mão, seguido de perto pelo irmão, que está com a expressão mais feliz que eu já tinha visto.

– Como está o nosso *rock star*? – eu pergunto e ele ri.

– Estou bem.

– Parece que o nosso garotão também está feliz – eu falo, indicando Jude com a cabeça e seu sorriso parece ainda maior.

– Tio George, eu estava contando ao Alan sobre os passeios que fizemos e as minhas notas no colégio.

– Ele me disse que só tirou nota alta – Alan responde, orgulhoso, bagunçando o cabelo do menino, carinhosamente.

– Jenny o colocou para estudar.

– E Livy me ajudou com as lições de matemática e história.

– Olivia? – Alan perguntou com um sorriso sonhador nos lábios.

– É. Ela é muito boa. Me contou tudo sobre a história da Itália.

– Itália? – Alan pergunta, surpreso.

– Parte da família de Livy é italiana. Eles são uma família típica, com todo aquele falatório, superproteção e comida – eu explico e Alan ri.

– Eu achei que ela era descendente de irlandeses ou algo assim.

– Nós também. Mas ela explicou que é uma mistura de irlandeses com italianos, sua mãe é uma *mamma* italiana e o pai um autêntico irlandês.

– Interessante – um sorriso apareceu no canto da boca de Alan e eu aproveito que Jude se distraiu com Pepper.

– Alan, querido, você sabe que nós amamos você. Só tome cuidado com Livy, ok? Ela é uma menina inocente. Não está acostumada a se relacionar com homens como você.

– Homens como eu?

– É. Você é um ótimo amigo e um excelente "pai" para o seu irmão. Mas todos nós sabemos que você é um conquistador. E ela não está acostumada a isso.

– Eu só quero conhecê-la melhor, George. Eu gosto dela.

– Eu sei que gosta. Só não maltrate o coração dela, ok?

– Pode deixar.

A música começa a tocar, e viramos para ver Daniel chegar, com Zach e Rafe, incrivelmente bonito no seu terno grafite. Seus olhos estão muito verdes e ele está com um sorriso enorme no rosto.

– Como você está, Danny Boy?

– Nervoso – ele responde e ri.

– Vai dar tudo certo – Alan fala e eles apertam as mãos.

– Meninos, vamos nos acomodar? Está na hora! – Mary os chama, enquanto a organizadora de casamento leva os convidados aos seus lugares. Daniel vai para o altar e cumprimenta o padre, ficando ao lado de Zach, Rafe e Alan. Ben chega em seguida, aperta a minha mão e vai para o altar ficar ao lado dos meninos, assumindo sua posição de padrinho.

Ouço o quarteto de cordas começar a tocar os primeiros acordes de "Come Away With Me" e corro em direção ao deque para assumir meu lugar ao lado das minhas meninas. Está na hora.

Capítulo nove

Julie

Ouço começarem os primeiros acordes daquela música – que é tão especial para nós dois – e sou tomada imediatamente pela emoção. Os músicos iniciam "Come Away With Me" e, devagar, minhas damas de honra começam a seguir em direção ao altar montado na praia, sendo guiadas por Maggie, que está linda com seu vestidinho rosa. George, que encerra o cortejo com minhas duas filhas no colo, vira-se para me mandar um beijo e pisca o olho para mim. Eu sorrio e, ao levantar os olhos em direção à praia, vejo o homem dos meus sonhos, lá, de pé, parado com um sorriso trêmulo e inquieto, me aguardando. De onde estamos, ele não pode me ver, mas eu o vejo e meu coração dá uma cambalhota.

Sinto passar um filme à minha frente, naqueles trinta segundos, enquanto meus amigos se encaminham pelo corredor de flores, com o pôr do sol ao fundo. Imagens aleatórias da nossa infância e adolescência passam pela minha cabeça, entrelaçadas com os dias atuais. Risadas, suspiros, sonhos, beijos, música. Tudo ali, junto e, ao mesmo tempo, mostrando que nada foi em vão. Demorou. Foram muitos anos sonhando com esse homem até que ele fosse finalmente meu.

Mas agora eu estava realizando aquilo que sempre quis e sempre sonhei.

Respiro fundo e Paul me oferece seu braço. Ele entraria comigo e me entregaria a Daniel, representando meu pai.

– Você está linda, querida – ele fala sorrindo e eu aceno, incapaz de falar qualquer coisa. Seguimos devagar pelo deque em direção à praia e eu começo a tremer incontrolavelmente. Paul percebe meu nervosismo e, quando me olha, estou com os olhos quase transbordando.

Na entrada do corredor de flores, ele para e olha para mim:

– Vamos nos acalmar, princesa. Senão, você e eu vamos enfartar de tanta emoção – ele fala rindo e me faz rir também. Sinto os olhos de todos se voltarem para mim, mas Paul prende a minha atenção: – Respira fundo, comigo. – Nós dois respiramos fundo. – Isso, mais uma vez. Agora vamos relaxar – ele fala e o que começa a fazer arranca uma gargalhada do meu peito.

Nós estamos parados no início do corredor, entre as cadeiras dos convidados, com todo mundo nos olhando, e ele começa a me balançar de um lado para o outro, dançando comigo uma espécie de um pra lá e um pra cá, e então começa a cantar baixinho uma música que sempre me fazia rir.

– Boa noite, gatinha, você vai dormir *tchutchu rururu*; boa noite, gatinha, você vai dormir – eu me balanço no ritmo desengonçado de Paul e fico rindo, enquanto ele continua, mantendo o balanço e a canção do filme *Três solteirões e um bebê*, que eu o fiz assistir comigo milhares e milhares de vezes por causa dessa música. – Já. São. Três horas. Da manhã. Baby, você vai dormir *tchu tchu rururu*. – Como mágica, eu sinto meu corpo acalmar. Já não estou mais tremendo, nem prestes a chorar.

– Obrigada, Paul – eu sussurro para ele, que beija minha testa.

– Já podemos ir?

– Sim – eu sorrio.

– Ótimo.Vamos, antes que Daniel saia de lá e venha aqui te buscar à força. – Nós dois rimos e, quando eu olho para frente, Daniel está me olhando, parecendo encantado e emocionado. Recomeçamos nossa caminhada até o altar e, durante esse tempo, nossos olhares não se desprendem. Só quando já estou muito próxima é que ele me olha de cima a baixo, notando o vestido de noiva, e abre um grande sorriso. Paul e eu paramos em frente ao padre e ele se vira para mim, beija meu rosto e fala: – Estou muito feliz e orgulhoso de vocês dois pelo amor que sentem um pelo outro e por terem me dado duas netas tão lindas. Obrigada, querida. Seja feliz. – Nos abraçamos e, sem soltar minha mão, ele aperta a mão de Danny, e eles se abraçam. Então, Paul entrega a minha a Daniel – Seja feliz, meu filho, com sua família.Vocês têm a minha bênção e meu apoio.

Daniel, então, segura minha mão na sua e abre aquele sorriso que eu amo.

– Você está linda. O que foi aquilo na entrada? Vocês estavam dançando? – ele pergunta baixinho e eu dou uma risada.

– Técnicas do seu pai para acalmar a noiva – eu respondo e Daniel ri também.Viramos de frente para o altar e eu olho ao redor, vendo os nossos amigos mais queridos sorrindo, compartilhando aquele momento tão importante conosco. George sorri para mim, com Chloé no colo, enquanto Charlie está no colo de Livy.

A cerimônia tem início com o padre dando boas-vindas e falando sobre amor verdadeiro e família. A cerimônia segue, e Daniel não para de me olhar e sorrir, até que chega a hora de fazermos nossos votos. Não tínhamos combinado de escrever nada em especial, nossa ideia era falarmos algo que viesse do nosso coração. O padre passa a palavra para Daniel:

– Julie, eu prometo continuar te amando e te respeitando por todos os dias da nossa vida. Você me deu os melhores presentes que eu poderia querer: seu amor e nossas duas meninas. Você me ensinou a ter perseverança, a acreditar nos meus sonhos e a fazer o bem; que dois é melhor que um sozinho e que quatro é ainda mais divertido. Você me fez realizar um sonho, que eu nem imaginava que eu poderia conquistar. Prometo nunca tirar esse sorriso lindo do seu rosto, nunca ir dormir sem deixar de dizer o quanto eu te amo e, principalmente, nunca deixar de fazer você feliz. Eu te amo, baby. – Os lindos olhos de Daniel refletem a emoção que estamos sentindo e ele desliza a aliança em meu dedo, beijando minha mão, quando acaba de colocá-la em mim.

– Julie – o padre fala, indicando que é a minha vez de falar meus votos.

– Daniel, eu prometo estar ao seu lado todos os dias. A te amar sem reservas. A cuidar de você e de nossas filhas com todo o amor do meu coração. A retribuir diariamente toda felicidade que você me proporciona, pelo simples fato de estar ao meu lado. Você é meu amigo, meu companheiro, meu parceiro, meu amante. O amor da minha vida. O homem que eu sempre sonhei. Você é meu sonho se tornando realidade, e nada que eu diga será o suficiente para demonstrar tudo aquilo que eu sinto. Eu te amo, querido.

Coloco a aliança de ouro em seu dedo. Ele sorri, com os olhos marejados, e quando viramos de frente para o padre, vejo nossos amigos emocionados, enxugando as lágrimas.

– O amor de vocês dois é algo admirável. Conservem esse respeito e esse carinho um pelo outro, meus queridos, e eu tenho certeza de que vocês serão muito felizes. Eu os declaro marido e mulher. Pode beijar a noiva – o padre fala, com a voz embargada, e viramos um para o outro. Daniel olha dentro dos meus olhos com tanto amor que me faz perder o fôlego. Ele se aproxima, a mão esquerda tocando meu rosto num carinho suave, enquanto seu braço direito envolve minha cintura, puxando meu corpo para mais perto dele. Estamos tão juntos que posso sentir as batidas aceleradas dos nossos corações.

– Eu te amo, baby – ele fala e, em seguida, me beija profundamente, enquanto nossos convidados aplaudem. Nós dois cumprimentamos o padre e, antes de descermos do altar, George e Livy nos entregam nossas meninas e saímos em direção à festa com a nossa família completa.

Andando pelo caminho de flores, olho para o céu e ele está uma mistura de roxo, coral e vermelho, abrindo espaço para a noite cair. Daniel me chama:

– Baby?

– Oi, querido.

– Está feliz?

– Estou sim. Muito.

– Que bom. Esse é só o começo – ele fala piscando o olho e me leva em direção à comemoração. É, meus amigos, esse é o mesmo homem que até quase dois anos atrás não queria saber de relacionamentos e que me via como sua irmãzinha. Quem poderia imaginar que meu sapo viraria príncipe encantado e me daria uma vida realmente feliz pela frente, além de ser tão romântico. – Não vejo a hora da gente ficar sozinho e eu poder fazer... – ele diz em meu ouvido tudo que faria comigo vestida de noiva.

– Daniel! – eu protesto, sentindo meu rosto ficar vermelho, mas não consigo segurar a risada. Sim, meu príncipe encantado é romântico, me faz muito feliz, mas é um tarado irresistível. E é todinho meu!

Capítulo dez

Um mês depois...

George

Olho ao redor do salão do Spago de Beverly Hills e não posso segurar o sorriso. Hoje é o dia em que Ben e eu fazemos cinco anos de namoro e ele convidou nossos queridos amigos mais próximos para comemorar nosso dia especial com um belo jantar no famoso restaurante. Eles estavam sentados numa grande mesa no canto, com balões coloridos amarrados nas cadeiras, contrastando com o clima moderno do local. Ben era um companheiro atencioso e dedicado. Esse era certamente o tipo de evento que ele programaria para comemorar o tempo que estávamos juntos.

Ele vem até a entrada do restaurante, onde estou parado, e me abraça com um sorriso no rosto.

– Feliz aniversário, Georgie.

– Oh, *chéri*, que coisa mais linda! Feliz aniversário!

–Vem, está todo mundo te esperando – ele fala com aquele sorriso no rosto que eu gosto tanto e seus olhos azuis brilhando. Não sei se já contei a vocês como meu Ben é lindo. Ele é alto, mais alto que eu, seus cabelos são curtos, olhos azuis, um sorriso aberto que demonstra toda a bondade do seu coração. Ah, sim, ele é a cara do Gerard Butler mais novo e ainda tem aquele delicioso sotaque britânico que só os nascidos na terra da rainha possuem.

Ben veio de Londres para Los Angeles a trabalho, para ficar por apenas três semanas. Ele é engenheiro civil e nos conhecemos no projeto em que ambos estávamos trabalhando. Ele como engenheiro e eu como designer de interiores para uma multinacional inglesa. Após a primeira semana de trabalho, saímos com o pessoal na sexta à noite, para um happy hour e, alguns drinks depois, ele já era meu. Ao final das três semanas de muito amor, Ben voltou para Londres, mas uma semana depois me ligou, aos prantos, me pedindo para procurar um apartamento em LA, porque não aguentava mais de tanta saudade. Ele pediu transferência para o escritório americano da empresa de engenharia e eu o levei para morar na minha casa. E, desde então, nunca mais nos separamos. Ben é a minha rocha. É a pessoa que me incentiva, que me coloca para cima e que me faz rir. E, cinco anos depois, posso dizer que ele continua me fazendo sentir o mesmo arrepio na nuca quando o vejo, como aconteceu na primeira vez em que nossos olhares se cruzaram.

Eu o sigo até a mesa e cumprimento a todos, que estavam muito animados. Fazia quase três semanas que eu não via meus amigos, já que eu andava enrolado com o projeto da casa de uma das estrelas do time dos Lakers.

– George, querido. Estava com tanta saudade de você – Jo fala ao me abraçar, largando momentaneamente seu marido Thor.

– Eu também, Docinho. Como vocês estão? – ela abre um sorriso e tenho certeza de que está guardando algum segredo.

– Estamos bem, muito bem – ela responde e eu aperto sua mão.

–Você está me escondendo alguma coisa, eu tenho certeza.

– Ainda não está na hora de falar. Você vai saber no momento certo – ela fala, rindo, e volta a agarrar Zach, que a beija profundamente, arrancando um suspiro da mesa ao lado, repleta de meninas.

Meu olhar cai sobre Daniel e Julie, que estão, literalmente, brilhando. Danny Boy é só sorrisos e Julie parece mais feliz do que eu jamais vi na vida. O casamento fez realmente bem a eles dois.

– Onde estão as meninas, garotinha? – eu pergunto a Julie, que faz um olhar de cachorrinho perdido, ao pensar nas filhas.

– Estão com Mary e Paul. – Agora, o sorriso dela muda um pouco. – Elas vão dormir lá hoje, assim nós poderemos aproveitar um pouco mais. Nós viemos de moto – ela fala e o sorriso cresce mais, me fazendo pensar que ela tem planos impertinentes para o marido executar.

– *Hummmm*... moto é bom – eu falo, rindo, e... bingo! Ela fica vermelha e eu sei que estou certo. Meu olhar recai sobre Livy, que está linda num vestido azul e, para minha surpresa, está acompanhada de um belo rapaz de terno. – Livy! E quem é esse ao seu lado?

– Oh, George, esse é Stanley Kendricks, ele é o novo advogado do escritório... – Livy começa, mas o rapaz nem a deixa terminar.

– E futuro namorado da beldade ruiva ao meu lado – ele pisca o olho para Livy, que fica completamente vermelha e abaixa os olhos, sem graça, enquanto estende a mão para me cumprimentar. Que interessante. Parece que nosso lambedor perdeu.

– Olá, Stan. – Aperto a sua mão, mas sinto uma vibração estranha vindo dele.

– Stanley. Eu não gosto de apelidos – ele responde e eu antipatizo com ele na hora. Seu aperto de mão é fraco, como se estivesse fazendo um favor de apertar a minha mão. Não gostei. Sim, ele é realmente bonito. Feições clássicas, cabelo no lugar, olhos azuis, me faz lembrar James Marsden sem o ar encantador.

– Claro, Stanley. Então, Livy – eu acentuo o apelido –, tem tido notícias de Alan? – Livy me olha com os olhos arregalados.

– Ele está em Houston, na turnê.

– Ah, que maravilha. E quando ele volta?

– Não tem data ainda.

– Quem é Adam? – Stanley pergunta, se envolvendo na conversa.

– Alan. É o vocalista da The Band – Livy explica e ele balança a cabeça em concordância.

– Ah, sim. *Este* Alan – Stanley fala, parecendo pensativo, mas abre um sorriso, em seguida, dispersando o mal-estar. A conversa prossegue sem outras situações estranhas e eu afasto o pensamento de que não gostei de Stanley à primeira vista, imaginando que meu sexto sentido possa ter falhado.

A noite segue animada, pedimos nosso jantar, bebemos e rimos. Quando o garçom começa a servir os pratos, Jenny e Rafe chegam. Juntos e pedindo desculpas pelo atraso.

– Desculpe, George. Eu saí tarde do plantão – ela fala, me beijando, e Rafe olha para ela com um ar sonhador. Eles não assumiam para ninguém que estavam juntos, mas era tão nítido que eles estavam apaixonados. Eu esperava que Jenny se tornasse menos arredia e permitisse que Rafe entrasse em seu coração. Eu sabia que ele havia tido uma vida muito difícil e que fazer parte de uma família era algo muito importante para ele. Jenny era um pouco misteriosa com relação ao seu passado, principalmente no que diz respeito ao pai de sua filha, mas ela, assim como ele, merecia ser feliz.

– Tudo bem, meu anjo. Eu entendo. – Eu pisco para ela e aperto a mão de Rafe. – Sentem-se e aproveitem o garçom para fazer seus pedidos.

O jantar transcorre maravilhosamente bem. A conversa é muito animada. Ben está sentado ao meu lado e não larga minha mão direita um só momento. Até para ele, que é um cara muito carinhoso, isso é algo incomum.

– *Chéri*, está tudo bem? – eu pergunto, preocupado. Sua mão ficou gelada de repente e ele parece um pouco inquieto.

– Sim, estou só um pouco nervoso.

– O que houve? Eu desliguei tudo em casa, Ben. Fique tranquilo. – Desde que eu deixei, há alguns anos, o ferro de passar ligado na tomada e saí para o shopping com as meninas, Ben ficava preocupado. Ele dá uma gargalhada e eu não posso deixar de sorrir.

– Não estou preocupado com isso, Georgie. Na verdade, eu tenho um pedido.

– Pedido? O que houve? – nesse momento, Ben faz algo completamente inesperado. Ele levanta da cadeira, remexe no bolso da calça e ajoelha. *Oh. My. God.* – Ben? – eu o chamo, com os olhos arregalados e a boca aberta.

– Georgie, hoje faz cinco anos que eu abandonei tudo para ficar com você. Você é minha família, minha base. Mudei de país para estar ao seu lado e esses foram os cinco anos mais incríveis da minha vida. – Ele tira uma caixinha do bolso da frente da calça e abre. Duas belas alianças em ouro repousam no veludo preto. – Eu gostaria de oficializar a nossa união. Em Londres. Com a bênção dos meus pais.

Meus olhos se enchem de lágrimas e eu só consigo sacudir a cabeça concordando. Ele coloca uma das alianças no meu dedo e estende a mão para que eu coloque a dele. As meninas suspiram, enxugam o canto dos olhos e os rapazes levantam para nos cumprimentar.

Ben sabia como eu ficaria emocionado em casar com a presença dos seus pais. Como eu não falava com os meus, William e Carolyn, meus sogros, eram muito importantes para mim. As meninas trocam de lugar, sentando à minha volta e esticando minha mão para verem a minha aliança. Estamos todos muito animados, rindo e brincando.

De repente, ouço um barulho de celular.

– Jenny, meu anjo, parece ser o seu – eu falo, reconhecendo o toque de SMS. Jenny sorri e pega o telefone para ver a mensagem, mas, assim que ela desliza a tela, seu rosto empalidece e ela parece ter levado um soco no estômago. – Querida, está tudo bem? – eu pergunto e ela demora um pouco para se dar conta de que estou falando com ela.

– Oh, sim. Desculpe. Não... não foi nada, George. Está tudo bem. É trabalho – ela responde, mas não me convence. Jenny abre um sorriso trêmulo e pede licença para ir ao banheiro. Rafe a segue com o olhar parecendo preocupado, mas respeita o espaço dela.

Alguns minutos depois, ela volta. E com a desculpa de que está com um pouco de dor de cabeça por causa do cansaço, ela pede a Rafe para ir pra casa e se despedem de nós.

– Você está bem?

– Sim, George. Eu só estou um pouco cansada. Eu tive um dia duro e minha cabeça está doendo muito.

– Ok. Sabe que se precisar estamos com você, né?

– Eu sei, George. Eu realmente aprecio isso – ela fala com um sorriso trêmulo, me abraça e vai. Espero, de coração, que nada de errado tenha acontecido. Se tinha algo que esses dois merecem é ser felizes.

Capítulo onze

Jenny

Meu corpo inteiro treme de nervoso. Eu achei que estava livre. Que tudo tinha acabado. Eu não podia estar mais enganada.

Tudo o que eu queria era deitar na minha cama, me enrolar como uma bola embaixo do meu edredom, chorar e esperar a morte. Eu sabia que esse momento ia chegar. Lá no fundo, bem no fundo, eu sabia.

A felicidade que eu estava sentindo nas últimas semanas não era para mim. Eu sabia que nada daquilo era meu destino, mas baixei a guarda e me permiti viver aquele sonho, ao lado de Rafe, onde brincávamos de casinha, fazendo amor todas as noites, cuidando de Maggie e nos apaixonando. O sonho impossível. É lógico que uma hora isso teria que acabar. Na verdade, não deveria nem ter começado.

Sinto Rafe tenso ao meu lado no carro. Vejo os músculos do seu rosto travados e sua sobrancelha levemente arqueada, como se estivesse tentando entender o que se passava comigo. Rafe era muito fechado, muito sério. Mas, nos últimos meses, eu havia aprendido a identificar seus sinais.

Quando ele estava feliz, sua expressão se transformava. Seus olhos ficavam mais suaves e todo seu rosto sorria. Quando ele estava excitado, seu olhar ficava mais grave, como se escondesse os segredos do mundo. Seus olhos cor de mel ficavam quase dourados com o prazer. Já ele com raiva era um vulcão. Seus olhos eram duas labaredas, que queimavam e conseguiam ver o que se passava dentro de qualquer um, inclusive de mim.

Em poucos minutos, eu veria o seu vulcão despertar. E não podia deixá-lo enxergar dentro de mim de jeito algum.

Ele tira a mão do volante e coloca sobre a minha coxa nua, já que o vestido curto que eu usava tinha subido um pouco. Eu endureço e, é lógico, ele percebe.

– O que houve, linda? – ele pergunta, fazendo um nítido esforço para não deixar transparecer a preocupação em sua voz.

– Estou cansada – eu respondo, sem coragem de falar nada mais do que isso. Não posso deixá-lo saber. De jeito nenhum.

– Jenny, o que está acontecendo? Você não é assim – ele fala, ao parar no estacionamento do condomínio.

– Não está dando certo, Rafe.

– Porra, Jenny... de novo, não.

– Eu acho que é melhor a gente dar um tem...

– Não, não, não. Jenny, meu amor, fala comigo. O que houve, meu anjo?

– Eu não estou feliz. – Eu baixo a cabeça ao falar, sentindo as lágrimas darem um nó na minha garganta. Eu não conseguia olhar em seus olhos. – Eu achei que podia dar certo, mas não está dando – eu falo num sussurro, sentindo como se eu estivesse enfiando uma faca em meu próprio peito.

– O que você quer dizer com "não está feliz"? Você mesma ontem disse... – ele começa e eu imediatamente lembro da nossa conversa na cama e sinto mais um golpe.

– Rafe, eu sei o que eu disse, mas eu estou confusa. Eu já tinha dito que não quero relacionamentos, eu vivo para a minha filha. E então você chegou e se impôs... – meu olhar se prende no dele, que parece ter levado um tapa na cara com as minhas palavras duras. Oh, Deus, por que eu preciso magoar esse homem maravilhoso?

– Jennifer, você tem certeza disso? Eu... merda, Jenny, eu sou apaixonado por você. Por vocês. Eu não posso pensar em te perder – ele fala, em desespero, segurando minhas mãos e eu engulo o choro, tentando ser forte. Mais um golpe. Eu tinha que ser forte, por nós dois.

– Rafe, desculpe. Mas... eu não quero mais. Você vai encontrar alguém que vai te fazer feliz – meu coração se aperta. Mais um golpe. – Só que esse alguém... esse alguém não sou eu – ele respira fundo, seu rosto expressivo deixando transparecer toda sua dor. – Eu preciso ir – eu falo e saio do carro correndo, indo para a casa vazia, já que Maggie foi para a casa de Paul e Mary para passar a noite com as gêmeas.

Me sinto sufocar. Estou sangrando por dentro. Tudo aquilo que sonhei, tudo o que ousei desejar para mim, pela primeira vez na vida, todas as minhas esperanças de felicidade se esvaíram na poça de tristeza do meu coração morto.

Rafe era meu cavaleiro numa armadura. Era o príncipe que vinha me salvar no alto do castelo. E eu tive que mandá-lo embora e fechar a porta a sete chaves, para protegê-lo de mim mesma. Do perigo que eu representava para ele.

Me jogo em cima da cama, as lágrimas rolando, e pego o celular, tentando entender como tudo isso aconteceu. Como algo que era tão certo, tão perfeito, podia ter dado tão errado.

Abro a caixa de mensagens e sinto o golpe final:

`Lucky, não adianta fugir de mim. Eu sempre te acho. Já te falei inúmeras vezes que vc é minha. E eu sempre volto para pegar o que é meu. Me espere, Lucky. Estou chegando.`

Capítulo doze

– Dra. Steel, pode entrar. O Dr. Matherson vai atendê-la agora – eu respiro fundo e entro no escritório do advogado que me salvou há cinco anos.

– Jennifer! Que prazer revê-la. Como está a pequena Maggie? – James Matherson, o advogado de cabelos grisalhos e sorriso acolhedor, me recebe com um abraço.

– Está ótima. Uma mocinha. Já está indo até para a escola – eu respondo, me sentindo acolhida e protegida pela primeira vez em dias. Eu confiava cegamente em James. Ele me salvou no passado e me ajudaria agora.

– Ah, que maravilha! Fico feliz em saber que ela está bem. Mas me fale, no que posso ajudá-la?

– Eu preciso realmente da sua ajuda, James – eu falo e pego o celular. – Recebi uma mensagem essa semana. Eu não sei como, mas parece que Nathan me encontrou e eu não sei o que fazer. Eu achei que ele estava preso.

– Eu também achei. A pena dele foi longa, não deveria ter sido solto e, muito menos, sem sermos notificados. Deixe-me ver o que ele mandou. Droga – ele fala baixinho ao ler o SMS e se volta para mim. – Jennifer, eu vou pedir para fazerem uma investigação. Vamos descobrir onde Nathan está.

– O que eu faço, James? Largo tudo de novo? – Estremeço ao lembrar do meu último encontro com Nathan, há três anos, e minha fuga para Los Angeles.

– Não. Eu quero que você continue trabalhando normalmente e vivendo sua vida. Posso colocar um guarda-costas...

– Ah, não... um guarda-costas vai chamar muita atenção e me trará problemas para explicar e eu... eu não posso explicar aquilo tudo novamente, James – eu falo, desesperada.

– Você tem algum amigo de confiança? Alguém que possa levar você para o trabalho e buscá-la? Alguém que seja próximo e que possa protegê-la? – Imediatamente os olhos de Rafe assombram meu pensamento. Só consigo pensar nele quando James pergunta se eu tenho alguém que possa me proteger. A saudade que sinto dele é enorme. Chega a doer fisicamente.

– Tenho, James. Meu vizinho, Rafe. Mas eu não vou...

– Eu sei, Jenny. Não precisa contar a ele a história se você não quiser. Só procure ficar próxima dele e de pessoas que possam te ajudar em alguma necessidade. Evite sair à noite ou para lugares desertos. Eu vou procurar saber o que houve, hoje ainda, e assim que tiver notícias eu te aviso. Preciso que você fique calma e, se vir algo suspeito, me ligue urgente, ok? E, Jenny?

– Sim?

– Fique tranquila. Nós vamos resolver isso. Eu não vou permitir que nada te aconteça.

– Obrigada, James. Eu confio em você – eu falo, abraçando-o. James me aperta em seus braços, como um pai abraça uma filha, ou melhor, como meu próprio pai me abraçava, e eu sinto meus olhos se encherem de lágrimas com as lembranças.

– Se cuide. E vamos nos falando, ok? – eu concordo e saio de seu escritório tentando controlar o pavor, meu antigo conhecido.

Capítulo treze

Uma semana depois...

– *Dra. Steel, paciente na sala cinco da emergência, Dra. Steel* – a voz da enfermeira soa na caixa de som da sala de repouso e eu levanto depressa, apesar do meu corpo só pedir cama após 21 horas de plantão. Desde que Maggie foi para a escola, eu me vi obrigada a aumentar minhas horas de trabalho para custear a mensalidade, que não era barata, mas eu fazia questão de oferecer o melhor a ela.

Eu tinha muita sorte de poder morar na antiga casa de Daniel. Ele me cobrava um aluguel ridículo, porque eu insisti demais que queria pagar, e tinha uma bela casa, um quintal com balanço e vizinhos protetores.

Sigo pelos corredores acenando para um e outro médico conhecido que passam por mim e vou até a ilha da enfermagem buscar o prontuário do paciente da sala cinco. A enfermeira McAdams estica a prancheta em minha direção e eu sorrio para ela. Amy McAdams é uma das minhas colegas de trabalho preferidas. Ela é bondosa e gentil com os pacientes e com a equipe e sempre tem uma palavra de apoio a quem precisa.

– Que horas acaba, Steel?

– Em 2 horas e 42 minutos. Não que eu esteja contando – eu respondo e nós duas rimos.

Sigo em direção à sala cinco e, ao abrir a porta, levo um susto ao dar de cara com George.

– George? O que você está fazendo aqui... – eu começo a perguntar a George, que parece nervoso, mas, ao olhar para a maca, quase caio dura no chão. Rafe está deitado, um grande hematoma na testa, olhos fechados e franzidos, parecendo sentir dor.

– Rafe? Oh, meu Deus... o que houve? – Eu me aproximo da cama, tocando em seu rosto, virando-o em direção à luz para ver melhor.

– Não foi nada – Rafe fala baixo e posso ver que ele está com bastante dor. – Houve uma briga no After Dark, eu e Zach fomos separar, mas eu levei a pior. Estou bem, só um pouco dolorido. Foi um exagero de George me trazer ao hospital.

– Rafe, meu querido, foi uma pancada muito forte! – George reclama e se volta para mim. – Jenny, ele caiu e bateu com a cabeça na quina do balcão do bar. Ficou 45 minutos desacordado.

– Tudo isso? Por que não me ligaram? Eu teria ido até lá – eu murmuro e me volto para Rafe, sem dar tempo de responderem. Quarenta e cinco minutos? Minha nossa! – Está enjoado? Tonto? Sonolento?

– Um pouco – Rafe fala, abrindo os olhos, mas os fecha rapidamente.

– Dor de cabeça?

– Também. Por que não consertam a luz do hospital?

– Que luz?

– Essa que está piscando – eu olho para ele, ali deitado, e anoto os exames que vou pedir.

– George, tem certeza que foram 45 minutos desacordado?

– No máximo dez, Jenny – ouço a voz potente de Zach por trás de mim e me sinto aliviada com a resposta.

– Tem certeza, Zach? Pareceu uma e-ter-ni-da-de pra mim! – George, a rainha do drama, volta a atacar.

– Tenho sim. Jo marcou no relógio – ele sorri para mim e eu sinto vontade de matar George.

– Bom, eu vou pedir alguns exames, só para termos certeza que ele não sofreu uma concussão. – Viro-me de volta para Rafe, que continua com os olhos fechados, e preciso reprimir minha vontade de puxá-lo para meus braços e abraçá-lo com força. Em vez disso, continuo com o exame físico, me esforçando para vê-lo como um paciente qualquer, quando, na verdade, meu coração está apertado de saudade e tristeza. – Rafe, quero que você continue deitado, mas não durma, ok?

– Hum? – Ele parece cada vez mais sonolento. Seguro sua mão com força e não resisto a passar minha mão em seu rosto forte, afastando uma mecha de cabelo que teima em cair.

– Rafe, eu preciso que você continue acordado. Pode fazer isso? – Ele abre os olhos e seu olhar parece grave.

– Linda, eu posso fazer qualquer coisa que você queira. Você sabe que só precisa me pedir – ele fala num murmúrio dolorido. Eu deveria tratá-lo como os outros pacientes, mas ouvir sua sonolenta e rouca voz me faz arrepiar da cabeça aos pés. Devo estar desequilibrada por me permitir sentir desejo por um homem doente em cima da cama, mas não consigo controlar meus pensamentos.

– Eu volto já. – Solto sua mão e me viro em direção à porta para levar o pedido de exames. Chego à ilha da enfermagem e entrego a solicitação a Amy.

– Possível concussão. Pode pedir prioridade no exame? – eu peço a ela, que me olha com um sorriso divertido no rosto. – O que foi?

– Ele é um gato!

– *Amy!*

– O que foi? Sou casada, mas não sou cega. Você deveria paquerá-lo.

– Amy... ele é meu vizinho...

– Aquele que cuida da Maggie de vez em quando? O que ficou saindo por um tempo com você? Menina! Não pode deixar um gato como ele escapar. É raridade! Bonito, educado e ainda gosta de crianças.

– Eu sei. Mas é complicado. Pede o exame?

– Peço.

– Obrigada – eu sorrio para ela e volto para o quarto de Rafe. – Já pedi o exame, daqui a pouco alguém deve vir aqui para buscá-lo.

– Ele vai precisar ficar internado, Jenny? – Zach pergunta.

– Vai sim, pelo menos algumas horas. E não pode ficar sozinho. Rafe, querido, acorde – eu o chamo e ele abre os olhos novamente. – Você não pode dormir por enquanto, ok?

– Por que, Jenny? – George pergunta, curioso.

– Porque o sono dele pode ser confundido com um desmaio. Preciso dele acordado para fazer o exame e ter certeza que ele está bem. – Nesse momento, o telefone de Zach toca e ele pede licença, saindo do quarto para atender.

– Ele vai ficar bem?

– Vai sim. Só precisamos afastar a hipótese de uma concussão. Mas eu tenho certeza que ele vai ficar bem – eu falo tentando convencer mais a mim mesma do que a George.

Zach volta para o quarto parecendo preocupado.

– Pessoal, vocês vão ficar aqui com Rafe? Eu preciso ir pra casa. Jo não está passando muito bem.

– O que a Docinho tem? – George pergunta, dando um pulo da cadeira.

– Ela acha que está ficando gripada. Um pouco febril, corpo dolorido. Não queria deixá-la sozinha, mas também não quero deixar Rafe nessas condições.

– Pode ir, Zach. Vai cuidar de Jo. Eu não saio do plantão agora. A emergência está tranquila, então vou ficar com ele. George, você também. Vá para casa.

– Mas...

– Sem *mas*. Vou precisar da sua ajuda amanhã para ficar com ele. Quando acabar o plantão, eu posso levá-lo comigo pra casa, se ele já puder ir, e durmo com Maggie na casa dele, para observá-lo, mas de manhã eu preciso levá-la ao pediatra.

– Você vai ficar exausta. Há quanto tempo está no plantão? – Olho novamente para o relógio, sem noção do tempo.

– Vinte e duas horas e trinta e dois minutos.

– Droga, Jenny! Por que você está pegando esses plantões de 24 horas? – Rafe tenta se sentar e parece aborrecido. Muito.

– Rafe, deita. – Eu o empurro, de leve, de volta para a cama. – Estou pegando alguns porque é necessário. Agora deite e descanse. – Ele abre a boca para falar algo, mas a técnica entra no quarto, me salvando de uma explosão.

– Olá? Raphael Bennedict Collins?

– Sou eu – Rafe responde e eu me surpreendo com seu nome pomposo e imponente.

– Vamos ao exame? – a técnica pergunta, se aproximando da cama.

– Só eu fiquei arrepiado com o nome dele completo? – George pergunta baixinho e eu não consigo segurar a risada.

– George!

– Ué?

– Rafe, vou deixar Lisa preparando você para o exame e vou adiantar algumas coisas. Quando você retornar já estarei de volta.

– Ok. Vai mesmo? – ele pergunta, olhando para mim e parecendo perdido. Ai, meu coração.

– Sim, eu prometo. – Ele dá um leve aceno e se volta para Lisa, enquanto eu me despeço de Zach.

– Jenny, vamos comigo até ali fora? – George pergunta, não me dando chance de recusar.

– Claro. – Nos afastamos do quarto e seguimos pelo corredor em direção à porta.

– Meu anjo, eu não sei o que aconteceu entre vocês, com esse namoro ioiô.

– George... – Ele levanta a mão, me impedindo de falar.

– Mas o que eu quero dizer é que eu acho que você deveria repensar suas decisões. Rafe precisa de você e é claro como cristal que você precisa dele.

– Eu não quero precisar de ninguém. Eu sei cuidar de mim sozinha.

– Claro que sabe. Mas tem coisas na vida que não temos escolha. Elas estão destinadas a acontecer. E você e Rafe estão nessa categoria.

– A gente faz nossas escolhas, George. E paga por elas. Sejam boas ou ruins.

– Sim. A gente faz e temos que lidar com elas. Mas, na vida, tem coisas pelas quais precisamos passar, que precisamos enfrentar. Elas nos ajudam a construir quem somos. Não deixe que desilusões do passado façam você perder a sua chance de ser feliz – George fala, me abraça com força e vai embora, sem me dar a chance de responder.

Mal sabe ele que as desilusões do passado, às vezes, batem na nossa porta nos momentos mais inesperados. E têm o poder de destruir tudo ao redor. Inclusive a felicidade.

Capítulo catorze

Rafe estava dormindo. Foi muito difícil conter Maggie, que ficou enlouquecida quando percebeu que estávamos na casa dele. Só tem duas pessoas no mundo capazes de fazer isso com ela: Rafe e Jude, o irmão mais novo de Alan. Apesar da diferença de dez anos entre os dois, Maggie estava no auge dos seus cinco anos e Jude já era um adolescente de 15, eles eram muito próximos e ele cuidava dela como se fosse sua irmã.

– Mamãezinha, deixa eu dar beijinho no tio Rafe, deixa? – Ela era uma pequena chantagista e eu quase não conseguia dizer não. Quase.

– Maggie, ele está dormindo – ela emburra. – Dodói, filha.

– Dodói? O que ele tem? Josh está com *cavalopa*. Tio Rafe também tá com *cavalopa*? – eu solto uma gargalhada com sua confusão e a puxo para um abraço.

– Catapora. Josh está com catapora. Não. Tio Rafe caiu no chão, bateu com a cabeça e fez um grande galo! – eu explico, fazendo cócegas em sua barriga e ela se contorce dando risadas. Esses eram os melhores momentos da minha vida, quando eu tinha a minha garotinha no colo, rindo, saudável e feliz. Ela é quem fazia tudo valer a pena. – Vá calçar seu sapato que nós vamos ao médico. Tio George deve estar chegando.

Enquanto Maggie vai se calçar, eu dou uma corrida até o quarto de Rafe para verificar como ele está. Abro a porta com cuidado e quase perco o ar. Ele está lindo, deitado naquela cama enorme, sem camisa, com um lençol embolado em sua cintura, deixando as pernas fortes de fora, e com o cabelo revolto. Como num filme, vejo passar em minha mente os poucos – mas intensos – momentos que passamos juntos. Rafe foi o único homem que eu deixei se aproximar de mim intimamente, depois de tudo que aconteceu no meu passado. Ele foi o único que eu permiti tocar meu coração.

Aproximo-me da cama devagar, para observar se sua respiração está normal. Ok... me aproximo para olhá-lo mais de perto e tentar abrandar a saudade que sinto. Quando estou ao lado da cama, inclinada em direção a ele, meu coração dá uma cambalhota de susto.

– Vai dar um beijinho no machucado dele pra sarar, mamãezinha? – Maggie pergunta e eu me sinto corar totalmente. Droga. Abro a boca para responder e uma voz sexy soa próximo ao meu ouvido e uma mão quente segura meu braço.

– Eu acho que eu deveria realmente ganhar um beijinho para sarar.

– Oh... Rafe, eu vim olhar se você estava dormindo. Vou levar Maggie ao pediatra... – eu deveria imaginar que eles dois não iriam desistir.

– Mamãezinha, estamos esperando. Pa... *ehr*... Tio Rafe só vai ficar bom quando ganhar um beijinho no machucado. – Ela quase o chamou de papai mais uma vez e meu coração foi ao chão. Seria tão fácil ceder. – Você sempre diz que o machucado vai sarar e parar de doer se você der um beijinho.

– Por que *você* não dá um beijinho no Rafe? Tenho certeza que ele vai ficar feliz – eu sugiro, tentando me livrar da saia justa. Sinto os olhos de Rafe pregados em mim.

– Porque eu não sou uma mamãe – aquele pingo de gente responde, como se fosse a coisa mais óbvia do mundo.

– Eu tenho que concordar com ela. Beijinho pra sarar só funciona quando dado por uma mamãe. E como eu não tenho mamãe... – o safado fala, com um sorriso de orelha a orelha. Ele não ia facilitar para mim. Droga.

– Anda, mamãe. Tio Rafe tem que ficar bom logo pra brincar comigo. – Eu faço uma cara feia para Rafe e me abaixo para dar um beijo em sua testa, mas, antes que eu perceba, ele levanta o rosto, segura meu cabelo e me dá um beijo na boca. O toque dos nossos lábios, sua língua quente e sua mão forte me fazem perder a noção do tempo e do espaço. Rafe percebe minha rendição e aprofunda o beijo. Estou a ponto de deitar em cima dele quando ouço a voz de George ao fundo.

– Oh. My. God! O que temos aqui? – ele pergunta e eu me afasto num pulo.

– Mamãe está dando um beijinho no tio Rafe pra ele sarar.

– Huuuummmm... Vamos lá pra sala, Maggie Bear, enquanto a mamãe *cuida* de Rafe. Vou te mostrar umas coisas bem legais no meu iPad.

– George... – eu começo, mas eles não me dão a menor atenção.

– É roupa, tio? Eu queria umas roupas maneiras pra minha Barbie *top model*.

– Maggie! Onde você aprendeu a falar isso? – pergunto assustada. Oh, Deus, minha filha de cinco anos falando gíria!

– Jude. Ele disse que a guitarra do tio Alan é muito maneira – ela explica e me deixa de boca aberta.

– Vamos, Maggie Bear. Sua mãe precisa de um tempinho. Vamos ver umas peças da moda para sua Barbie *top model* – George a pega no colo e sai do quarto fechando a porta. Eu me viro para Rafe e ele está me olhando com um sorriso.

– Eu não acredito que você fez isso, Rafe! – eu reclamo, tentando não falar muito alto para a cabeça dele não doer mais. – Nós não estamos mais juntos!

– Eu nunca prometi não tentar, Jenny – ele fala sério, seus olhos cor de mel estão quase dourados.

– Eu disse que não queria mais! – eu grito com ele, me sentindo acuada. Ele franze a testa e eu sei que está sentindo dor.

– Querida, eu sei o que você disse. Mas sua boca diz uma coisa e seu corpo diz outra coisa completamente diferente, Jenny. Eu não desisti de você. De vocês – suas palavras têm a força de um tapa. Minha respiração está entrecortada e nos olhamos fixamente, até que uma batida na porta me tira do transe.

– Jenny, querida, desculpe-me, mas você vai perder a hora da consulta da nossa ursinha. – Eu me viro, indo em direção à porta e agradeço a George, num sussurro. Maggie passa correndo por mim e vai até a cama de Rafe. Ela lhe dá um beijo estalado e fala baixo, mas não o suficiente para que eu não a ouça.

– Tchau, papai.

Capítulo quinze

Rafe

– Uau, uau, uau. Rafe, meu querido, isso foi sutil como a pisada de um elefante! – George entra no quarto rindo, depois que Jenny sai, completamente desconcertada, com Maggie. Eu solto um suspiro tão profundo que faz minha cabeça doer. Droga.

– Eu sei. Mas o que eu posso fazer, George? Maggie me chama assim e eu não sei dizer não para ela, mesmo sabendo que Jenny não quer. Além disso, eu gosto quando ela me chama de papai. Eu me sinto pai dela.

– Aquela ursinha tem vocês todos nas mãos. E eu acho admirável esse amor que você sente por ela. Elas, na verdade – ele fala, rindo, e senta na cadeira ao lado da cama. – Como você está hoje?

– Melhor. A cabeça está doendo um pouco, mas eu já estou bem. Pronto para trabalhar hoje à noite.

– Claaaaroooo... que não. Repouso. Absoluto. – Abro a boca para reclamar, mas George não me permite: – Rafe, se não tivermos um plano de ação, vocês nunca vão sair dessa lenga-lenga. Vocês me cansam, sabe?

– Plano? O que você quer dizer com plano?

– Que do jeito que você está fazendo não está dando certo. Vocês dois foram feitos um para o outro. Vocês três, na verdade. Nunca vi família mais perfeita! Exceto Danny, Julie e as meninas... ownnn, eles são tão encantadores! – George parece sonhador. Não posso deixar de rir com a descrição "encantador" para Daniel.

– Já não sei mais o que fazer. Já insisti, já seduzi, já fiz de tudo.

– Você vai despertar ciúmes.

– Ciúmes? Oh, Deus. Você não vai querer que eu faça igual você fez com Julie, né?

– Hummm... deixa eu pensar... será que eu conheço uma versão feminina do Alan? – George faz um ar pensativo e eu não posso acreditar que ele está realmente considerando isso. – Espera! Vocês já sabem que a história com Alan foi uma...

– Armação?

– Eu diria brincadeira.

– Não há segredo entre amigos, cara. Mesmo que esse segredo seja uma *armação*.

– Bom, preciso organizar uma *brincadeira* para você conquistar Jenny – ele fala enfatizando a palavra brincadeira.

– George! Eu não vou fazer isso.

– Por quê? Deu certo com a Julie!

– Porque não quero criar um artifício para ficar com a Jenny. Quero que ela me queira sem esquemas.

– Mas, Rafe, ela é tão teimosa... e se ela não aceitar voltar?

– Se ela não me quiser assim, vou sofrer, mas vou superar. Eu já passei por coisas muito piores que um coração partido – eu falo, mas a sensação que tenho em mim é como se meu peito estivesse sendo dilacerado. Sim, eu já tinha passado por muito mais coisas do que eles jamais imaginaram, mas o pensamento de não ter Jenny doía mais do que eu imaginava ser possível. Toda dor que senti durante a minha infância, de abrigo em abrigo, e durante a minha adolescência rebelde, não era nada comparada à dor de não ter uma vida em comum com as duas mulheres que eu adorava: Jenny e Maggie.

O telefone toca e George levanta para atender, me deixando perdido em meus pensamentos.

– Não, querida, vocês não precisam voltar. Estamos cuidando dele. Como vocês estão? Se divertindo? Ah, que maravilha! Pode deixar, eu aviso. Outro pra vocês. Bye! – George volta animado para o quarto. – Era Julie. Danny conversou com Zach de manhã e ficaram preocupados. Eu garanti que estava tudo bem e que eles não deveriam voltar. Eles esperaram tanto por essa viagem! – Daniel, finalmente, levou Julie para Paris. De jeito algum eu gostaria que meus amigos voltassem da sua viagem romântica por causa de uma pancadinha na cabeça. Eu estava bem.

– Claro. Não tem por que fazê-los voltar. Eu estou bem, de verdade. Como eles estão? E as meninas?

– Estão ótimos. Julie está apaixonada pela cidade. Disse que está sendo uma viagem perfeita – George fala e eu sorrio. Eles dois mereciam o melhor da vida. Daniel era um dos meus melhores amigos, um cara íntegro e muito correto. E Julie era o seu sol. Quando ela estava no mesmo lugar que ele, os dois brilhavam. É um amor lindo de se ver. E não me olhe com essa cara. Eu sou um cara romântico, mesmo. O que posso fazer? – Já decidiu o que você vai fazer?

– Com relação a quê?

– Você e Jenny!

– Ainda não, George. Mas eu vou tomar alguma decisão.

– Só espero que não seja tarde demais – ele fala e eu estremeço.

– Eu também, George. Eu também.

Jenny

Levei mais tempo na rua do que deveria. A consulta de Maggie no pediatra foi rápida, já que era um acompanhamento de rotina. Resolvi parar num café e fazer um lanche com ela e depois fomos ao shopping, comprar um vestido novo para ela ir a uma festinha. Ao mesmo tempo que eu não queria voltar e encarar Rafe, depois de tudo aquilo que aconteceu mais cedo, eu me sentia culpada por não estar ao lado dele quando, obviamente, ele precisava de mim.

Eu não conseguia entender o que Rafe tinha que me fazia baixar todas as defesas. Sim, ele era lindo. Na verdade, mais do que lindo. Eu acho que nunca vi um homem mais bonito que ele. Mas não era só isso. Rafe tinha um jeito superprotetor. Era impossível não me sentir segura ao lado dele e Deus sabe o quanto segurança é importante para mim. Mas, por baixo do seu jeito protetor, Rafe tinha uma fragilidade no olhar... um ar de menino abandonado. Era algo muito sutil, mas nítido para mim, que gostava tanto dele.

Doía demais me afastar dele. Mas eu precisava mantê-lo longe, para que nada lhe acontecesse. Eu nunca me perdoaria se algo ruim o atingisse, agora que aquele monstro estava à solta. Ainda mais porque ele havia fugido da cadeia. Eu estava seguindo as recomendações de James, mas até agora não tivemos nenhuma notícia sobre ele. Eu estava tentando me manter calma, sem paranoias, mas estava cada vez mais difícil.

Nesse momento, meu telefone toca e eu levo um susto. Desde o terrível SMS eu ficava tensa quando o celular tocava.

– Alô?

– Tia Jenny? É o Jude.

– Oi, querido. Está tudo bem? – Meu coração se acalma e se enche de amor pelo adolescente que era quase como um filho para mim.

– Está sim. Eu posso ir pra sua casa? É que a tia Jo não está passando bem desde ontem e eu fiquei sem graça... de estar incomodando, sabe? Ela tem que levantar pra me dar comida, mas está vomitando toda hora.

– Vomitando? Onde está Zach?

– Está lá em cima com ela. Agora ela melhorou, mas ele tinha saído para trabalhar e teve que voltar – que estranho. Será que ela estava gripada? Zach falou em febre ontem...

– Arruma suas coisas, querido. Vou passar para te buscar. Deixa eu falar com Zach? – Ouço ele chamando Zach. Ele chega e atende ao telefone parecendo preocupado.

– Oi, Jenny. Desculpe fazer você pegar Jude antes do combinado, mas estou realmente preocupado com Jo.

– Oh, Zach, não se preocupe. Não tem problema algum. – Olho para baixo e vejo Maggie ao meu lado, dançando ao ouvir o nome de Jude. Não posso deixar de sorrir. – O que Jo está sentindo?

– Ela está enjoada desde ontem. Não consegue comer nada. Está sentindo muita dor de cabeça e muito cansaço. Será que ela está com alguma virose? – ele pergunta confuso, e eu abro um grande sorriso, imaginando qual é a "virose" dela.

– Hum, acho que não. Vou levar uma coisa pra ela. Acho que sei o que ela tem e não é nada de grave. Fique tranquilo – eu falo, já seguindo em direção à farmácia.

– Certo. Obrigado, Jenny. Você é um anjo. Espero vocês, então. Maggie também vem?

– Sim, ela está aqui comigo.

– Droga. Estou tão nervoso de ver Jo assim que me esqueci de perguntar sobre Rafe. Como ele está?

– Está melhor, em repouso. Deixei George com ele.

– Ótimo. Mais tarde vou ligar para falar com ele.

– Ligue, sim. Ele vai ficar feliz. Deixa eu ir, Zach. Daqui a pouco eu chego aí – nos despedimos e eu acabo de pagar os itens na farmácia e sigo em direção ao estacionamento sem perceber que, bem perto de mim, um par de profundos olhos negros me acompanha.

*

Estamos quase virando a esquina do prédio da Jo, quando ouço um suspiro profundo vindo do banco de trás. Olho pelo retrovisor e Maggie está sentada em sua cadeirinha e seu olhar está voltado para a janela do carro, parecendo entediada.

– O que houve, Maggs? Está aborrecida, querida?

– Estou pensando, mamãe – ela fala tão séria que eu tenho que segurar o riso quando imagino a respeito do que uma menina de cinco anos poderia pensar tão solenemente.

– Pensando em quê?

– Falta muito pra "mim" crescer?

– Para *eu* crescer.

–Você já é grande.

– Eu sei. O correto é "para eu crescer". – Eu sabia que Maggie só tinha cinco anos e que era natural esse tipo de erro, mas ela era muito esperta para a idade, a professora já estava ensinando-a a ler e a escrever algumas palavras e, ao contrário de algumas mães, eu não achava sadio estimular as crianças a falarem errado.

– Falta?

– Crescer até que ponto? Até você ficar mais alta? Até poder dormir após as oito e meia da noite? Ir para a escola sozinha?

– Não, mamãe – ela fala e solta outro suspiro como se agora eu fosse a culpada pelo seu tédio. – Falta muito pra eu crescer e poder casar? – Dessa vez não consigo evitar a risada.

– Um pouco, minha filha. Mas por que essa preocupação agora? Achei que você iria querer crescer para poder dormir na casa das suas amiguinhas. – Essa era uma reclamação constante. Mas Maggie era muito pequena ainda para dormir na casa de desconhecidos. Na verdade, eu acho que nunca permitiria que isso acontecesse.

– Eu sinto saudades de Jude – ela fala, como se isso respondesse a minha pergunta.

– Hum.

– E se eu casasse com ele, ele ficaria comigo pra sempre. Não iria pra casa do tio Zach.

– Oh... mas, querida, Jude é muito mais velho que você. Até você estar grande o suficiente para casar, ele já vai ter passado da idade. – Ela fica um pouco mais emburrada.

– Sério?

– Temo que sim. – Mais um suspiro.

– Vou precisar conversar com ele, então.

– Com Jude? Sobre o quê? – Esta conversa estava, no mínimo, interessante. Eu nunca imaginei que Maggie pensaria em casar com Jude, apesar de todo o encantamento que ela sente por ele.

– Pra ele me esperar, mamãe. A Patty me perguntou com quem eu quero casar quando ficar maior. Ela escolheu o Justin Bieber, mas eu não gosto dele. Carly disse que vai casar com o Brad Pitt, mas nós avisamos que ele é muito, muito velho. Mais velho que você! E eu falei que vou casar com Jude. Mas, desse jeito, vou ter que conversar com ele, pra ele me esperar. Vai que ele acha que eu não quero casar por causa desse tempão?

– Estaciono o carro numa vaga, completamente muda. De onde a minha filha tirava essas coisas...? Eu não fazia ideia.

– Querida, eu acho que você vai encontrar um namorado, provavelmente da sua idade, que vai fazer você feliz e, um dia, casar com você.

– Mamãe, lembra quando você me perguntou, ano passado, qual tema eu queria para a minha festa de cinco anos? – Eu aceno concordando, enquanto desafivelo seu cinto. –Você me disse pra fazer da Monster High, que era o que a maioria das minhas amigas estavam fazendo. Mas lembra que eu queria, desde que eu tinha três anos, a festa da Barbie ciclista?

– Lembro.

– É mais ou menos isso, mamãe. Já decidi com a Patty e com a Carly com quem vamos casar. Só espero que não demore muito – Maggie termina sua explicação e eu a tiro do carro, segurando-a pela mão, até chegarmos ao prédio em que Zach e Jo moram. Às vezes, eu esquecia que a minha filha era tão planejadora e determinada.

Quando eu aperto o botão do elevador, no belo hall de entrada, após nos identificarmos na portaria, Maggie me puxa pela mão, me deixando curiosa para saber o que mais vai sair daquela cabecinha.

– Mamãe?

– Oi, Maggs.

– Quando a gente for ao shopping de novo, se eu me comportar durante a semana, você me leva naquela loja de brinquedos grande? – ela pergunta como se fosse uma criança muito levada, coisa que ela não é.

– E o que você quer fazer lá?

– Eu queria ver a casa da Polly.

– Humm... só ver? Sem problemas – eu respondo, empurrando-a para dentro do elevador.

– Na verdade, eu queria que você comprasse pra mim.

– Comprar? Brinquedos? Mas é seu aniversário ou algo assim?

– Algo assim... será um presente por bom comportamento! – Maggie responde e sorri. Meu coração se enche de amor por essa garotinha, que é a razão da minha vida. Eu me abaixo e a pego no colo, apertando-a com força num abraço.

O elevador chega ao andar do apartamento de Zach e Jo e, mal tenho tempo de colocá-la de volta no chão, ela sai correndo e toca a campainha, sendo atendida por Jude, que a joga para o alto e faz cócegas em sua barriga. Ela solta gargalhadas e eu não consigo segurar o sorriso. Nesse momento, Zach se aproxima e me abraça.

– Obrigada por ter vindo. Trouxe o remédio?

– Trouxe sim. Onde ela está?

– Deitada, pegou no sono de novo. Acho que a pressão dela está baixa. Você trouxe o aparelho para medir a pressão?

– Não, querido. Eu trouxe outra coisa. – Tiro o saco da farmácia da bolsa e entrego a ele. – Trouxe três tipos. É sempre bom tirar a prova. Mas pede a ela para não deixar de passar lá no hospital para fazer um exame de sangue, ok?

– Exame de sangue? – ele pergunta abrindo o pacote e levanta o olhar para mim, seus olhos muito azuis parecendo assustados. – Você acha?

– Acho sim. Vou levar as crianças pra casa. Esse é um momento de vocês dois. Mas não deixa de me ligar, ok? – Zach me puxa num abraço apertado e eu posso sentir seu coração disparado.

– Obrigado, Jenny.

– Não tem o que agradecer, querido. Quando precisar, estou aqui – eu falo, beijo-o no rosto e chamo as crianças. – Jude, tudo pronto? Vamos? Maggs?

– Vamos! – eles respondem em uníssono, Jude jogando a mochila nas costas e levando a minha garotinha pela mão em direção à porta.

– Não deixa de me ligar – eu falo para Zach, seguindo as crianças.

– Pode deixar – ele sorri e vai em direção às escadas com o pacote da farmácia na mão.

Levo as crianças para o carro, pensando no que vou fazer para o jantar, sem perceber o carro escuro que me segue de perto.

Capítulo dezesseis

Zach

Subo a escada de dois em dois degraus, com o saco da farmácia na mão. Acho que nunca me senti tão nervoso quanto agora. Nem mesmo quando pedi Jo em casamento.

Entro no quarto, pensando que se aquilo fosse real teríamos que finalmente providenciar a mudança. Vendemos meu apartamento de solteiro, mas nós gostávamos tanto daquele loft que não tivemos coragem de vendê-lo. Mas, com um bebê, seria inviável morar ali. Bom, quem sabe teríamos dois bebês, igual a Daniel e Julie? Talvez três bebês de uma vez só! Isso mesmo! Três é um bom número, já que Rafe, teoricamente, tem uma e Daniel tem as duas meninas.

Olho em direção à cama e vejo minha esposa deitada de bruços, envolvida numa das minhas camisas. Ela fala que é para sentir meu cheiro quando estou longe, mas ela não tem noção do quanto isso me deixa louco.

Sento na beira da cama, esfregando suas costas de leve e murmuro em seu ouvido:

– Princesa, acorde. Vamos, amor.

– *Humm* – ela geme, bastante sonolenta e abre um sorriso para mim.

– Vamos, princesa, Jenny passou aqui e deixou algo pra você.

– Presente? – Ela abre um olho e eu não consigo segurar o sorriso.

– Talvez.

– Talvez? Que estranho... Onde está?

– Aqui. – Eu estendo o pacote da farmácia e Jo me olha de um jeito estranho.

– Farmácia? – ela pergunta e eu balanço a cabeça, meu sorriso ainda maior.

– Vamos, linda, vamos para o banheiro.

– Hã? – Ea me olha como se eu estivesse louco e seu olhar cai sobre o pacote aberto em suas mãos. Uma expressão de compreensão toma seu rosto e ela volta a me encarar. – O que é isso, Zach?

– Testes de gravidez. Vamos, banheiro. Você pode estar esperando um pequeno Thor. Ou dois. Ou três – eu falo, alargando meu sorriso ao mesmo tempo em que ela arregala os olhos.

– Três?

– A-ham. Podemos ter três super-heróis e montar uma equipe de *Vingadores* aqui em casa. Vamos – eu desisto de esperá-la e a pego no colo, levando-a para o banheiro.

– Zach, amor, eu ainda sei andar – ela implica comigo, ainda segurando as caixas dos testes.

– Eu sei, mas estou ansioso. – Sua risada faz meu coração dar um salto. Talvez eu nunca fosse conseguir colocar em palavras tudo o que eu sentia por ela. Jo é a minha metade. É a pessoa mais importante do meu mundo. Se existir essa coisa de alma gêmea, ela com certeza é a minha. É a pessoa que me faz feliz pelo simples fato de existir.

Chegamos ao banheiro e eu a coloco no chão.

–Vamos, princesa. Como funciona isso? Você toma alguma coisa? Coloca um tubinho desses na barriga? – eu pergunto e ela começa a rir. É basicamente uma gargalhada e ela mal consegue falar.

– Eu preciso... – Mais risadas. – Ai, amor, quando eu contar isso... – Mais risadas. – Elas não vão acreditar.

– Que bom que estou divertindo você – eu reclamo e continuo tirando os palitos estranhos de dentro da caixa. Como será que aquilo funciona? Tem algum botão?

– Zach – ela me chama, depois de alguns minutos de risadas. – Eu preciso fazer xixi na vareta.

– Xixi? Jura? – Estou impressionado. – Então vamos lá, baby. Pode começar – Abro um sorriso encorajador, mas ela começa a me empurrar para fora do banheiro. – Ei! O que você está fazendo?

– Isso se chama privacidade. Não vou fazer xixi na sua frente.

– O quê?

– Isso mesmo, Zach. Não vou.

– Por que não?

– Eu tenho vergonha – ela fala e seu rosto fica corado e essa é uma das poucas vezes que algo a deixa realmente constrangida. – Eu já te chamo – ela me empurra para fora e bate a porta antes que eu tenha a chance de falar qualquer coisa.

– Merda, Jo. Eu quero participar.

–Você está participando – ela grita do outro lado da porta e eu encosto o ouvido para escutar o que ela está fazendo.

–Você precisa me dizer o que você está fazendo então.

– Estou pegando as varetas.

– Pegou todas? Será que ela não deveria ter comprado mais? Vai aparecer um número nelas?

– Número de quê? – ela pergunta e eu consigo ouvi-la fazer xixi.

– De bebês que tem dentro da sua barriga. – Mais uma gargalhada.

– Droga, Zach, se eu derrubar esses palitos dentro do vaso, você vai ter que resgatá-los – ela grita para mim, aos risos. Ouço a descarga e, em seguida, a torneira ser aberta.

– Abre, princesa. Quero ver. – Eu bato à porta, ansioso. Ela abre a porta, finalmente.

– Precisamos de um relógio. Dois demoram três minutos e o outro, cinco.

– Cinco? Tudo isso? – eu pergunto e saio correndo pelo loft atrás de um relógio. Encontro meu celular na sala e volto correndo para o banheiro.

Nós dois ficamos em pé, encostados na pia, esperando o tempo necessário para o teste apresentar o resultado. Quando o relógio está quase marcando três minutos, como num passe de mágica, cada teste vai mostrando duas tirinhas.

– O que são essas barrinhas? – eu pergunto, sentindo meu coração quase sair pela boca. Ela pega uma bula, que veio dentro de uma das caixas, e começa a ler rapidamente. De repente, Jo levanta os olhos e abre um sorriso enorme.

– Estamos grávidos! – ela grita e pula no meu colo.

Tenho a sensação de ter sido nocauteado. Nada, nada mesmo, me preparou para esse momento. Se alguém me pedisse para soletrar meu nome eu mal saberia do que estava falando. Jo percebe que estou calado e se afasta um pouco de mim.

– Zach? O que houve? Você não quer o bebê? – ela pergunta e seu olhar já é o olhar que uma mãe oferece a quem ousa fazer mal a seus filhos. Oh, Deus. Eu vou ser papai.

– Baby, esse é o melhor presente que você me deu. Conseguiu superar a tatuagem na lista dos presentes épicos – eu consigo responder e a puxo para mais perto de mim, envolvendo-a num abraço apertado.

– Oh, Zach... – ela fala e sinto seu corpo estremecer contra o meu, lágrimas molhando minha camiseta.

– O que houve, amor? Está sentindo dor? Quer ir ao hospital? Quer que eu chame a Jenny? – eu pergunto, sem saber o que fazer para acalmá-la.

– Não – ela funga e se afasta olhando nos meus olhos. – Deve ser pelos hormônios que estou ficando assim, sensível – ela fala e eu me lembro de algo que li há pouco tempo.

– Hummm... sensível? Você sabe – eu começo a falar e a pego em meu colo, indo em direção ao nosso quarto –, eu li há pouco tempo na internet que mulheres grávidas ficam com algumas outras coisas sensíveis, não só o humor.

– Sério? – ela pergunta baixinho, enquanto eu beijo seu pescoço.

– Sério mesmo! Precisamos testar se isso é uma regra ou se apenas algumas mulheres conseguem esse tipo de proeza – eu a deposito na cama, dando mordidinhas em seu ombro, enquanto desabotoo nossa camisa.

– Humm... jura?

– Sim – eu respondo sem parar de beijar e lamber a extensão de seu ombro até o pescoço.

– Oh, então precisamos fazer esse experimento. Em nome da ciência – ela fala e nós dois caímos na risada e eu tiro a camiseta.

– Claro. Em nome da ciência. – Eu deito em cima dela, nossos lábios colados num beijo arrebatador.

– Sim, em nome da ciência – ela responde e tudo ao redor perde a importância e nós dois estamos focados apenas nesse momento perfeito, onde estamos só nós dois e o fim de tarde como testemunhas.

Capítulo dezessete

Jenny

Chegamos ao condomínio e sinto um frio na barriga. Eu queria tanto que minha vida fosse mais fácil, que eu pudesse me permitir embarcar numa relação com Rafe. Ele é um daqueles homens raros. Educado, gentil, cavalheiro e ao mesmo tempo tão sedutor. Ele parecia ter tido uma excelente educação, já que ele fala muito bem, é inteligente. E esse jeitinho sério dele, de não falar palavrão, é fofo. Quer dizer, exceto quando ele está excitado. Porque, nesse momento, ele assume o equivalente masculino para a expressão uma dama na mesa e uma... erh... bem, vocês sabem o que eu quero dizer.

As crianças saem do carro e vão correndo em direção à casa de Rafe, enquanto eu pego as bolsas no porta-malas. Só de lembrar do Rafe sedutor me sinto excitada e incomodada. Nunca imaginei que o ato de amor pudesse ser assim, que eu pudesse me sentir tão completa e tão plena. Rafe me fez sentir como se eu estivesse sendo reverenciada e precisasse ser amada e cuidada. Naquele momento, eu realmente achei que poderia ser feliz com alguém. Com ele. Achei que eu fosse merecedora do amor de um homem bom. Mas a vida parecia ter outros planos para mim.

Respiro fundo e sigo, com as bolsas na mão, em direção à casa de Rafe, ainda pensando na vida, até que algo chama a minha atenção. Não é um barulho. Não sei... É uma sensação estranha, sabe? Olho para trás e não vejo nada. Sinto meu corpo gelar, mas afasto o medo da minha mente. Acho que eu estou muito impressionada com o SMS. Mas, desde então, não recebi mais notícias de Nathan. Às vezes, me pergunto se deveria ter aceitado a oferta de James para que um guarda-costas me acompanhasse.

Entro na casa de Rafe e a atmosfera quente me abraça. Ouço os risos das crianças assistindo a TV e resolvo ir direto para o quarto ver como ele está. A culpa por ter passado tanto tempo fora me corrói quando percebo que George não está mais aqui e ele deve ter passado bastante tempo sozinho.

Levanto a mão para bater na porta, quando ouço sua voz falando com alguém ao telefone.

– Não, querida, não fique assim. Eu estou bem. Foi só uma pancada de leve – ele fala e ri de algo dito pela mulher do outro lado da linha. – Eu sei que eu prometi ver você, Cyn. Sim, eu sei – a mulher fala algo mais. – Prometo que não demoro, ok? – mais silêncio, até que a porta abre de repente e eu quase caio no chão. Ele abre um grande sorriso ao me ver e me segura com seu braço esquerdo, me puxando contra seu corpo quente e duro. – Eu também, querida. Pra você também – ele desliga o telefone, alargando o sorriso e me prende contra a parede do corredor. – Oi, meu anjo. Senti saudade – ele fala e inspira em meu pescoço, fazendo com que eu esqueça completamente que estava com raiva dele até dois segundos atrás, por ouvi-lo falar daquele jeito com outra mulher. Droga, eu nem tinha o direito de ficar com raiva. Eu tinha dado o fora nele. Controle-se, Jenny.

–Você não deveria estar em casa sozinho, nem de papo no telefone. Deveria estar descansando – ele se aproxima ainda mais e beija meu pescoço e, oh, Deus, me dê forças para resistir a esse homem!

–Você fica linda quando está assim, ciumenta, sabia?

– Eu não estou com ciúmes. – Seu comentário me deixa irada. Eu não estou com ciúmes. Ou será que estou?

– Ciumenta e cuidadosa. Combinação perfeita. Vem, Jenny. Quero você na minha cama, seus cabelos espalhados no meu travesseiro – ele murmura, mordendo a minha orelha e eu tenho que fazer um esforço sobre-humano para afastá-lo.

– Rafe... não... – Eu coloco minhas mãos sobre seu peito, porém, ao mesmo tempo que sei que devo afastá-lo, meu corpo exige que eu o puxe para ainda mais perto de mim. O desejo toma conta de mim, mas o ciúme por ouvi-lo falar de um jeito tão amoroso com essa mulher e a necessidade de mantê-lo longe geram uma confusão de sentimentos. Inesperadamente, o meu *não* tem o poder de parar seu movimento e ele se afasta um pouco, me olhando nos olhos, parecendo decepcionado.

– Droga, Jen. Eu sinto sua falta.

– Eu... – ele não me permite completar.

– Eu tinha prometido a mim mesmo que não faria mais isso, que iria superar o que eu sentia por você. Prometi que seria seu amigo e estaria ao seu lado sem impor meus sentimentos e é isso que eu preciso fazer – ele respira fundo, beija minha testa e se afasta. –Vou tomar um banho. Me desculpe, isso não vai voltar a acontecer – ele fala e se afasta, indo até o banheiro e batendo a porta. Encosto contra a parede do corredor, tentando controlar as lágrimas e me sentindo mais sozinha do que nunca. Eu queria me enrolar em seus braços e não sair nunca mais, mas eu só podia tentar abafar meus sentimentos por esse homem e rezar para conseguir superar sua perda. E sabia que, assim, estava deixando escapar a única chance que tivera de ser verdadeiramente feliz.

Meu "não" nunca teve qualquer relevância durante toda a minha vida e, ironicamente, o único homem que eu queria que estivesse ao meu lado levava isso a sério.

Vou para a cozinha preparar o jantar, engolindo o choro e fazendo o meu melhor para não demonstrar o desespero que sinto por dentro.

*

Rafe

Encosto contra a porta do banheiro, tentando me acalmar. Respiro fundo algumas vezes e tento afastar a decepção que me invade. O pânico pelo desprezo, esse sentimento que me é tão conhecido, tenta tomar conta de mim e eu tenho que fazer um grande esforço para não deixá-lo me atingir. Lembranças de um passado tão distante, repleto de expectativas, tristeza e decepção, assaltam minha mente, me levando para outro lugar.

– Vocês precisam ficar quietos. Ela vem escolher um de vocês para ser filho dela, estão entendendo? Ninguém quer um filho bagunceiro ou mal-ajambrado – eu olho para minhas roupas simples e meu tênis com um furo. Droga. Espero que essa possível mamãe não perceba. – Raphael, você é um inútil. Seu quarto está uma bagunça! – eu estremeço com os gritos, lembrando que deixei uma meia em cima da cama. – Você nunca vai conseguir ser adotado! Nunca vai conseguir uma casa, porque ninguém quer um merda, um garoto inútil e bagunceiro como você! – o golpe do cinto atinge minha coxa esquerda antes que eu consiga perceber.

Sinto as lágrimas se formarem, mas preciso ser forte e não chorar, porque ela ficava mais violenta quando via nossas lágrimas. Ela dá dois golpes rápidos antes de ser interrompida pela campainha. O cinto cai de sua mão e a expressão em seu rosto muda completamente. De possuída pelo ódio a tia amorosa. Antes de sair do quarto, ela se volta para mim e fala:

– Pegue isso do chão e coloque no lugar. Vá até seu quarto e dê um jeito naquela bagunça. Você tem dois minutos. E não quero ver cara de sofrimento porque você não tem motivo para isso. – Ela vira e segue pelo corredor, em direção à porta. Eu pego o cinto do chão e o guardo no lugar, com os olhos dos outros meninos acompanhando meus movimentos, e corro até meu beliche para guardar a meia esquecida. Uma pequena mão segura a minha, me assustando. Levanto o olhar e vejo aquela menina loira, com duas tranças no cabelo e um vestido rodado.

– Vai ficar tudo bem – ela fala. – Eu sou Cynthia. Vou cuidar de você – a menina diz e eu dou uma risada, pensando em como uma menina tão menor que eu poderia cuidar de mim.

– E o que você vai fazer? Bater nela? – eu pergunto, meu tom de voz grosseiro, quase cruel.

– Não, eu não tenho força. Mas vou ser sua melhor amiga. E isso vai nos trazer esperança.

– Esperança? De quê? – eu nem sei o que essa palavra significa.

– De que um dia nossa vida será melhor e que teremos nossa própria família. Você é bom, eu já vi você ajudar outros meninos, só precisa de alguém para ser seu amigo também. – Eu olho para ela, sem ter muita noção da importância daquelas palavras, e inesperadamente ela me puxa para baixo e dá um beijo em meu rosto. – Vamos, antes que ela volte – ela fala e me puxa em direção à porta, para tomarmos nosso lugar.

A lembrança se dissipa e me vejo de volta no banheiro de casa, o corpo suado e a respiração ofegante. Tento controlar a respiração como aprendi e, aos poucos, consigo recuperar o controle do meu corpo. Sim, eu a amava, mas não podia permitir que esse amor me fizesse sentir o pesadelo do pânico ou aquele tipo de decepção novamente. Eu sabia que Jenny tinha algum tipo de motivo oculto para não querer investir em nossa relação e eu tinha quase certeza de que aquilo tinha a ver com seu ex-marido, mas antes de tudo eu precisava me proteger, para que os antigos demônios não me alcançassem.

Tiro a roupa e entro no chuveiro quente, deixando a água escorrer na tentativa de lavar minha decepção. A água aquece meu corpo e, quando me sinto mais equilibrado, pego o sabonete e começo a me ensaboar até chegar na lateral esquerda, na altura da costela, onde a palavra tatuada naquela noite de bebedeira com Zach e Alan repousa e não me deixa esquecer a importância que essa mulher tem na minha vida: *forever.*

Termino o banho e visto um roupão que está atrás da porta, quando uma batida leve me tira do torpor. Abro e me deparo com Maggie, sorrindo para mim e esticando os bracinhos.

– Oi, boneca – eu falo pegando-a no colo.

– Papai, a mamãe disse que o jantar está pronto. – Meu coração quase sai do peito ao ouvi-la me chamar assim. Eu a amo tanto, como minha filha de verdade, e não posso evitar de me sentir orgulhoso com isso, mas sei que Jenny não quer.

– Você sabe que a sua mãe não quer que você me chame assim, né?

– Eu sei, mas eu não tenho um papai. Você é meu papai de con... con...

– Consideração – eu a ajudo e ela sorri.

– É. Tia Louise, da escolinha, disse que é o meu papai do coração. – Eu a aperto com mais força e sinto seus bracinhos ao redor do meu pescoço.

– Boneca, nunca esqueça que eu te amo, viu? E que eu estou aqui, sempre que você precisar. Sempre, ouviu? – Ela balança seus cachos escuros e o perfume infantil me traz a paz que eu estava precisando sentir depois daquele turbilhão. – Vamos jantar?

– Vamos! – Eu a coloco no chão e ela corre em direção à cozinha, enquanto eu vou até o quarto vestir uma roupa. Minha mente pede para eu ficar afastado de Jenny. Só espero que meu coração consiga seguir a essa ordem.

Capítulo dezoito

Jenny

Maggie e Jude estavam sentados ao meu lado na mesa, jantando. Rafe ainda não tinha descido, apesar de Maggie ter ido chamá-lo havia algum tempo. Será que ele ficou tão aborrecido que não queria mais me ver por lá? A hipótese de não poder ao menos observá-lo me deixava arrasada. Mas eu sabia que eu não podia impor minha presença em sua casa. E se ele estivesse envolvido com a tal de Cyn?

Escuto os passos dele pela casa e meu coração quase sai pela boca. Ele entra na cozinha, seus cabelos ainda molhados do banho, com um hematoma na testa e usando uma calça baixa que mostra uma faixa de seu abdômen quando ele levanta o braço para mexer no cabelo. Minha respiração acelera quando imagens de nós dois na cama invadem o meu pensamento. Me imagino puxando aquela camiseta preta para cima, descobrindo seu torso forte e definido, beijando cada curva do seu abdômen, até chegar na costela, onde tem aquela tatuagem tão intrigante. Eu não consigo tirar os olhos de cima dele. Sei que deveria, mas eu simplesmente não consigo.

Eu já falei o quanto o corpo de Rafe é lindo? Sério, ele não é só um cara que tem o corpo definido com malhação regular. Ele é alto, muito alto. Sua pele tem um tom dourado, como se ele pegasse sol frequentemente. Sua estrutura corporal é grande. Ombros largos, peito duro. O abdômen é muito definido e suas pernas são igualmente fortes. Mas, apesar de seu tipo físico, ele não é um rato de academia. Eu só o via correr algumas vezes por semana. O que me fazia concluir que ele conseguiu esse corpo com algum tipo de treino durante a juventude. Talvez ele tenha sido atleta quando mais jovem. O barulho da campainha me tira da minha divagação e, quando volto a mim, Rafe está com um sorriso no canto da boca por ter me pego em flagrante olhando para ele. Droga.

Eu disfarço e levanto para atender a porta e ele me impede.

– Fica, Jen. Eu atendo – ele fala baixo e se volta em direção à entrada da casa. Aproveito para colocar a comida em seu prato, para me ocupar e distrair minha mente daqueles pensamentos.

– Hellooooo – a voz de George enche a cozinha e Maggie se levanta da cadeira e sai correndo para o colo de George como se não o visse há anos, e somente há algumas horas.

– Tio George! Estava mor-ren-do de saudades! – ela fala, imitando George e ele a joga para o alto e dá beijos estalados em sua bochecha. Eu não consigo segurar o sorriso.

– Maggie Bear, meu anjo, eu também. Olha quem está aqui! Jude! Você está de volta. Ah, que maravilha. Depois do jantar faremos um concurso de karaokê.

– *Êeeeeeeee* – os dois festejam, Jude parecendo um menininho feliz. Eu sabia o quanto esses momentos eram importantes para ele.

– Ainda bem que não estou mais com dor de cabeça, ou eu não resistiria aos inimigos do ritmo – Rafe fala e me dou conta de que aquela bagunça não faria bem a ele.

– Oh, acho melhor deixar para outro dia... – eu falo e Rafe me interrompe.

– Não, Jen. Deixa os meninos brincarem. Eu gosto da casa cheia – ele sorri, mas um sorriso melancólico.

– Vem jantar – eu o chamo, colocando o prato em cima da mesa, e me volto para George. – Querido, posso colocar pra você também?

– Claro. Ben vai chegar tarde hoje à noite e não tem nadinha de gostoso para comer em casa – ele fala enquanto eu sirvo seu jantar. Todos nós sentamos à mesa, conversando. Rafe ajuda Maggie com a comida e eu fico pensando que ele seria um ótimo pai.

A noite passa de forma leve, ficamos rindo, conversando, enquanto Maggie e Jude cantam no karaokê. O meu celular toca e eu levo um susto.

– Alô?

– Jenny, é Jo!

– Oie, como você está? Tem novidades? – eu pergunto ansiosa. O final da tarde e início da noite foram tão turbulentos que eu até esqueci que Jo iria fazer o exame.

– Tenho. Eu quis te ligar antes de ligar para George. Com Julie em Paris, vou mandar um SMS mais tarde.

– Ele está aqui. Quer que eu o coloque na linha também?

– Jura? Quero sim! – ela fala animada.

– George – eu chamo o nosso amigo, que está conversando com Rafe sobre economia. – Jo precisa falar conosco.

– Conferência? Adoro! – ele se aproxima e eu coloco o telefone no viva-voz.

– Pronto. Rafe está aqui também com as crianças, tudo bem?

– Oi, Rafe! Deixa eu chamar Zach, então. Ah, vai ser tão legal! – ela fala, animada, e em seguida Zach cumprimenta a todos nós. – Bom, o motivo dessa ligação...

– Basicamente uma reunião, né, princesa? – Zach implica com ela, que solta uma risadinha.

– Como eu estava dizendo, o motivo dessa ligação é para contar que vocês serão titios em breve!

– *Ahhhhhhhhhh* – George grita enlouquecido. – Oh. My. God! Que emoção, Docinho! Mais uma leva de pequenos bebês – George fala emocionado, as lágrimas caindo.

– Não é porque Julie teve uma duplinha que eu também vou ter! – Jo fala rindo e Zach nos surpreende.

– Eu tenho certeza que serão três. George, teremos uma equipe de *Vingadores* aqui em casa! – George ri e chora ao mesmo tempo.

– Eu estou tão emocionado de ver que minhas duas menininhas viraram duas mulheres, adultas, com suas famílias sendo formadas – ele me abraça e eu olho em direção ao Rafe, que sorri, mas seu sorriso não chega aos seus olhos. – Eles vão ter um mini Thor! Ou vários!

– Parabéns, vocês dois. Vocês merecem. Zach, providencie os charutos na próxima semana que eu entro com o uísque.

– Combinado, Rafe! – Zach responde, com o orgulho em sua voz.

– Amiga, estou muito feliz por vocês. Passa no hospital semana que vem para fazermos alguns exames e eu te encaminho para um obstetra, ok?

– Pode deixar! Bom, preciso ligar para Livy. Ela deve estar com Stanley, mas, mesmo ele não gostando de ser interrompido pelo telefone, eu não vou deixar de contar a novidade.

– Ela ainda está saindo com ele? – George pergunta, fazendo uma careta.

– Está sim. Ele é um pouco metódico, mas é um cara legal.

– Alan não vai gostar de saber disso – Jude fala e ficamos todos em silêncio até que George faz a pergunta que todos nós queríamos:

– Por quê?

– Porque eu acho que ele gosta dela. Mas ele diz que a tia Livy é boa demais pra ele – ele fala e volta sua atenção para o karaokê. Eu e George nos encaramos e ele se despede de Jo.

– Querida, vá ligar para nossa garota. Parabéns mais uma vez aos dois pombinhos – todos nós nos despedimos e, quando vejo a hora, me assusto por ser tão tarde.

– George, você vai para casa ou...

– Jen, pode ir pra casa com Maggie. Eu vou ficar bem – Rafe fala, e eu sinto como se tivesse perdido o chão. Ele não quer ficar perto de mim. Só pode ser a tal da Cyn. Ele está interessado nela e agora está se sentindo culpado por ter me beijado no corredor.

– Ok – eu respondo baixo, chocada demais para conseguir falar qualquer outra coisa. George olha para nós dois, notando minha expressão magoada.

– Vou ajudar você a levar as coisas até sua casa, Jenny – ele fala, com um sorriso no rosto, como se estivesse tentando me confortar.

– Obrigada. Bem, se você precisar de algo, Rafe... – ele não me deixa terminar de falar.

– Pode ir tranquila, eu vou ficar bem – ele levanta do sofá, dá um beijo em Maggie e um abraço em Jude e vai em direção ao quarto, sem olhar para trás.

Já passou por algum momento na sua vida em que você está rodeada de pessoas, mas se sente completamente só? Como se um pouco do brilho que sua vida tem tivesse sido apagado e você está lá, parada, sem conseguir iluminar o caminho à sua volta? É exatamente como eu me sinto. Sim, eu havia me afastado e dito que não queria ficar com ele, que eu não podia fazer isso. Mas nunca pensei que a dor que eu sentia agora, pela indiferença do homem que eu amava, fosse doer mais do que a mão de Nathan contra mim.

George pega minhas coisas, enquanto eu desligo com Jude o karaokê e nos encaminhamos até a minha casa.

– Tia, vou tomar banho, tá? – Jude pede e eu assinto, beijando seu rosto.

– Maggie, pega seu pijama, você é a próxima.

– Tá bom, mamãe – ela fala e sai correndo para o quarto. Abro a geladeira e fico olhando para dentro dela, sem saber o que fazer, quando George me segura por trás e me puxa para um abraço.

– Eu estou bem – eu falo, o corpo já tremendo com o choro que eu sei que não vou conseguir segurar.

– *Shhh...* – Ele me abraça mais forte. – Às vezes, a gente só precisa colocar pra fora. Deixar as lágrimas levarem tudo embora, meu anjo.

– Acabou, George. Ele conseguiu acabar com tudo que eu tinha... – eu falo, o pranto quase não me deixando falar. – E quando eu achei que finalmente estava livre, ele conseguiu acabar com tudo de novo.

– Do que você está falando, meu anjo? Rafe? – George pergunta preocupado e, nesse momento, Maggie entra na cozinha e se assusta com o meu choro. Eu nunca, nunca mesmo, permito que ela me veja chorar.

– Mamãe? Machucou, mamãe? – Ela corre até mim, as lágrimas chegando aos olhinhos dela e partindo ainda mais o meu coração. George me dá um beijo na cabeça e me solta para pegar Maggie no colo.

– Ursinha, a mamãe não está passando bem. Acho que é uma gripe, sabe? E ela está preocupada de não conseguir cuidar de você esta noite. Então, o tio George vai dar banho em você e colocar você e Jude pra dormir, para sua mamãe poder descansar, está bem? – Maggie sacode a cabeça, fazendo um esforço para parecer comportada, e corre de volta para o quarto.

– Oh, Deus... – Eu desabo e George me segura, levando--me para o quarto. Eu não consigo segurar o choro. Ele me ajuda a tirar a roupa e a vestir uma camiseta lavada, que estava em cima da cama, e em seguida me empurra para a cama, como se eu fosse uma criança.

– Descansa, meu anjo. Fecha os olhos e tenta dormir. Eu cuido de tudo por aqui. Fique tranquila – George fala e eu me sinto protegida. Antes que eu consiga respondê-lo, a exaustão me toma e eu simplesmente apago.

*

Rafe

Ando pela casa, enquanto espero George voltar, me sentindo um tigre enjaulado. Me sinto culpado por ter tratado Jenny daquele jeito, mas as ações dela despertavam um sentimento em mim que eu prometi a mim mesmo nunca mais sentir. A decepção de não ser o escolhido, de ser desprezado por alguém, era algo que eu nunca mais queria sentir na vida.

Passei minha infância e boa parte da adolescência querendo que alguém me amasse. A única pessoa que estava lá para mim era Cyn. Até Max entrar em nossa vida e nos resgatar daqueles dias de terror.

Ouço o barulho da porta e volto para sala, para encontrar com George com uma expressão preocupada, muito diferente do George que costumávamos ver.

– Está tudo bem? – eu pergunto, sem conseguir evitar de me preocupar.

– Oi? – George parece não ter notado a minha presença. – Desculpe, estava distraído.

– Está tudo bem? – eu pergunto novamente, mais assustado com a postura distraída de George.

– Não sei... Rafe, eu sei que você é muito discreto, mas eu preciso perguntar. Está acontecendo alguma coisa entre você e a Jenny? Vocês brigaram? – Respiro fundo, irritado por estar sendo visto como o lado errado da história.

– Eu não briguei com ela, George. Ela terminou comigo. Ou melhor, ela me deu o fora, porque para terminar ela teria que ter começado alguma coisa, né? E Jenny nunca quis assumir nada e eu cansei – eu falo de uma vez, assustado com a minha explosão.

– Desculpe, Rafe, eu não quis te aborrecer, mas é que eu achei que algo poderia estar acontecendo com ela e... – Eu não posso ouvi-lo falar assim, ou vou quebrar minha determinação em me afastar.

– George, eu sei que você está preocupado, que Jenny é sua amiga, mas ela fez a escolha dela. E eu não fui escolhido. – Eu despejo nele toda a minha frustração: – Eu já tinha me prometido nunca mais passar por isso e baixei a guarda. Só que não suporto mais.

– O que você quer dizer com isso? – George pergunta, me olhando nos olhos e, pela primeira vez, eu sinto vontade de desabafar sobre o que se passa no meu coração. Eu abaixo a cabeça e falo, antes que eu me arrependa de ter começado.

– Eu não tive uma infância e adolescência normais, George. A minha mãe morreu quando eu tinha cinco anos. A idade da Maggie. Meu pai era um tirano mulherengo que me largava em casa sozinho para beber e sair com mulheres aleatórias. Até o dia em que nosso apartamento pegou fogo por causa de um curto-circuito. Ele estava bêbado no sofá e eu no quarto dormindo, depois de ter levado uma surra porque tinha deixado um brinquedo no chão. A vizinha da porta ao lado conseguiu me salvar, me tirando pela varanda do apartamento, mas ele morreu na casa – eu falo, sem nenhuma emoção. – Eu não me lembro disso com clareza, apenas flashes do fogo e gritos. Nenhum parente quis ficar comigo e eu fui mandado para um abrigo com quase seis anos de idade. Passei toda a minha infância querendo que alguém me quisesse. Rezando toda noite para que eu ganhasse uma nova mãe, porque a minha, que era tão carinhosa, tinha ido para o céu e eu não tinha mais ninguém que me desse beijos ou dissesse o quanto eu era bonito ou todas essas coisas que as mães costumam falar – eu sigo contando, num único fôlego: – Ninguém me quis, George. As pessoas que iam até o abrigo em busca de uma criança não queriam um menino grande e franzino como eu. Queriam bebês ou crianças menores. E quando queriam um garotinho maior, desejavam um mais bonito e com uma aparência mais saudável.

– Oh, Rafe... – o suspiro de George me tira do transe em que eu estava, preso no passado.

– Eu cresci sozinho. Eu e Cynthia. Ela era minha irmã de coração, como diz a Maggie. É a minha melhor amiga até hoje. E eu prometi, quando fiquei mais velho, que nunca mais permitiria que alguém me tratasse assim de novo. Que eu nunca mais deixaria ninguém me fazer sentir indesejado. Eu amo a Jenny, George, com todo meu coração. Assim como amo a Maggie, como se ela fosse a minha filha de verdade. Mas não tenho condições de passar por isso. Dói demais – olho para George e me surpreendo com suas lágrimas.

– Nossa... Rafe, eu não fazia ideia que você tinha passado por tudo isso. Sinto muito por você... – eu não deixo que ele complete.

– Eu não quero pena de ninguém, George.

– Eu não estou com pena, querido. Sinto por você ter sofrido tanto e ter tido uma vida tão difícil, mas sinto orgulho do homem que você se tornou. E me orgulho de ser seu amigo – ele fala e eu me sinto mais calmo. – Ainda não sei o que ela passou, mas eu sei que foi algo sério. Não sei se tanto quanto você, mas ela também está sofrendo, Rafe. E me dói ver duas pessoas que eu amo sofrendo tanto. Mas eu te entendo e não tiro a sua razão. Eu só queria que vocês dois conseguissem se acertar. Porque vocês merecem.

– Eu também, George. Mas, por agora, só quero seguir em frente. – Ele balança a cabeça em concordância e eu me levanto, precisando de um momento de privacidade para colocar minha cabeça no lugar. – Eu acho que vou deitar.

– Vai sim. Eu vou ficar aqui.

– Pode ir pra casa, eu estou bem. Amanhã vou trabalhar.

– Não, vou ficar aqui. Amanhã é um novo dia, mas hoje um pouco de companhia não te fará mal. Vá descansar. Boa noite – ele fala com um sorriso e eu agradeço, indo para o meu quarto. Pensei que passaria a noite rolando na cama, pensando nisso tudo e, principalmente, no passado, mas assim que a minha cabeça encosta no travesseiro, eu apago num sono profundo, completamente sem sonhos.

Capítulo dezenove

Jenny

Acordei no dia seguinte quase duas da tarde. Levantei da cama num pulo quando vi a hora, preocupada com a minha filha.

– Maggs? – eu chamo, saindo pelo corredor, a minha cabeça doendo muito.

– Estamos aqui, Jenny. – Ouço a voz doce de Ben, com seu sotaque elegante, vinda do quarto de Maggie. Sorrio ao ver os dois sentados no chão, "tomando" um chá da tarde. – Está servida?

– Quer, mamãe? Tem chá, biscoito, bolo e sco... sco...

– *Scones* – Ben ajuda, sorrindo.

– Isso. Tio Ben falou que é um pão doce – ela sorri e eu sorrio de volta. Eu agradeço todos os dias por ter amigos tão maravilhosos como Ben e George.

– Muito obrigada, eu acho que vou tomar um café mesmo, lá na cozinha, já que acordei tão tarde – eu respondo e Ben me segue em direção à cozinha, deixando Maggie servir o "chá" para as bonecas. Quando estamos a sós, ele me pergunta:

– Como você está, Jen? Estávamos preocupados.

– Estou bem – eu suspiro. – Acho que eu só precisava descansar um pouco – sorrio para tranquilizá-lo e ouço meu celular, que estava em cima da bancada da cozinha, tocar. James. Droga, não posso atender na frente de Ben.

– Não vai atender? – ele pergunta, curioso.

– Ah, não é nada de mais. É apenas uma colega do trabalho. Eu ligo de volta mais tarde, quando estiver mais disposta – eu falo e ele parece acreditar. Não gosto de mentiras, mas não posso contar a ele a verdade.

– E seus planos para hoje?

– Vou tomar esse café, depois tomar um bom banho. Se Maggie estiver disposta, vou levá-la ao parquinho ou algo assim.

– Perfeito! Precisa de ajuda com algo?

– Não, Ben. Eu estou bem. De verdade. Por que você não vai pra casa descansar ou fazer algo com George? Eu realmente estou bem, agora.

– Tem certeza? Porque eu posso...

– Tenho sim. Eu não tenho palavras para agradecer o carinho de vocês dois. Você e George são maravilhosos. Eu só precisava descansar mesmo – eu abro meu melhor sorriso.

– Bom, então eu vou dar uma corrida até o shopping. Preciso comprar uma camisa para uma reunião que terei esta semana. Ah! Jude foi para a aula de desenho. Nossa, Jenny, eu vi o bloco de desenhos dele. Que maravilhoso! Ele é um verdadeiro artista.

– É sim. Eu fiz questão que ele fizesse algumas aulas extras, para que tivesse contato com outras crianças da idade dele. É importante, né?

– Claro. Alan tem muita sorte em ter você como... – eu empalideço à menção da palavra sorte. Me faz lembrar o apelido detestável (Lucky) que Nathan me deu. – O que houve, Jenny? Ficou chateada?

– Ah, não... é que eu não sou muito fã de elogios, me sinto um pouco constrangida. Eu adoro Alan, e Jude é como um filho pra mim – eu disfarço e Ben sorri.

– Bom, vou deixar você fazer suas coisas. Se precisar de algo, liga, tá?

– Pode deixar – eu sorrio e ele me abraça e me dá um beijo, saindo em seguida.

Faço o café, despejando o líquido escuro numa caneca, e volto até o quarto de Maggie.

– Acabou o chá? – eu pergunto, quando a vejo procurar algo no armário.

– Sim, mamãe. Estava procurando minha Barbie bailarina.

– Acho que está no quarto de bonecas. – O famoso quarto era todo decorado como um castelo de princesa, obra de George, é claro.

– Vou procurar lá.

– Vou tomar banho, ok? Não quero você na cozinha, garotinha.

– Sim, mamãe – ela fala e sorri para mim. Maggie é uma menina tão boa, tão carinhosa. Eu tinha tanto orgulho dela.

– Vamos ao parquinho mais tarde?

– *Ebaaaa!* – Ela corre na minha direção e me abraça com força. Não havia nada melhor no mundo do que o abraço dela. Minha filha era o que me fazia levantar todos os dias. Eu não quebrei no passado por causa dela. E todos os dias ela me dava um motivo a mais para continuar seguindo em frente.

– Vai procurar sua Barbie, mamãe vai tomar um banho rápido.

– Tá bom. – Ela sai correndo em direção ao quarto de brinquedos e eu vou para o chuveiro.

Tomo um banho quente e relaxante, mantendo meus pensamentos focados apenas na minha menina e no que faríamos mais tarde. Seco o cabelo no banheiro e sigo, enrolada no roupão, em direção ao quarto para me vestir.

Entro no meu quarto com uma sensação estranha. Tudo está no lugar, mas um sinal de alerta soa, como se alguém tivesse mexido em algo. Saio do quarto e vou até o quarto de Maggie e ela está sentada no chão, concentrada em vestir sua Barbie. Volto para o quarto pensando que devo ligar para James antes de sair de casa. Com certeza, é isso que está me deixando nervosa. Abro o guarda-roupas e a gaveta de lingerie, pensando em usar uma calça jeans e camiseta leve, aproveitando que o tempo está bom, quando levo um susto.

Todas as minhas lingeries estão cortadas. Nada, nada mesmo está inteiro e um papel por cima da gaveta me chama a atenção. Pego-o e, ao desdobrá-lo, um gemido sai da minha garganta.

vagabunda

Oh, Deus. Ele está aqui. Eu preciso fugir. Abro o outro lado do armário pensando em pegar uma roupa qualquer, para que eu possa me vestir e sair da casa, mas tudo está igualmente destruído. Viro e sigo para fora do quarto correndo e, quando estou passando pela porta, o primeiro golpe me atinge no estômago.

– Onde você pensa que vai, Lucky? Encontrar seu amante, sua vagabunda?

Capítulo vinte

Rafe

Chego do bar com Leslie agarrada a mim como um polvo. Agradeço a Deus por ela ser totalmente diferente de Jennifer fisicamente... Espere, por que estou pensando em Jennifer justo agora, quando tenho uma mulher linda, disposta e me prometendo uma noite de contorcionismos? Cara, eu preciso tirar esse atraso. Com certeza é isso que está embaralhando a minha cabeça. A língua de Leslie na minha orelha me traz de volta à realidade, mas ainda assim me pergunto por que não estou tão animado quanto deveria. Quero dizer, vamos lá, eu não estou nem mesmo a meio mastro.

Entramos em casa e sinto-me estranho por trazer uma mulher aqui sabendo que Jennifer está na casa ao lado. Merda, estou virando um maricas, como Zach e Danny. Deve ser alguma coisa na água... Ou toda aquela bebida que tomei hoje no bar. E lá estou eu divagando novamente ao invés de me ater ao presente.

Volto à bela garota em meus braços, que agora acha que pode desafiar totalmente as leis da física e fazer seu corpo ocupar o mesmo espaço que o meu. Ela me mordisca no queixo e eu começo a ter esperanças de que conseguirei chegar ao final disso com, pelo menos, uma nota sete e sem Jennifer na minha cabeça. Merda. Lá estou eu, de novo, pensando nela.

Em meio ao nosso quente amasso no sofá, ouço um som baixo de choro. É tão baixinho que acho que estou imaginando ou minha mente está procurando razões para acabar com esse encontro. Mas, então, o volume aumenta e agora tenho certeza de que ouvi algo.

– Hum, Leslie, você ouviu isso? – pergunto, enquanto ela tenta me animar.

– Deve ser só um gato de rua. Já, já alguém joga água fria nele e ele para. Posso miar pra você, se isso te excita – ela ronrona no meu ouvido.

Isso deveria me excitar, certo? Errado. Quando ouço o choro novamente, sei que não se trata de um gato e meu coração se aperta com um pensamento.

Eu a empurro e corro pela sala em direção à cozinha. Quando chego lá, encontro Maggie encolhida em um cantinho. Seus olhos aumentam quando ela me vê e seu rosto está coberto de lágrimas. Algo de muito grave deve ter acontecido e sinto a urgência de procurar Jenny, mas antes preciso saber se Maggie está bem.

Puxo-a para o meu colo e, quando vou começar a falar, Leslie aparece atrás de mim, nada feliz por termos sido interrompidos. Olho para ela, prestes a explicar que não podemos continuar nosso encontro, e percebo o seu olhar de nojo para Maggie e a situação. Nesses meros segundos, percebo quão errado eu estava por achar que pudesse ter algo com ela, ainda que apenas sexual.

Por sorte, ela percebe por si só que o clima acabou e que me "perdeu" para a garotinha chorosa, e resmunga um tchau e mais algumas palavras que imagino serem xingamentos. Momentos depois, ouço a porta bater com força. Cadela sem coração.

Voltando minha atenção para Maggie, noto que ela se agarra a mim como se sua vida dependesse disso e sinto ainda mais amor por ela.

Chegou a hora de descobrir o que houve e agir. Respiro fundo e viro-a para me encarar.

– Maggie, querida, como você entrou aqui? – pergunto o mais suavemente que consigo.

– Pela portinha do cachorro – ela responde, encolhendo-se um pouco. Será que ela acha que vou brigar com ela?

– Querida, está tudo bem. Mas eu preciso saber o que aconteceu. Por que você está chorando?

Ela começa a chorar novamente e só consigo pegar algumas palavras, mas elas são o suficiente para fazer o meu sangue ferver. "Papai mau", "mamãe", "briga", "gritos" e "se esconder" são palavras que simplesmente não soam como se não fosse nada de mais.

Acalmo-a do melhor jeito que posso, ponho-a em meus braços e inicio a caminhada até sua casa, morrendo de medo, confesso, do que encontrarei lá. Querido Deus, faça com que aquele bastardo não tenha feito nada de mal a Jenny, pois não sei se saberei me controlar.

Aperto Maggie firmemente em meus braços, tomando cuidado para que ela só olhe para a casa depois que eu me certifique que está tudo bem, mas o que eu encontro retorce o meu estômago e eu só penso em bater em alguém, ao mesmo tempo em que quero abraçar Maggie e Jenny e nunca mais soltá-las.

Volto para o lado de fora, pensando em proteger Maggie antes de procurar Jenny. Bato na casa de George, que abre a porta assustado ao me ver segurando Maggie, a menina chorando muito e chamando pela mãe.

– Oh, Rafe, o que... – ele começa e eu faço um sinal com a cabeça para ele não continuar. Ben vem até nós e tira Maggie do meu colo e conversa baixinho com ela, dizendo que vai fazer um chocolate quente com biscoitos até a mamãe voltar, enquanto esfrega suas costas com carinho. Espero até que eles saiam da sala e me volto para George.

– Não sei ao certo o que aconteceu. Maggie estava na minha casa, chorando, quando cheguei. Ela falou coisas desconexas e eu só consegui entender palavras soltas como "mamãe, papai mau, briga, se esconder". Entrei na casa delas e, quando cruzei a sala, parecia que um furacão tinha passado por lá. Está tudo quebrado. Eu voltei, antes de avançar, para que Maggie não visse o que quer que tenha acontecido, mas preciso voltar e achar Jenny.

– Devo chamar a polícia? – George pergunta, mais sério do que já o vi em todo o tempo que nos conhecemos.

– Deixa eu ver se ela está na casa. A gente ainda nem sabe o que aconteceu... – eu falo e saio da casa deles, me encaminhando até a casa de Jenny, seguido de perto por George.

Entramos na casa e é ainda pior do que na primeira vez que eu vi. Os móveis e objetos de Jenny, antes tão aconchegantes e arrumados, estão quebrados e espalhados pela sala. Tem vidro por todo lado e algumas marcas de sangue. Me sinto gelar com essa imagem.

Seguimos pelo corredor, devagar, sem sequer saber se o invasor ainda está por lá. Passamos pelo quarto de Maggie, que está intacto. O quarto de Jenny é um caso à parte: tão quebrado ou até mais que a sala. Tem vidro por todos os lados, colchão cortado, roupas rasgadas no chão. Manchas de sangue espalhadas pelo quarto nos assustam ainda mais, imaginando o que pode ter acontecido. Deus permita que ela esteja bem. Eu nunca vou me perdoar se algo tiver acontecido com ela.

Saímos do quarto e seguimos em direção à cozinha. Está tudo muito bagunçado, mas não tão ruim quanto o quarto.

George abre as gavetas, enquanto eu olho ao redor, e me chama baixinho:

– Rafe – eu viro em sua direção e ele me estende uma grande faca, enquanto pega outra para si. Eu aceito, pensando que nem George nem meus outros amigos sabem do treinamento que eu tive, dos 17 aos 22 anos, com Max Ward. Foi ele quem tirou Cyn e eu das ruas e evitou que eu me tornasse um marginal, pegando para si a responsabilidade de cuidar de um adolescente revoltado e de uma menina assustada.

Seguimos em direção ao quarto de bonecas de Maggie, que estava revirado, como se alguém tivesse procurado algo ali, mas depois desistido. Não havia nada quebrado, nem sinais de luta.

– Será que ele a levou? – Eu empalideço com o pensamento de alguém ter levado Jenny embora.

– Espero que não. Você viu se o carro dela estava estacionado?

– Não lembrei de olhar – George fala, seu semblante transparecendo toda sua preocupação.

– Olhe na garagem, George. Vou olhar nos fundos, no quintal da casa. – Ele concorda e nos separamos. Sigo pelo corredor até a porta dos fundos, rezando para que eu consiga encontrá-la bem.

Atravesso a porta e não vejo ninguém. Estou quase perdendo as esperanças de que ele não a tenha levado quando ouço um gemido baixo, vindo da parte de trás da churrasqueira. Jenny.

Seguindo o som, encontro-a caída, o rosto muito inchado, com hematomas, vestida num roupão. Havia sangue espalhado pelo chão.

– Jen, amor. Fala comigo. – Eu me abaixo ao seu lado, tentando descobrir o que aconteceu. Ela geme mais uma vez e meu coração se quebra em mil pedaços. Não consigo entender o que leva alguém a fazer isso, atacar uma pessoa doce como ela.

– Maggs... – ela sussurra e eu a conforto.

– Ela está bem, eu a levei para a casa de George. Está com Ben. Eu vou chamar a polícia e uma ambulância, baby – eu falo e ela começa a tossir e apertar minha mão.

– Não, polícia não. Ligue... James... celular – ela fala, enfraquecida, e apesar de toda aquela situação dolorosa, não consigo abafar o ciúme que me toma. Quem será esse James que parece saber tudo o que eu não sei sobre ela?

– Jen, eu preciso tirar você daqui, mas não quero remover você e correr o risco de te machucar. Nós precisamos de um médico.

– Não... ele não quebrou... nada. Me leve para um lugar... seguro... Rafe. Eu e Maggie. Nossa... nossa última... esperança – ela fala com dificuldade.

– Onde ele está? – eu pergunto.

– Embora. Ele queria Maggs, mas... mandei... fugir – ela fala e perde a consciência.

Apesar da minha vontade contrária, acabo levantando-a em meu colo e sigo para fora da casa, encontrando com George no caminho.

– Oh, Deus... – Seus olhos se enchem de lágrimas.

– Eu preciso achar o celular dela, George. Vou levá-la para um lugar seguro, mas ela precisa que eu contate uma pessoa.

– Não vai chamar a polícia? – ele pergunta.

Seguimos até minha casa.

– Ela pediu que não chamasse. Preciso entender o que está acontecendo, George.

– Claro. Para onde vocês vão? Como posso ajudar?

– Pode pegar umas roupas para Maggie e umas bonecas? Fazer uma pequena mala pra ela? – Ele acena em concordância. – Vou tirá-la desse roupão ensanguentado e levar as duas para longe de Los Angeles, até tudo ficar resolvido.

– Ok. Vou pegar tudo o que você me pediu. Volto já.

– Obrigado. – Coloco Jenny em cima da minha cama, me sentindo arrasado com a imagem da minha menina, tão linda, parecendo agora tão frágil e machucada.

Enquanto espero o retorno de George, vou até o banheiro, pego uma toalha molhada e começo a limpar com calma seus ferimentos, para ver a gravidade da situação. Fico com receio de que ela tenha sido estuprada, mas ela não parece ter sinais de violência sexual. Deus queira que não.

Tiro uma camiseta preta de dentro do meu armário e a envolvo com a peça, com cuidado para não machucá-la mais. A camiseta fica tão comprida que quase parece um vestido. Jenny é tão pequena e magra que nenhuma das minhas calças caberá nela. Puxo a camiseta para baixo, cobrindo-a, e a coloco deitada em minha cama, novamente, de onde ela nunca deveria ter saído. Sem tirar os olhos dela, pego o celular do bolso da calça e digito o número que eu sei de cor.

O telefone toca duas vezes até que ele atenda e eu digo, simplesmente:

– Sou eu. Preciso de ajuda, pai.

Capítulo vinte e um

Jenny

Sinto minha cabeça doer. Aos poucos, meus olhos se abrem com muita dificuldade e tudo, na verdade, dói. Tenho a estranha sensação de ter levado uma surra e ao pensar nisso é que a minha ficha cai e eu lembro de tudo que aconteceu: os gritos, o medo, as coisas quebradas, os golpes. Olho ao redor e a descoberta de que não estou na minha casa me apavora. Deus permita que ele não tenha pego a minha filha. Que ela tenha fugido, como eu mandei. Faço um esforço para sentar, quando uma voz me assusta, mas ao mesmo tempo me conforta.

– Meu anjo, você não deveria ter se levantado. – Viro em direção a Rafe e meus olhos se enchem de lágrimas ao ver aquele rosto tão amado. – *Shhh...* não chore, estou aqui com você. Tudo vai ficar bem. – Ele me puxa devagar, em seus braços quentes, enquanto eu deixo cair minhas lágrimas em seu peito forte. É um choro de tristeza, alívio e dor.

– Maggie? – pergunto com a voz rouca e os lábios muito ressecados, sem conseguir formar uma frase completa.

– Ela está dormindo. Nós estávamos na sala, brincando, e eu não quis movê-la de lá, quando pegou no sono – ele fala baixinho, sem me soltar. – Está com fome, meu anjo? – Eu balanço a cabeça em negativo e me permito desfrutar de seu jeito carinhoso comigo. Eu sentia tanta falta de alguém que me fizesse sentir amada... Não. Na verdade eu sentia falta de me sentir amada por ele. Só por ele. – Mas você precisa beber um pouco de água, pelo menos, e comer alguma coisa leve. Está há muito tempo sem comer nada.

– Quan... quanto tempo?

– Quase dois dias – ele fala e eu me surpreendo.

– Onde...

– Estamos num lugar seguro, amor. – Ele me puxa mais para perto do seu peito e meu corpo começa a tremer, reagindo ao choque de tudo que aconteceu. – Vou deixar você deitada mais um pouco e vou buscar um pouco de água, para você começar a se hidratar. Já volto, ok? – ele fala, após me acomodar de novo na cama e segue em direção à porta do quarto. Fecho os olhos e respiro fundo, quando Rafe para na porta e fala o que eu mais temia. – E, Jenny. Nós vamos conversar, ok? – Ele se vira e sai do quarto, sem me dar chance de dizer qualquer coisa. E agora? Como eu conseguiria contar tudo aquilo para ele?

⋆

Rafe

Saio do quarto em direção à cozinha, aliviado por ela ter finalmente acordado, mas ao mesmo tempo, tenso. Os hematomas ainda estavam muito visíveis e ela parecia tão perdida, tão machucada, não só fisicamente, mas, sobretudo, emocionalmente. Eu sabia que ela iria tentar me afastar ou fugir da nossa conversa, mas chegamos ao fim da linha. Eu precisava saber com o que estávamos lidando para poder ajudá-la a resolver o problema.

Entro na cozinha e abro o armário para pegar um copo. Meu olhar recai sobre a vista das Montanhas Rochosas. A paisagem de Colorado Springs era muito diferente da metrópole de LA, mas, naquele momento, tudo que nós precisávamos era de toda aquela quietude. Encho um copo d'água e aproveito para desligar o fogão. Aproveitei que Maggie tinha dormido e fiz uma sopa para elas tomarem mais tarde.

A menina estava tão assustada com tudo que partia meu coração. Quando ela viu o estado em que a mãe estava, mesmo eu tendo feito o meu melhor para limpar seus machucados, entrou em pânico e chorou. Meu coração se quebrou em mil pedaços ao ver Maggie daquele jeito. Ela não merecia passar por aquilo. *Elas* não mereciam passar por aquilo.

Saio da cozinha, mas o zumbido do celular me para. Quando vejo o número, volto para a cozinha para atender.

– Rafe, é o James. Vocês estão bem?

– Oi, James. Estamos sim. Jenny acordou agora há pouco, finalmente. Maggie pegou no sono, depois que eu consegui distraí-la.

– Como ela está? Você chamou um médico?

– Ela está muito machucada, mas acho que o psicológico dela está mais abalado que qualquer coisa. Meu pai é ex-fuzileiro, cuidou de muitos soldados feridos na guerra. Ele examinou Jenny. Ela não está com nada quebrado. Eu não quis tomar nenhuma decisão antes de conversar com vocês dois, já que ela me pediu para não chamar ninguém além de você. James, eu preciso saber o que está acontecendo. Eu não posso ajudar se eu não souber exatamente contra quem eu estou lutando – eu disparo, perdendo um pouco a paciência. Desde que fiz a ligação para James, ele estava cheio de mistério, que só poderia me falar qualquer coisa com a autorização da Jenny por causa de confidencialidade profissional ou qualquer coisa do tipo.

– Eu sei, Rafe. Mas eu realmente não posso elucidar qualquer coisa sem a autorização dela – ele fala e eu suspiro alto. – Eu posso falar com ela?

– Pode me dar algum tempo? Quero dar água a ela e um pouco de sopa. Desde que a trouxe para cá ela ainda não comeu – eu falo preocupado.

– Claro. Cuide dela e quando for conveniente você me retorna. Posso só saber onde vocês estão?

– Colorado – eu respondo, sem dar mais detalhes.

– Ok. Vou aguardar sua ligação. – Ele faz uma pausa – E, Rafe?

– Sim?

– Eu aprecio o que você está fazendo por ela. Jenny nunca teve alguém que cuidasse dela. Deus sabe o quanto ela precisa de um amigo.

– Nós somos mais que amigos, James. Eu sou o cara que vai casar com ela – falo, colocando para fora, pela primeira vez, um pouco do que sinto. – Ela e Maggie são tudo pra mim.

– Eu fico feliz, Rafe. Porque elas merecem ser tudo para alguém. Jenny merece uma pessoa que a ame e a valorize. E, principalmente, que cuide dela e de Maggie. Eu vou aguardar sua ligação, ok?

– Combinado – nos despedimos e eu desligo o telefone, seguindo em direção ao quarto com o bendito copo de água e o coração dando cambalhotas no peito de tão nervoso.

★

Jenny

Rafe entra no quarto com um sorriso leve no rosto. Ele demorou um pouco para retornar e todo esse tempo fiquei pensando em como eu contaria tudo para ele. Eu mal conseguia compreender o porquê de tudo aquilo, imagina contar para alguém, principalmente alguém doce como ele, que eu vivi com um monstro durante anos, que me maltratava física e psicologicamente?

Meu coração está aos saltos, quando Rafe se aproxima da cama e senta ao meu lado, estendendo o copo d'água. Ao esticar a mão para pegar, eu percebo que estou tremendo descontroladamente e Rafe aproxima o copo da minha boca com suavidade. Ele segura meu cabelo com uma mão e o copo com a outra, enquanto bebo a água em pequenos goles. Tenho a sensação como se eu tivesse estado num deserto, a água fria hidratando meu corpo tão ressecado. Ele acaricia meus cabelos com sua mão forte e, quando eu termino de beber, não consigo segurar as lágrimas. Baixo o olhar, pensando que Rafe era o meu sonho. E eu esperava ser merecedora de torná-lo realidade.

– Não chora, baby. Agora está tudo bem. Estou com você. – Ele me puxa para perto, beijando o topo da minha cabeça. A atitude carinhosa me faz lembrar de Jude e eu me preocupo com quem ele está.

– Rafe, onde Jude está?

– Com George e Ben. Ele está bem, fique tranquila – ele fala e eu respiro aliviada. Sem que eu espere, ele me pega no colo e me leva em direção à porta.

– Onde estamos indo?

– Pra sala. Você precisa comer. Está fraca – ele fala, seguindo por um corredor. Olho ao redor e vejo uma porta fechada, que imagino ser um quarto. Mais à frente, uma porta de correr parece ser de um banheiro. Ele vira à direita e entramos numa grande sala arejada. Os móveis são simples e de madeira clara, uma TV está ligada, transmitindo um desenho animado sem som, e minha filha está num sono profundo no sofá macio. Rafe me leva até ela, me depositando com cuidado sobre a almofada fofa e acamurçada. Ao meu lado, uma grande janela, que vai de ponta a ponta da parede lateral, mostra uma das vistas mais deslumbrantes que já vi.

Parece que estamos numa região montanhosa. Ao fundo, um grande morro revestido de verde aparece majestoso. O entorno da casa é cheio de gramado bem cuidado, com várias árvores baixas, além de um pequeno jardim florido ao lado direito. Fico encantada com a beleza do lugar, cercado pela natureza. Nunca, em toda minha vida, vi uma paisagem tão bela.

Ouço Maggie ressonar e não consigo segurar o sorriso ao ver minha garotinha dormindo tão inocente ao meu lado. Espero que ela não tenha visto Nate me atingir. Era o tipo de trauma que eu não queria que a minha filha tivesse. Volto meu olhar para a grande janela, vendo a tarde cair, pensando em tudo que aconteceu e em como eu iria explicar a Rafe o que ele queria saber. Será que eu conseguiria me abrir dessa forma? Será que ele ainda iria querer ficar ao meu lado, depois de saber de tudo? Nate estava por aí à solta e não é todo mundo que gostaria de se expor a esse perigo.

Ouço o barulho de louça na cozinha e imagino que Rafe esteja colocando comida para mim. Eu realmente me sentia fraca e com fome, mas, mais do que isso, os sons tão domésticos me fazem fantasiar com uma vida melhor, em que eu e ele seríamos uma família, junto com Maggie, vivendo numa casa como aquela, talvez com um cachorro correndo pelo jardim. Eu voltaria do hospital após um plantão e Rafe me receberia com um beijo arrebatador, me levaria até o sofá, onde nos sentaríamos enrolados um no outro, ele massageando meus pés cansados, e contaríamos sobre o dia um do outro, até que o jantar ficasse pronto. E nos meus dias de folga, eu o esperaria voltar do bar com uma comidinha leve e o abraçaria com força, para demonstrar a falta que ele me fazia. Eu não tinha mais como fugir dos meus sentimentos. Eu estava irremediavelmente apaixonada por ele. Só esperava que a vida me desse uma nova oportunidade para viver esse amor em toda sua plenitude, sem medo de colocá-lo em perigo.

– Você está bem, meu anjo? – ele pergunta, num tom carinhoso, seu olhar demonstrando preocupação. Eu sorrio, tentando tranquilizá-lo, mas tenho certeza de que a minha tentativa de sorriso se parece mais com uma expressão desajeitada. Ele coloca a tigela branca de sopa, que espalha um aroma delicioso pela sala, em cima da mesa, e vem até a mim. Seu olhar intenso se prende ao meu e sua mão forte e grande acaricia meu rosto, fazendo me sentir protegida.

– Vamos tomar uma sopinha? – ele pergunta, fazendo um esforço para parecer descontraído, apesar da ponta de preocupação que vejo em seus olhos. Eu balanço a cabeça em concordância e ele sorri para mim. Nunca me senti como quando estou com Rafe. Fui emocionalmente dependente de Nate por muito tempo, mas com Rafe o sentimento era completamente distinto. Rafe me fazia sentir especial, querida, valorizada, algo que eu só sentia quando estava com Maggie e ela demonstrava todo seu amor por mim. Rafe era uma espécie de porto seguro, mas, ao mesmo tempo, ele despertava sentimentos que eu não conseguia colocar em palavras. Ele fazia com que eu sentisse aquele arrepio na base da espinha, só com seu olhar. Tudo o que eu queria era ser dele. Ser amada por ele. Ser digna do seu afeto.

Ele passa o braço por baixo das minhas pernas, enquanto o outro envolve meu corpo trêmulo, tirando-me do meu devaneio. Ele me tira do sofá e me ajeita em seu colo, como se eu não pesasse mais do que uma pluma, me acomodando sobre uma das cadeiras da mesa de jantar e sentando na outra ao lado. Eu abro um sorriso, surpresa com tudo aquilo, e brinco com ele, me sentindo leve pela primeira vez em muito tempo.

– Eu posso andar, sabia? – Ele me dá um sorriso aberto, com duas covinhas que o deixam próximo da perfeição, e seus olhos brilham, como se estivesse feliz por eu estar me sentindo bem o suficiente para brincar com ele.

– Sabia, meu amor, mas eu gosto de carregar você por aí. E agora eu vou alimentar você. Não por que você não consiga, mas porque eu quero cuidar de você – ele fala, seus olhos brilhando, sem desviar dos meus, e eu me sinto realmente especial.

Acho que nunca, em toda minha vida, alguém provocou em mim o sentimento que Rafe me despertava. Amor, puro e simples, que me envolvia, me aquecia e me encantava. Meus olhos se enchem de lágrimas, emocionada com seu carinho, e ele sorri mais uma vez para mim, acariciando meu rosto. Antes que eu tenha a chance de responder ao seu comentário, ele se volta para a sopa, mexendo o conteúdo da tigela com a colher e, em seguida, a suspende e assopra, para esfriá-la, e então vira a colher em minha direção, cumprindo sua promessa de me alimentar e cuidar de mim. Eu engulo o creme saboroso, percebendo o quanto estava faminta. Ele repete o processo, o tempo todo me olhando nos olhos, sorrindo para mim e ocasionalmente acariciando minha bochecha, meus cabelos e meu braço encoberto pela manga tão comprida da camiseta dele, que eu estava vestindo.

– Quer um pouco de suco? – ele pergunta, quando tomo a última colherada de sopa.

– Quero sim – eu respondo baixinho, com medo de que tudo isso seja só um sonho. Mas se eu estiver dormindo, não quero mais acordar.

–Vou buscar – ele fala, levantando da mesa e eu me assusto, saindo do torpor que eu estava. Aquela sensação de medo retorna sem que eu espere e eu seguro seu braço, não querendo ficar sozinha. – Calma, meu anjo. – Ele recoloca a louça na mesa e sussurra em meu ouvido, me puxando contra ele. – Você está segura. Eu estou com você e te juro, Jenny, que não vou deixar nada nem ninguém te fazer mal.

Suas palavras soam como uma promessa para mim e eu me acalmo. Rafe fala sério e eu sinto que ele realmente irá me proteger. Só espero que meus fantasmas do passado não o assustem a ponto de afugentá-lo.

– Vou buscar seu suco e já volto. Mas preciso que você fique calma, ok? Estou a poucos passos daqui, você acha que consegue? – ele pergunta, preocupado, e eu aceno com a cabeça, ainda chocada com quão assustada ainda estou.

Quando penso que tudo está ficando para trás, as memórias do dia anterior voltam inesperadamente. Respiro fundo e levanto meus olhos para ele. Sinto seus dedos tocarem meu rosto e, aos poucos, seu rosto se aproximar do meu. Sua boca encosta na minha, a princípio com delicadeza, um leve roçar de lábios e, então, seus lábios se tornam mais exigentes, tomando posse da minha boca. Seu braço direito envolve meu corpo, me puxando mais para perto dele enquanto o esquerdo segura minha nuca, aprofundando o beijo ainda mais, me fazendo esquecer tudo ao meu redor e me perder naquela miríade de emoções. Estou completamente entregue a ele, quando Rafe interrompe o beijo devagar, afastando levemente seu rosto do meu, sem deixar de me olhar nos olhos.

–Vou até a cozinha agora, buscar seu suco. Depois vou te levar para tomar um banho quente e vou cuidar dos seus machucados. E então, nós vamos conversar. – Eu baixo a cabeça, e ele levanta meu queixo. – Eu preciso saber, Jenny. E você vai me contar. Tudo. Desde o início – ele afirma, sem me dar chance de discordar. – E então, eu vou cuidar de você e Maggie e vamos resolver o problema. Sabe por que, meu anjo? – ele pergunta, com a voz rouca e o olhar intenso e apaixonado. Eu balanço a cabeça em negativo, sem conseguir formar uma palavra, com a intensidade dos sentimentos que correm pelo meu corpo. – Porque você é minha. – Ele me beija mais uma vez e levanta, levando a louça da mesa, em direção à cozinha, sem olhar para trás.

Talvez, num outro momento, eu teria sentido medo dessa declaração possessiva de Rafe. Mas agora, depois de tudo que ele me fez sentir durante a refeição, suas palavras me deixaram com a sensação de pertencer a alguém. Não de uma forma doentia como Nate falava, mas como se eu, finalmente, tivesse encontrado meu lar. Em Rafe.

Capítulo vinte e dois

Rafe

Chego à cozinha e solto a respiração que eu nem me dei conta que estava prendendo. Jenny estava completamente abalada emocionalmente e eu ficava louco por vê-la assim. Eu cuidaria dela e de Maggie e, quando eu soubesse o que estava realmente acontecendo, eu resolveria isso e então elas, finalmente, seriam minhas. Na minha cabeça e no meu coração elas já eram minha família e eu não me permitiria perdê-las. Só de lembrar dos hematomas em seu corpo eu já sentia vontade de acabar com o covarde que tinha feito isso, mas, enquanto estávamos ali, na sala, eu a alimentando e ela olhando para mim com tanta confiança, prometi a mim mesmo que faria o possível e o impossível para mantê-las a salvo.

Coloco a louça na pia, deixando para colocar a lavadora de louças para trabalhar mais tarde, depois que conversássemos e ela fosse descansar. Agora eu iria cuidar dela, e então, ela me contaria o que estava acontecendo. Eu me sinto agitado com a perspectiva de ajudá-la a tomar banho. Jenny despertava não só a vontade de cuidar, de proteger e de amá-la, mas um desejo insano. Eu sabia que tinha que me controlar, não era hora de levá-la para cama, mesmo que eu estivesse louco para possuí-la. Totalmente minha. Pois é, agora você consegue perceber que o cara controlado e sério que todo mundo acha que eu sou é na verdade um vulcão prestes a entrar em erupção. Eu só precisava abrandar a minha "lava vulcânica" interior e dar um passo de cada vez.

Bebo um copo d'água para tentar acalmar meus ânimos e me sentir capaz de ajudá-la a tomar banho sem me aproveitar. Cuidar dela era a minha prioridade naquele momento e eu não abriria mão disso. Mesmo que me custasse caro.

Respiro fundo e saio da cozinha, seguindo pelo grande corredor em direção à sala. Aquela casa era muito grande, eu sabia, mas servia aos meus propósitos de mantê-la longe de Los Angeles, num lugar reservado e seguro. Max fez daquela casa quase uma fortaleza, com seu sistema de segurança pesado, mas mantendo o aspecto de uma casa de família, o que disfarçava bem o propósito daquele lugar.

Chego na sala e a cena à minha frente faz meu coração quase sair do peito. Jenny está com Maggie no colo, balançando-a suavemente, enquanto canta uma canção de ninar. Maggie está quase dormindo, mas lágrimas caem de seus olhinhos semicerrados. Jenny levanta os olhos para mim, parecendo ter muito menos que seus vinte e oito anos, com os cabelos castanhos para trás, sem maquiagem alguma. Ela abre um sorriso leve e murmura, no ritmo da canção de ninar:

– Acordou com pesadelo... la la la la... e começou a chorar... – eu sorrio, balanço a cabeça e murmuro que vou preparar o banho dela.

– Me espere aqui. Venho buscar você – eu falo baixinho e sigo em direção ao banheiro.

Passo pela porta de correr, próxima à sala, onde fica o lavabo, seguindo pelo corredor onde fica o nosso quarto. Sim, a casa era enorme, mas eu não abriria mão de ficar com ela no mesmo quarto. Mais à frente, virando o corredor, chego à escada que leva ao andar superior, onde ficam os demais quartos e o banheiro. Paro no caminho para pegar uma toalha de banho e um roupão para ela e, finalmente, chego ao banheiro. O cômodo é grande, decorado em porcelanato cinza e madeira escura, o que dá um ar íntimo e aconchegante ao local. Na lateral direita, um box em vidro temperado acomoda tranquilamente um casal, mas o que torna aquele banheiro espetacular é a grande banheira oval, posicionada em frente a uma janela, com vista para as Montanhas Rochosas. Aquela era a principal característica da incrível casa que Max projetou: todos os cômodos tinham uma vista maravilhosa, tornando qualquer momento ali dentro uma experiência única.

Abro a torneira de água quente para encher a banheira e vou até o armário embaixo da pia, procurando sais de banho, sabonete e os demais itens de que ela vai precisar. A noite começa a cair e imagino Jenny imersa na banheira repleta de espuma, com flores e velas ao seu redor, os cabelos presos num daqueles nós engraçados no alto da cabeça. Minha respiração fica entrecortada e me sinto excitado com a perspectiva de tê-la tão próxima, nua e molhada, ao alcance das minhas mãos. Não posso deixar de desejar que isso fosse uma rotina em nossa vida: ela sempre com um sorriso no rosto, pronta para que eu pudesse amá-la. Afasto a imagem sedutora da minha cabeça e volto a preparar as coisas para o banho. Foco, Rafe, foco.

Coloco os produtos próximos à banheira e abro o vidro perfumado de espuma para banho. Enquanto a água se acumulava, o produto começava a agir, formando bastante espuma. A banheira enche e eu fecho a torneira, pegando uma toalha de rosto no suporte para secar minha mão.

Saio do banheiro em direção à sala e paro na entrada, com a imagem de mãe e filha abraçadas no sofá, dormindo pacificamente. Vou até elas e pego Maggie no colo. Jenny se aninha ainda mais no sofá, sem acordar, e eu levo Maggie até o quarto ao lado do nosso. Eu a coloco em cima da cama, cobrindo-a com carinho e beijo o alto da sua cabeça. Fecho a cortina e saio do quarto, deixando a pequena garotinha descansar, depois de uma noite tão tumultuada.

Volto para a sala e sento no sofá ao lado de Jenny. Ela dorme, parecendo estar imersa num sono tranquilo. Acaricio seu cabelo e me aproximo, beijando seus lábios de leve. Ela abre os olhos sonolentos e sorri para mim. Se eu já não estivesse tão apaixonado, ela teria roubado meu coração ali, naquele momento, parecendo tão receptiva e tão doce.

– Ei, Bela Adormecida, vamos tomar banho? – pergunto, sorrindo para ela, que balança a cabeça concordando. – Você está bem, meu anjo?

– Estou... um pouco cansada e dolorida, mas estou bem – ela fala, a voz um pouco mais firme do que alguns momentos atrás. Eu faço mais um afago em seu cabelo e a pego no colo novamente, levando-a em direção ao banheiro.

– Eu posso me acostumar a ser mimada assim – ela fala sorrindo e eu olho para ela, dentro dos seus olhos castanho-claros, para que ela saiba quão sérias são as minhas palavras.

– Então se acostume, meu anjo. Você será cuidada e mimada como merece. – Ela me olha surpresa e eu sorrio, sem parar em nosso caminho até a banheira de água quente.

Coloco-a no chão, virada de frente para mim. Está anoitecendo, dando uma prévia da noite estrelada que teremos pela frente. Jenny me olha, corada, esperando o próximo passo. Ela ainda está usando a minha camiseta preta, que abraça seu corpo como um vestido comprido, deixando-a ainda menor. Eu beijo seus lábios de leve e levanto seus braços que estavam estirados ao lado do corpo. Ela estremece de leve, e eu puxo sua camiseta devagar, tirando-a e deixando seu corpo nu, já que aquele imbecil acabou com toda sua lingerie. Não baixo o olhar dos seus olhos, apesar de me exigir um esforço enorme não admirar seu corpo lindo e nu à minha frente. Mas quero que ela se sinta segura comigo, amada e respeitada, por ser quem é, não só por ser meu objeto de desejo. Jenny é diferente de todos os relacionamentos que eu já tive na vida. Nunca, em momento algum, senti metade do que ela desperta em mim.

Eu sorrio, jogo a camiseta no chão e a pego no colo novamente, depositando-a na banheira de água quente com cuidado. Eu me sento do lado de fora e peço que ela molhe o cabelo. Ela me olha surpresa, mas não contesta, atendendo ao meu pedido. Quando seu cabelo já está molhado, eu entrego o sabonete a ela e pego o xampu, despejando uma porção generosa nas minhas mãos e esfregando em seu cabelo. Eu não me sentia capaz de esfregar qualquer coisa em seu corpo, sem pular para dentro da banheira e tomá-la para mim. Mas esse não era o momento. Ainda.

Esfrego seu couro cabeludo, massageando-o, enquanto ela esfrega o sabonete pelo corpo. Sinto-a relaxar sob minhas mãos, seu corpo liberando toda a tensão que sentia antes.

– Se enxágue – eu falo, me sentindo completamente tocado por aquele momento de intimidade que estamos compartilhando. Ela obedece meu pedido, tirando o excesso de xampu do cabelo. Quando ela termina, eu repito a operação e, então, ela tenta iniciar a conversa que sabe que teremos que ter a qualquer momento.

– Rafe, eu sei que preciso contar, mas... – Eu não a deixo terminar:

– Você vai me contar, amor. Depois do banho. Agora estou ocupado, cuidando de você. Toda minha atenção está focada em você, agora. Em cuidar e mimar você, como prometi. E quando formos conversar sobre isso, vou concentrar toda atenção no que você vai me contar e não em resistir a pular nessa banheira e fazer amor com você – eu falo e ela solta um gemido baixo. – Enxágue de novo – eu peço e ela obedece mais uma vez, virando-se para mim quando acaba de tirar o xampu do cabelo.

– Rafe, você quer... – Ela começa e baixa o olhar, seu rosto corado e eu tenho certeza que não é por causa da temperatura da água.

– Meu anjo, tudo que eu quero é entrar nessa banheira com você e não é para tomar banho. Mas estou tentando ser honrado, porque você está fragilizada e ainda machucada. Mas pode ter certeza que, quando estiver recuperada, você nunca mais tomará banho sozinha – eu falo. Ela estremece e seu corpo fica completamente arrepiado e ela me olha de boca aberta, como se não estivesse acreditando no que eu tinha acabado de falar. O desejo entre nós é palpável. Era nítida a ligação que tínhamos um com o outro. Mas ela não estava pronta para darmos vazão a isso. Ainda. – Vire. Quero passar o condicionador – eu peço e ela se vira de costas para mim, ainda surpresa, e eu me remexo, a calça jeans me apertando e fazendo pressão e, apesar de querer pular na banheira com ela e fazer amor por horas e de todas as maneiras possíveis, busco forças dentro de mim para manter minha palavra e esperar o momento certo.

Despejo uma porção do condicionador nas mãos, passando por seu cabelo.

– Acabou? – eu pergunto e ela se vira para mim, linda, envolta em toda aquela espuma.

– Sim – ela responde e eu estendo a mão para que ela levante. Seus olhos se abrem mais, um pouco surpresa, mas Jenny não deixa de seguir minha orientação. Ela parece um anjo molhado e eu a viro de costas para mim, antes que toda a minha força de vontade escorra pelo ralo.

Puxo a tampa da banheira e, enquanto a água escoa, eu levanto, abro o chuveiro quente, deixando a água tirar o sabão do seu corpo e o condicionador de seus cabelos. Deixo-a terminando de se enxaguar e vou até o armário pegar uma grande toalha felpuda para enxugá-la.

Ela termina o banho, o corpo trêmulo com uma mistura de frio e desejo, e eu enrolo a toalha ao redor do seu corpo, puxando-a para mim num abraço. Eu não me cansava de estar com ela, de cuidá-la e acariciá-la, ainda que não fosse de forma sexual.

– Está com frio? – eu pergunto e ela sorri, afastando o rosto do meu peito.

– Um pouco. Oh, desculpe, molhei você – ela toca na parte da minha camiseta branca que estava molhada pelo contato com seu cabelo. – Obrigada, Rafe. Nunca ninguém me tratou assim...

– Você não tem que agradecer. Vamos para o quarto, para você se vestir e secar o cabelo – enquanto eu guardo as coisas usadas no banho, ela se enxuga e sai de dentro da banheira, enrolando a toalha ao redor do corpo. Estendo o roupão para ela, que o veste e sorri, e, em seguida, eu a pego no colo novamente.

– Oh, Rafe... – ela começa a protestar, mas eu não deixo que ela fale. Meu instinto protetor estava à flor da pele e eu queria mantê-la colada a mim o máximo possível. Saio do banheiro com ela apoiada em meu peito e ouço-a falar baixinho:
– Eu não sabia que você era assim...

Dou uma risada e pergunto curioso:

– Assim como?

– Assim, meio mandão, protetor ao extremo... – eu solto outra risada, divertido com a sua descrição a meu respeito.

– Eu sou determinado. É diferente. Você já fugiu demais, agora chega. Vamos, vou te dar uma camiseta nova.

– Minhas roupas...? – ela pergunta, o semblante triste.

– Vamos comprar novas, não se preocupe. – Beijo o topo da sua cabeça, sentindo o perfume do xampu me envolver, quando a coloco sentada na cama. Sigo em direção ao guarda-

-roupa e tiro uma camiseta verde e uma boxer branca, que ficaria um short nela. Ela ao meu lado, sem calcinha, por mais tempo, era demais para aguentar.

Entrego as peças a ela e saio do quarto para ver Maggie, enquanto ela se veste e eu acalmo meu corpo. Abro a porta e nossa garotinha está dormindo tranquilamente, abraçada com sua girafa de pelúcia. Eu sorrio com a imagem tão doce e inocente. Volto para nosso quarto e encontro Jenny vestida com a minha camiseta. Sorrio para ela e pego um pente na gaveta. Vou até a cama, sentando na beirada e a chamo.

– Senta aqui, meu anjo. – Ela vem até mim, seus olhos presos aos meus, e senta ao meu lado na cama, na expectativa do que vou fazer. Viro-a de costas para mim e começo a desembaraçar com cuidado seus cabelos castanhos, que gosto tanto. – Eu amo seus cabelos. Principalmente porque eles são naturais. Não têm esses recursos que as mulheres usam para tentar enganar a nós, homens – eu falo e ela ri. Continuo com meu trabalho, penteando seu cabelo macio. Quando eu termino, puxo-a para meus braços e ela suspira. – Está com fome, amor? Quer alguma coisa? – ela diz que não, acenando com a cabeça e eu me afasto um pouco dela, acomodando-a recostada nos travesseiros, na cama, e puxo a confortável cadeira do quarto, colocando-a na sua frente. – Então, meu anjo, está na hora da gente conversar – eu falo e ela assente, respirando fundo e se preparando para começar a falar.

Capítulo vinte e três

Jenny

Eu me sentia emocionada. Nunca, em toda minha vida, tinha sido tratada dessa forma por ninguém. O carinho de Rafe e, principalmente, sua consideração em cuidar de mim, sem exigir "favores" sexuais em troca, só demonstravam o homem íntegro e maravilhoso que ele era.

Agora, era o momento de contar a ele toda a verdade. Quem eu era, sobre meu relacionamento com Nate, as coisas que passei. A única coisa que eu pedia a Deus é que ele não me abandonasse depois que soubesse de tudo.

Eu abaixo a cabeça e começo a falar, inicialmente bem baixo, enquanto busco coragem dentro de mim para prosseguir.

– Faz cinco anos que eu abandonei o pai da Maggie, após uma briga que me fez parar no hospital. Meu nome verdadeiro é Evelyn Madison, também conhecida pelos frequentadores dos cassinos de Vegas como Lucky, a estrela da sorte de Nathan Lewis, jogador viciado. – Faço uma pausa para olhar para Rafe, mas ele está concentrado, me ouvindo. – Eu o conheci quando tinha quase dezessete anos. Eu era uma menina boba e muito impressionável, e fiquei encantada por ser o objeto de desejo do zagueiro do time. No início, Nate era um bom namorado. Lembro que, nos primeiros meses de namoro, ele me levava para sair, era carinhoso. Ele foi conquistando minha confiança, dava conselhos, me orientava. Meu pai não gostava dele. Achava que ele era dominador demais e que me influenciava negativamente. Eu tentava colocar panos quentes, porque estava apaixonada e achava que Nate era o homem da minha vida. Eu deveria ter fugido dele no momento em que a minha primeira vez aconteceu. Mas eu era boba e o perdoei...

– O que aconteceu na sua primeira vez? – Rafe pergunta, sério, e eu sei que não posso fugir da resposta, nem mesmo enfeitar a história para ele.

– Ele me humilhou, dizendo que eu estava vestida como uma vadia, só porque eu estava com um vestido mais curto e maquiada. Ele me levou para a casa dos pais dele, que não estavam lá, para que eu "desse um jeito na cara", como ele falou, e, ao chegarmos lá, ele me estuprou.

– Puta merda... – Rafe solta, angustiado, e eu continuo:

– Eu, na época, achei que ele tinha sido ansioso, que eu tinha provocado, que a culpa era minha. Não tinha consciência de que aquilo que tinha acontecido comigo era um estupro. Eu chorei muito e disse que estava machucando, mas ele dizia que a primeira vez era assim mesmo. Quando tudo acabou e ele viu o estado em que eu me encontrava, suja de sangue e o rosto banhado em lágrimas, ele se deu conta de que algo tinha saído errado. E pediu desculpas, disse que não conseguiu se segurar, cuidou de mim, foi carinhoso, mas...

– Não tem desculpa, meu anjo. Ele não foi ansioso. Ele foi um filho da puta estuprador – ele fala, irritado como eu nunca vi.

– Hoje eu sei disso, Rafe. Mas, na época, eu era uma menina, criada só pelo pai. Nunca havia conversado com ninguém sobre sexo. Eu não sabia o que era isso. Ele chorou, parecendo arrependido, e eu acreditei. – Rafe passa a mão no cabelo, parecendo querer conter seu nervosismo. – Era uma relação abusiva, não só física, mas emocionalmente. Quando acabou o ensino médio, eu o segui para uma cidade pequena, mesmo tendo passado para as melhores faculdades, porque ele não havia conseguido bolsa nas mesmas universidades e eu me sentia mal em não acompanhá-lo Ele começou a se envolver com bebidas, drogas, jogos de azar.

Prossegui contando a Rafe tudo sobre aqueles anos difíceis, sobre as humilhações, os tapas, as sacudidas. Os hematomas aqui e ali. Sobre o meu isolamento, inclusive do meu pai, e sobre como eu era obrigada a acompanhá-lo aos cassinos, porque ele achava que eu era sua estrela da sorte.

– Foram anos envolvida com ele numa relação doente. Quando comecei a me dar conta de que nada daquilo era normal, eu não sabia como me libertar. Ele me controlava completamente, inclusive financeiramente. Ao mesmo tempo em que eu queria ir embora, não sabia como. Eu não sabia nem como recomeçar a vida sem ele.

– Mas e seu pai? Por que você não pediu ajuda a ele? – Rafe pergunta, seu belo rosto sério me olhando tão intensamente que eu sentia minha alma sendo desnudada. Eu baixei o olhar e mergulhei num passado distante, que eu achava que estava enterrado.

– Meu pai era a minha esperança de liberdade, mas isso após alguns anos, quando eu me dei conta de quem Nate era. Mas Nate se certificava de que tivéssemos pouco contato. Na verdade, eu não podia estar perto de qualquer pessoa que não fosse ele. Ele comprava minhas roupas, decidia o que eu podia comer ou não. Era o responsável por sacar meu dinheiro do banco e pagar as contas. Eu me sentia pouco à vontade com outras pessoas. Era cada vez mais retraída. E quando eu fazia algo que ele considerava errado, eu me sentia culpada.

Rafe se mexeu na cadeira, com o semblante ainda mais fechado.

– Culpada com o que, amor? Se era ele que estava tratando você assim?

– É difícil explicar... Mas era como se ele me colocasse numa posição em que eu sempre estava errada. Se alguém me paquerasse na rua, por exemplo, eu era a culpada, porque não estava me dando o respeito e provavelmente olhei para o cara de alguma forma que fez com que ele pensasse que eu estava interessada. No fim, até o fato de estar estudando medicina o incomodava. Tudo era motivo, sabe? E eu me sentia tão infeliz. Nada que eu fizesse o agradava ou parecia certo... – Uma lágrima escorreu no meu rosto. – Quando meu pai morreu, eu fui sozinha ao enterro. Ele não quis ir comigo. Eu me senti realmente só. E então, quando cheguei em casa... – eu me interrompo, a dor da lembrança me abalando e derrubando mais lágrimas.

– Quando você chegou... – ele me incentivou a continuar.

– Ele me mandou trocar de roupa, porque ele queria ir para o cassino. Íamos muitas vezes por semana, ele era viciado em pôquer. – Enxugo as lágrimas, tentando controlar a emoção. – Eu disse que não queria ir, que meu pai tinha acabado de morrer... – Minha voz falha mais uma vez e eu respiro fundo, tentando me controlar. – Ele disse que era frescura, que meu pai já tinha morrido, que era passado. Ele me violentou mais uma vez, nessa época ele já me atingia com tapas com mais frequência, além de me ofender. Apesar de tudo que eu passava na mão dele, eu tinha a esperança de ser feliz um dia...

Paro de falar, tentando me acalmar. Aquelas lembranças me abalavam, mas, mais do que isso, me faziam sentir raiva de mim mesma, por ter me permitido ficar nessa situação por tanto tempo.

– Mas, daí pra frente, fomos ladeira abaixo – eu resumo, pensando em poupá-lo do resto do terror daqueles dias. Mas eu devia saber que Rafe não aceitaria saber menos que tudo. Eu tinha até medo da reação dele depois que eu terminasse de contar. Porque Rafe era aquele poço de calma por fora. Mas, por dentro, eu sabia que ele era uma bomba prestes a explodir.

– O que aconteceu? – ele pergunta, o rosto duro e os olhos estranhamente escuros, tão diferente daquele olhar dourado que ele me lançava quando estava feliz.

– Poucos dias depois, eu descobri que estava grávida. Ele enlouqueceu. Cismou que eu o havia traído e descontou toda sua ira em mim. Ele me violentou, foi a relação mais violenta e traumática que tivemos, e me bateu a ponto de me fazer parar no hospital. Fiquei alguns dias desacordada e, quando voltei a mim, ele tinha ido pra casa descansar, achando que eu não acordaria tão cedo. Eu consegui criar coragem e contar para a enfermeira que cuidou de mim tudo o que tinha acontecido. Horas depois, ele foi preso em casa, acusado de estupro, tentativa de homicídio, agressão, entre outras coisas. Ele respondeu ao processo preso, sem direito a fiança e eu consegui na justiça o direito de trocar de nome e ter uma nova identidade, como forma de proteção. – Rafe está paralisado à minha frente e eu prossigo com meu relato. – Mudei de estado, terminei a faculdade, tive minha bebê e nunca mais olhei para trás. Não tive relacionamentos até conhecer você, porque eu tinha medo que todos os homens fossem iguais a ele.

– Deus... – ele suspira e meu coração dispara em meu peito. Eu sabia que era muito para contar a qualquer um e, me ouvindo contar todo aquele terror em voz alta, parecia ainda pior.

– Rafe, se você não quiser se envolver, eu entendo. Eu sei que é pesado demais... – eu falo, tentando livrá-lo da responsabilidade que ele tomou para si, sem saber do que se tratava.

– Jenny, você acha que eu vou gostar menos de você ou não vou te querer por causa disso? – ele pergunta, parecendo horrorizado. Em nenhum momento eu imaginei que ele pudesse se sentir ofendido assim.

– Oh, Rafe, eu não quero ser um transtorno pra você. Além de ter um passado feio, eu tenho um ex me perseguindo e ainda tenho a responsabilidade de uma filha. A maioria dos homens não...

– Porra, Jenny, eu não sou a maioria dos homens! – ele solta e nesse momento uma voz interrompe sua explosão.

– Papai... – Maggie coloca a cabeça para dentro da porta do quarto, abraçada à sua girafa de pelúcia e com o rostinho vermelho. Rafe levanta e vai até a porta buscá-la. Ele a pega no colo e, quando a abraça, faz uma careta.

– Ela parece estar com febre – ele fala, trazendo-a para a cama. Coloco a mão em sua testa e ela está queimando.

– Tem um termômetro aqui? E antitérmico? – eu pergunto, enquanto examino a minha garotinha, preocupada com a possibilidade de estar com algo mais grave.

– Vou buscar. – Rafe sai do quarto e pouco tempo depois retorna com uma caixinha de primeiros socorros.

– Amorzinho, fala pra mamãe o que você está sentindo?

– Frio. Eu queria Jude, mamãe. Quando a gente vai pra casa?

– Logo, logo. Abre a boca bem grandona e fala A – eu peço e ela obedece, Rafe parado ao lado dela, fazendo coro quando ela começa a fazer "ahhh". Meu coração quase para com a cena. Aquele homem maravilhoso, ali ao nosso lado, me ajudando a cuidar de Maggie, como se realmente fôssemos dele.

Indico que eles podem parar e começo a mexer na caixa de medicamentos, para procurar um antitérmico. Maggie não tem nada na garganta nem outro sinal evidente de infecção que possa estar causando a febre, me deixando com a sensação de que pode ser emocional. Acho um antitérmico em gotas e Rafe levanta e vai até a cozinha com ela no colo para buscar água.

Depois que Maggie está medicada, Rafe sugere dar algo para ela comer. Vou com ele até a cozinha para fazer um lanche para ela, antes que a medicação a faça cair no sono.

– Ela está doente? – ele pergunta baixinho, enquanto ela está distraída, brincando com uma boneca.

– Acho que é emocional. Foi muito estresse pra ela.

– Com certeza. Ela vai ficar bem? – ele pergunta, se aproximando ainda mais de mim, até que ele me prende entre a pia da cozinha e seu corpo. Oh, Deus.

– Vai sim – eu respondo e ele se aproxima ainda mais. Seus olhos dourados parecendo me enxergar completamente por dentro.

– Ótimo. Nossa conversa não terminou, meu anjo. Depois que Maggie voltar a dormir, seremos só nós dois. Você vai me contar o que aconteceu na sua casa e vamos encontrar a solução. E depois, eu vou mostrar que você é minha mulher, não um transtorno – ele sussurra, sua boca em meu pescoço, me fazendo esquecer tudo ao redor. Ele se afasta, e começa a abrir os armários.

– Senta ali, Jen. – Ele indica a mesa de jantar. – Deixa que eu vou cuidar do lanche – eu sento e Rafe toma a frente, fazendo sanduíches para nós três, distraindo Maggie com brincadeiras e olhando a toda hora em minha direção, com *aquele* sorriso que eu tanto gosto. Após o lanche, Rafe leva Maggie nos ombros até o banheiro e dá banho nela, enquanto eu fico sentada na sala, enrolada em sua camiseta, sentindo seu perfume e olhando a vista estrelada do lado de fora.

Capítulo vinte e quatro

Rafe

Depois de dar banho em Maggie, que falou em Jude o tempo todo, a coloquei para dormir, já que o remédio para a febre começou a fazer efeito. Olhando-a na cama, abraçada com sua amiga girafa, eu fiquei me perguntando como uma pessoa era capaz de fazer algo como tudo aquilo que Jenny me contou. Eu tive que buscar uma força enorme dentro de mim para não ir atrás daquele idiota e acabar com ele com minhas próprias mãos. Ela não mereceu nada do que precisou passar. Fico pensando no quanto ela deve ter se sentido sozinha, e agora entendo por que ela fugiu e relutou em ficar comigo. Sim, isso ainda mexia comigo, mas agora de uma outra forma, muito mais profunda do que antes.

Apago a luz e sigo para a sala, pensando no quanto ela era forte. Jenny era uma sobrevivente, assim como eu. Ela passou por uma vida de terror sozinha e conseguiu seguir em frente, sem baixar a cabeça, sem desistir. Ela conseguiu ser bem-sucedida profissionalmente, era uma ótima mãe e mantinha a bondade em seu coração. Era impossível não admirá-la pela pessoa que ela é. E, se é que isso era possível, eu a amava ainda mais por sua coragem.

Ela está sentada na ponta esquerda do sofá, enrolada na manta que estava por cima, virada completamente para a janela, olhando para o céu. Era incrível como ela e Maggie eram parecidas. A garotinha era a miniatura da mãe. Jenny tinha uma beleza clássica: pele clara, cabelos castanhos enrolados nas pontas, os olhos escuros e um sorriso de colocar qualquer cara de joelhos. O que a tornava ainda mais incrível era o fato dela ser linda, mas parecer não se dar conta disso, mantendo aquele ar de inocência e bondade.

Vou até a lareira, que fica no outro extremo da sala, escondida atrás de duas portas que a fazem parecer um pequeno armário. Acendo o fogo, que começa a aquecer o ambiente, as chamas trazendo uma iluminação especial ao local. Jenny não se move, parecendo perdida em seus pensamentos. Eu me aproximo dela, sentando ao seu lado e puxando seu corpo contra o meu. Ela estremece e relaxa completamente quando suas costas ficam em contato com meu peito. Eu a abraço com força e ficamos alguns minutos assim, em silêncio, olhando a noite e desfrutando do calor um do outro.

– Ela dormiu? – Jenny pergunta e eu sorrio ao lembrar de Maggie.

– Sim, já saiu do banho cochilando. E não parou de falar no Jude.

– Sério? Nossa... é que eles são muito unidos...

– Isso é ruim?

– Não, claro que não. Só me preocupa um pouco, porque sinto que Maggie é muito dependente da presença dele. E Jude está crescendo. Em pouco tempo seu interesse será em garotas mais velhas e não numa menina que brinca de boneca. – Dou uma risada com a descrição dela.

– É verdade. E o que podemos fazer?

– Acho que ir conversando com ela, aos poucos. Para que ela entenda que ele vai ter outros interesses e vai precisar dividir a atenção – eu concordo e apoio meu queixo no alto da sua cabeça, sentindo seu perfume.

– Como você está se sentindo? Está com dor? – pergunto, preocupado.

– Não, agora não. Estou bem. Tomei um analgésico quando estávamos na cozinha. O pior foi o susto na hora do golpe. Eu não esperava que ele fosse entrar na minha casa. Quando você mora com o inimigo, já espera esse tipo de coisa. A dor é um pouco menor, porque você acostuma. – Meu coração dá um nó com as palavras dela. Ninguém deveria passar por aquele tipo de dor. Ela não deveria ter tido que se acostumar com esse tipo de situação. A cada coisa que ela contava, eu me convencia mais e mais de que esse animal tinha que ser preso e apodrecer na prisão.

– Oh, baby... – abraço-a mais forte –, você quer me contar o que aconteceu na sua casa? – Ela balança a cabeça, concordando, mas não fala nada. Ficamos mais alguns minutos abraçados, virados para o céu estrelado, em total silêncio.

– Na verdade, eu preciso voltar algum tempo atrás, quando fomos ao aniversário do George. Lembra dessa noite?

– Claro. Foi a noite em que você terminou comigo. – Eu me sinto triste só de lembrar. Eu tinha ido até a casa de Jenny para levá-la para o aniversário. Quando ela abriu a porta, eu não resisti ao seu sorriso e puxei-a para mim, num beijo enlouquecedor. Chegamos um pouco atrasados no restaurante, bastante atrasados, na verdade, porque eu não consegui segurar meu desejo por ela. Fomos para o jantar e, na volta, ela terminou comigo, inesperadamente, no carro. Eu me senti mal por semanas, como se eu fosse um maldito violentador, quando na verdade havia muito mais do que eu imaginava por trás daquela decisão.

– Desculpe, Rafe... – ela fala e respira fundo, acredito que tomando coragem para falar. Eu sei bem como é difícil colocar para fora tantos segredos e sentimentos. – Naquela noite, enquanto estávamos no restaurante, eu recebi um SMS dele.

Ele não assinou, mas não precisava. Só uma pessoa me chama de Lucky.

– Ele te ameaçou? – Meu corpo inteiro fica tenso.

– Ele disse que voltaria para me pegar, porque eu era dele – ela fala e a raiva me toma. Se ela tinha sido dele algum dia, ele tinha perdido esse direito quando levantou a mão para ela.

– Por que você não falou comigo, Jenny? – Tento me manter calmo, para que ela me conte tudo, sem medo.

– Porque... – ela começa a falar e baixa a cabeça, ficando alguns segundos em silêncio, até que ela vira de frente para mim, seus olhos cheios de lágrimas – ... eu não queria te colocar em perigo – sua voz não passa de um sussurro.

– Você não contou nada para me proteger? – eu pergunto, surpreso e chocado. Ela balança a cabeça e as lágrimas que ela estava contendo finalmente caem. Eu seguro seu rosto com ambas as mãos, passando meus polegares em seus olhos, enxugando as lágrimas que teimam em cair. – Meu anjo... – Eu a beijo suavemente, pensando na importância da sua atitude. Ela demonstrou todo seu amor por mim, sem palavras, assumindo a responsabilidade de algo tão sério, apenas para me proteger. Eu não estava acostumado com isso. Mesmo quando Max nos assumiu, eu nunca me senti protegido dessa forma. Ele era um ex-fuzileiro cuidando de dois adolescentes recém-saídos das ruas, atrevidos, desobedientes e cheios de traumas emocionais. Ele fez o seu melhor para me transformar num homem de bem e a Cyn numa mulher respeitável e garantir que fôssemos uma família de verdade. Mas ele era muito durão para passar a mão na nossa cabeça desse jeito.

Afasto os lábios devagar, ainda tocado com a sua preocupação em me proteger de um louco que ela sabia ser perigoso. Abrimos os olhos, e eu não consigo mais segurar o meu sentimento. Observo cada detalhe do seu rosto bonito, gravando aquele momento dentro de mim, e falo aquelas três palavras que eu guardava dentro de mim há tanto tempo:

– Eu te amo. –Vejo o exato momento em que seus olhos se abrem surpresos com a minha declaração. Eu abro um pequeno sorriso, sem desgrudar meus olhos dos dela, e repito: – Eu te amo, Jen. – Seus lábios entreabrem, fazendo um "oh" silencioso. Eu prometo a mim mesmo que vou fazer o impossível para apagar aquela ponta de tristeza em seu olhar e fazê-la feliz.

Dou mais um beijo leve em seus lábios macios e no momento em que seus dedos se entrelaçam em meus cabelos, me puxando mais para perto dela, minha resolução de não tocá-la cai por terra e eu aprofundo o beijo, perdendo completamente o controle. Envolvo seu corpo com meus braços quando a manta cai de seus ombros. Ela suspira e cola seu corpo no meu. Nossos lábios se afastam e eu deposito beijos carinhosos em seu rosto, descendo por seu pescoço. Inspiro seu perfume doce e suave, lambendo a base do seu pescoço. Jenny joga a cabeça para trás, desfrutando do meu toque, enquanto puxo sua camiseta até conseguir enfiar minha mão por baixo dela. Corro minha mão por suas costas, sentindo sua pele arrepiada. Ela é macia e suave e, neste momento, eu só quero mostrar a ela o quanto ela é amada. Num grande esforço, eu me afasto dela, seu olhar demonstrando surpresa quando me levanto. Estendo a manta, que estava caída no sofá, no chão em cima do tapete e a levanto com facilidade em meu colo, indo em direção à frente da lareira acesa, onde a coloco com cuidado. Ela abre aquele sorriso tímido para mim e, em momento algum, desgrudo meu olhar do seu.

Ainda de pé, tiro a camiseta, jogando-a em cima do sofá e sorrio para ela de volta. Jenny parece uma sereia sedutora, com os cabelos bagunçados e o olhar apaixonado, brilhando. Abro meu jeans e sento em frente a ela. Seus olhos passeiam pelo meu peito, até voltarem para meu rosto, e ficam presos nos meus. Pego a barra da camiseta que ela está usando e começo a descobrir seu corpo, deixando-a nua da cintura para cima.

Empurro-a devagar, deitando-a sobre a manta e pairo sobre ela, deixando beijos leves em seu rosto, descendo pelo pescoço e seguindo por todo seu corpo.

Beijo cada marca roxa que aquele idiota deixou, mostrando a ela que tudo que eu quero é amá-la e cuidá-la. Ela geme e suspira a cada beijo, sem nunca desprender os olhos dos meus.

– Esta noite, vou te mostrar como se ama de verdade. Você é minha, não como posse, Jenny, ou por eu ser maior ou mais forte que você. Você é minha porque meu coração te escolheu, assim como o seu coração me escolheu. E eu prometo te proteger de todo mal. Você e Maggie são minha família e nada, nem ninguém, irá nos separar.

As lágrimas caem novamente, mas eu sei que são lágrimas de felicidade e emoção. Todo o meu sentimento estava refletido em seu olhar. Eu era paciente. Eu esperaria até ela se sentir à vontade para falar o que sente por mim, apesar de estar escrito em seus olhos, que eram tão expressivos.

Volto a beijar seu corpo, tendo cuidado para não machucá-la, com tantos hematomas espalhados. Minhas mãos tocam seus seios, que se encaixam perfeitamente em meu toque, enquanto Jenny se retorce e geme meu nome. Faço uma viagem em seu corpo, com mãos e boca, tocando, lambendo, beijando e provocando as sensações que ela merece sentir todos os dias. Eu me certificaria de fazê-la sorrir e se arrepiar de prazer.

Chego na boxer branca, que mais parece um short em seu corpo pequeno, como eu havia imaginado. Ela corre os dedos e as unhas por meus braços e costas, provocando arrepios. Respiro fundo, tentando me acalmar, apesar de estar a ponto de explodir de tanto desejo. Quero que esse seja um momento perfeito para nós. Um marco de que ela é sim merecedora de amor e que nasceu para ser amada e cuidada.

Ela toca meu abdômen, descendo suas mãos pequenas por minha barriga, chegando ao fecho da calça. Ela me desconcentra, fazendo com que eu pare o que estava fazendo para sentir seu toque leve, que me desestabiliza completamente. Preciso respirar fundo algumas vezes para não jogar tudo para o alto, deixá-la nua e deixar o tesão tomar conta.

– Deixa eu tirar sua calça, Rafe – ela pede, a voz entrecortada e a excitação refletida em sua expressão. Eu levanto o corpo, apenas o suficiente para que ela puxe a calça para baixo e ajudo-a a tirar o jeans. Deito a seu lado e antes de puxá-la para cima de mim, olho para baixo e estamos com nossas roupas íntimas iguais, vestidos com uma boxer branca cada, e não consigo segurar o sorriso e o encantamento de vê-la com algo tão íntimo quanto a minha cueca.

Jenny se aconchega e eu a puxo para cima de mim, sem fechar o sorriso.

– Por que você está rindo? – ela pergunta, parecendo desconfiada. Ela está linda, deitada sobre meu peito. Nossos corpos completamente colados, seus cabelos caídos sobre mim. Eu abro ainda mais o sorriso e encaixo meu rosto em seu pescoço, para aspirar um pouco mais de seu perfume.

– Eu gosto de ver você vestida com as minhas roupas – eu falo, as mãos descendo por suas costas completamente arrepiadas. Quando chego no cós da boxer, eu a puxo para baixo e, ao mesmo tempo, Jenny repete o gesto comigo.

Em poucos segundos, estamos nus, nossos corpos colados um no outro. O riso de antes é substituído por um misto de desejo, luxúria, paixão e amor. Nunca senti por mulher alguma o que sinto por ela, nem essa necessidade de fazer com que alguém sinta o grau de importância que tem para mim.

Somos uma confusão de beijos e abraços, toques. Em pouco tempo, eu já não sei mais onde eu começo e ela termina. No momento que nossos corpos se fundem, nós nos tornamos um só, celebrando, naquele momento, nossa união de corpo, alma e coração. Ela roubou meu coração numa tarde de verão, quando se mudou para a casa ao lado da minha, e abriu a porta, saindo com a garotinha encantadora que hoje era o meu raio de sol. E agora, nesse momento em que nossos corpos reforçam as promessas que eu havia feito com palavras e ela com ações, tudo o que eu conseguia pensar é que Jenny, definitivamente, é o meu *felizes para sempre*.

Eu nunca fui um cara romântico. Sim, eu sempre quis ter uma família, até mesmo filhos, mas eu nunca fui muito de flores e romance. Mas Jenny despertava em mim sentimentos e emoções que eu, sinceramente, achava que não existiam. Eu não tinha ideia do quanto uma pessoa poderia se tornar importante para outra em tão pouco tempo.

Nossos corpos ondulam, chegando ao limite do nosso prazer, até que o clímax nos toma. Jenny arqueia o corpo, o orgasmo a atingindo de forma arrebatadora, enquanto eu continuo os movimentos de vai e vem, intensificando o orgasmo mais forte da minha vida.

Ela cai sobre mim e eu a abraço com força. Estamos trêmulos, suados e arfando. Aos poucos, a nossa respiração e frequência cardíaca vão voltando ao normal. O ar frio da região das montanhas nos envolve, agora que a adrenalina está diminuindo, e eu puxo a manta para cima de nós dois. Estamos deitados de conchinha, de costas para a lareira quente, com a vista do céu estrelado de Colorado Springs à nossa frente. Beijo os cabelos de Jenny, puxando-a para ainda mais perto de mim. Ficamos em silêncio, curtindo aquele momento só nosso e, em pouco tempo, o sono começa a nos pegar. Estou quase dormindo, quando ouço-a me chamar, com a voz muito sonolenta.

– Rafe?

– Oi, meu anjo? – eu respondo, distraído.

– Eu também te amo – ela fala e cai no sono, me deixando com um sorriso bobo no rosto.

Capítulo vinte e cinco

Jenny

Depois de uma noite de conversa e muito amor, quando acabei de contar tudo aquilo que tinha acontecido na minha casa até o momento em que Rafe me encontrou desacordada, eu sabia que não tinha mais como esconder nada dele. Contei sobre os gritos, Maggie assustada e eu a mandando fugir, e Nate irado correndo atrás dela, dizendo que nós pertencíamos a ele e que se não fôssemos dele não seríamos de mais ninguém. Falei do medo que senti de morrer e minha filha ficar sozinha, porque eu, sinceramente, achei que ele fosse me matar.

Essa noite ficaria gravada em minha memória eternamente. Rafe demonstrou com ações e palavras o quanto eu era importante para ele e o que é amor verdadeiro. Nada do que senti antes por Nate se aproximava das coisas que Rafe provocava em mim. Ele era doce, gentil, carinhoso e sexy, muito sexy.

Era muito cedo ainda, o dia estava escuro e eu estava envolta por um braço quente, que me mantinha colada a um peito muito duro. Fiquei quietinha, aproveitando aquele momento, até que ouvi um choro baixinho que vinha do outro quarto. Maggie.

Levantei devagar, fazendo o máximo para não acordar Rafe. Peguei sua camisa, que estava em cima de uma cadeira e vesti, não sem antes estremecer com o frio. Aquela região era montanhosa e muito mais gelada que Los Angeles nessa época do ano. Vou até o quarto onde Maggie está dormindo e a encontro acordada, chorando, abraçada à girafa de pelúcia que Jude deu a ela de presente.

– Meu anjinho, o que houve? – eu pergunto, preocupada, sentando na beira da cama e levando a mão à sua testa. Droga, febril de novo.

– Eu quero Jude, mamãe – ela fala, soluçando, e meu coração se parte em mil pedaços.

– Maggs, ele não está aqui. Estamos longe de casa. Ele está com tio George. Logo, logo iremos vê-lo. – Eu a descubro e a pego no colo, levando-a em direção ao banheiro para lhe dar um banho e tentar baixar a febre. Seu corpinho pequeno treme nos meus braços e ela chora ainda mais sentida.

– Por que temos que ficar aqui longe? Ele ia brincar comigo. – As lágrimas caem grossas.

– Porque a mamãe ficou dodói, e precisa ficar aqui para sarar – eu falo, tentando explicar a ela o inexplicável. Como se conta para uma criança de cinco anos que o pai dela é um bandido maldito que quer acabar com sua mãe? Ela me olha, parecendo dividida entre a necessidade da "mamãe sarar" e a saudade que sente de Jude.

– E Jude não pode ficar com a gente? – ela pergunta, enquanto eu tiro seu pijama e a coloco embaixo do chuveiro.

–Vou ver com Rafe, ok? Eu não sei exatamente onde estamos, filha, mas eu acho que aqui é longe de nossa casa – tento explicar da melhor forma possível e me concentro em seu banho, apesar dela não parar de chorar. Não era um choro de criança manhosa, que eu estava acostumada a ver no hospital, que grita e se escabela para chantagear os pais para fazerem sua vontade. Era um choro silencioso, sentido. Maggie era uma criança feliz e bem-humorada. Raramente eu a via chorar, exceto quando se machucava ou sentia dor. Nem quando bebê ela me deu trabalho. Então, ver minha filha assim, parecendo tão magoada, era de cortar o coração.

O banho acaba e eu a enrolo na toalha de banho. Pego-a no colo para levá-la de volta ao quarto e quando vou abrir a porta levo um susto com Rafe abrindo-a antes de mim.

– Está tudo bem, Jen? – ele pergunta preocupado, o cabelo revolto e os olhos sonolentos.

– Maggie está com febre de novo – eu falo e ela soluça um pouco mais em meus braços. Ele a pega do meu colo, abraçando-a com carinho, e vamos para o quarto, ele sussurrando para ela no caminho.

– Princesa, o que houve? Está doendo?

– Sim... – ela fala, seus olhos vermelhos. Ela o abraça com força e eu me sinto sem chão. Não saber o que fazer para consolar minha própria filha é algo que eu jamais imaginei viver.

– Onde dói? Fala pra mim? – ele pergunta e a coloca em cima da cama. Enquanto ele a enxuga, eu procuro na sacola de viagem um pijama limpo e entrego a ele. Vou até a penteadeira do quarto e pego o antitérmico, fazendo-a tomar para baixar a febre.

– A cabeça – ela responde ainda chorosa. – Eu queria Jude.

– Eu sei, meu anjo, mas Jude está longe daqui, na casa do tio George. Nós precisamos ficar aqui por um tempo, até... – Ele fica sem saber como explicar e eu intervenho:

– Até a mamãe melhorar.

– Isso mesmo, linda. Até a sua mamãe ficar boa e a gente poder voltar pra casa. Tá bom? – Ela sacode a cabeça, concordando em silêncio, algumas lágrimas ainda caindo. Ele a veste e a coloca de volta na cama.

– Papai? – ela chama e eu não a corrijo. Rafe era mais pai para ela do que Nate jamais seria.

– Oi, meu amor – ele responde, abraçando-a com carinho.

– Pega a Fafá pra mim? – ela pede, os olhinhos piscando sonolentos.

– Quem é Fafá? – ele pergunta, completamente confuso e eu não consigo deixar de rir.

– A girafa do Jude – Maggie explica baixinho. Jude havia dado aquela girafa a Maggie quando as gêmeas de Daniel e Julie nasceram. E, desde então, ela nunca mais a largou. Rafe sorri, e encontra a girafa de pelúcia caída perto da porta. Ele a pega e leva até Maggie, que abraça o brinquedo como se fosse um objeto há muito perdido e cai no sono.

Rafe sorri para mim, seguindo na minha direção. Quando estamos frente a frente, seus olhos presos nos meus, ele se aproxima ainda mais e coloca uma mecha de cabelo atrás da minha orelha.

– Oi – ele murmura e sorri para mim.

– Oi – eu respondo de volta, no mesmo tom de voz.

– Senti sua falta ao meu lado – ele fala e eu me sinto corar. Eu era uma mulher feita e ainda corava como uma adolescente. Incrível. Faço um esforço para abrir um sorriso. Ele deixa minhas pernas bambas e meu coração acelerado. – Está muito cedo ainda. Vamos voltar para o quarto, deitar naquela cama grande e quentinha e dormir um pouco mais. E se você for uma boa menina... – Ele se aproxima ainda mais de mim, nossos braços estendidos ao lado do corpo, apenas nosso peito colado um no outro e sua barba por fazer roçando em meu pescoço. Eu me arrepio e ele sussurra na minha orelha. – ... eu vou fazer amor com você de novo.

Solto um gemido baixo e ele me pega no colo e me leva de volta para o nosso quarto. Rafe era, com certeza, a realização das fantasias românticas e sensuais que nunca achei que conseguiria realizar.

*

Horas depois, estamos de banho tomado, após aquele começo de manhã preguiçoso na cama. Rafe faz o café, enquanto eu fico sentada na cozinha, observando-o cuidar das tarefas domésticas. De repente, me dou conta do silêncio da cozinha, coisa que não é normal numa casa com uma criança tão falante quanto Maggie, e olho ao redor e não a vejo.

– Rafe, vou dar uma olhadinha na Maggie, ok? – eu aviso, saindo da cozinha. Entro na sala e vejo a minha filha, uma garotinha de apenas cinco anos, calada, olhando pela janela, abraçada com a girafa. Estou realmente preocupada com ela. Maggie não é assim e essa febre parece ser emocional. Jude era uma espécie de porto seguro e ela parecia estar sentindo muito a falta dele.

– Amor, o que você está fazendo? – eu pergunto, sentando ao seu lado.

– Só pensando, mamãe.

– Hum... pensando em quê? – eu pergunto curiosa. Maggie era muito direta nas palavras, essa seriedade toda não era normal.

– Eu, na verdade, estava conversando com Papai do Céu, pra você ficar boa logo, pra gente poder voltar pra casa. Aqui é muito frio. Jude não está aqui, nem tio George ou tio Ben. Tia Jo está esperando um priminho meu e não poderia viajar mesmo, tio Zach não ia deixar ela sozinha, porque eles não se largam. Tia Julie foi com tio Danny e as meninas pra longe, para a *lua do céu*. E a tia Livy deve estar ajudando tio George a tomar conta do Jude, já que tio Alan está por aí tocando aquela guitarra vermelha dele e fazendo as moças gritarem. Elas parecem meio loucas, né, mamãe? – ela fala de uma vez, agora sim parecendo a minha filha, mas não posso deixar de ficar tocada por sua tristeza em não ter as pessoas que ela ama ao nosso lado ou ainda pela preocupação em pedir ao "Papai do

Céu" para eu ficar boa logo. Eu a puxo num abraço apertado e dou um monte de beijos na sua bochecha gordinha e ela ri, esquecida por um momento das coisas que a afligiam.

– Quer tomar leite com chocolate?

– Quero sim – ela fala e se vira para a TV.

– Vou buscar – volto para a cozinha e quase caio ao dar de encontro com Rafe, que estava saindo.

– Ei, linda! Está tudo bem? – ele pergunta, preocupado.

– Você acha que tem jeito da gente trazer Jude pra cá? A tristeza dela está acabando comigo... – eu falo, tentando achar uma alternativa para fazer Maggie melhorar.

– Vamos fazer assim? Vamos tomar nosso café da manhã, depois ligamos para James, que está esperando meu retorno desde ontem. Vou ver com Max uma forma de trazê-lo pra cá em segurança, ok?

– Quem é Max? – eu pergunto, curiosa. Nunca ouvi falar nesse nome antes.

– Max é meu pai. Pai de criação, na verdade. Estou com ele desde que eu tinha 14 anos e Cyn tinha 12.

– Oh... – A revelação de Rafe é tão inesperada. Eu não imaginava que ele tinha um pai de criação e não um pai biológico. Na verdade, eu não sabia muito sobre a família dele. – Quem é Cyn? – eu pergunto, lembrando da ligação de uma mulher com esse nome quando estávamos na casa dele.

– Cynthia cresceu comigo no abrigo. Ela é como se fosse minha irmã. Quando eu fugi de lá, ela veio comigo. – Ele parece um pouco constrangido ao comentar sobre seu passado. – Além de você e Maggie, eles dois são minha única família – Rafe fala, um brilho de tristeza aparece em seu olhar e, antes que eu tenha chance de falar qualquer coisa, ele sorri e muda de assunto. – Vamos tomar café. Depois a gente precisa resolver essas coisas.

Eu aceno concordando. Eu, mais do que ninguém, sei o quanto é preciso ter paciência para que possamos colocar para fora nossas experiências ruins do passado. Eu me sentia feliz por ele nos considerar como sua família, mas ao mesmo tempo, preocupada com o que ele teve de passar. Eu seria paciente. Na hora em que ele se sentisse à vontade para me contar, seja lá o que ele guardava a sete chaves, eu escutaria e estaria ao seu lado, assim como ele esteve ao meu. Porque eu o amava.

Capítulo vinte e seis

Rafe

Enquanto Jenny conversava ao telefone com James, que agora eu já sabia que era o advogado que agiu em seu caso, no passado, aproveito para ligar para Max e ver o andamento das coisas. Max estava longe do corpo de fuzileiros há alguns anos, desfrutando da sua aposentadoria merecida, mas, como ele costumava dizer, uma vez fuzileiro, sempre fuzileiro, e seus colegas de corporação seguiam à risca o lema de ser sempre fiel e nunca deixavam um fuzileiro ou sua família na mão.

– Raphael – Max era a única pessoa neste mundo que me chamava assim e eu permitia, porque eu sabia o quanto ele odiava apelidos. Eu sorrio ao ouvir sua voz grossa e calorosa ao telefone.

– Max – eu respondo de volta, num típico cumprimento de homens. Não precisávamos de muitas palavras. Max sabia o quanto eu o amava e o considerava como meu pai verdadeiro. – Alguma novidade?

– Estamos na cola do vagabundo. Ele ainda está em Los Angeles. Vamos pegá-lo, filho.

– Eu tenho certeza que sim. Não vejo a hora desse maldito estar atrás das grades, de onde não deveria ter saído – eu desabafo e Max concorda. – Eu preciso de uma ajuda, Max. Eu sei que você vai dizer que é arriscado, mas eu tenho uma garotinha chorosa e doente de saudade aqui – tento apelar para seu coração mole que não pode ver uma mulher chorar. – Preciso trazer Jude, o irmão de um amigo, pra cá. Ele é um adolescente, mas a filha da Jenny é muito apegada a ele e será difícil mantê-la aqui sem sua presença – eu explico e ouço a risada de Max do outro lado da linha.

– Você está perdido, meu filho – mais gargalhadas. – Eu achei que nunca fosse ver esse dia, quando você estaria enrolado nas mãos de uma garota.

– Se você visse a carinha dela, também ficaria – eu falo sorrindo. Tenho certeza que de quando Max as conhecesse, seria conquistado por Maggie tão rápido quanto eu.

– Raphael, você acha mesmo necessário levar o garoto para a casa? Eu vou ter que ver com a equipe se existe chance de Lewis ir atrás de vocês através dele.

– Acho difícil, Max. Nenhum de nós tem qualquer relação de sangue com Jude. E você poderia trazê-lo como nos trouxe até aqui, num voo fretado. Eu sei que é arriscado, Max, mas estamos realmente preocupados com Maggie, que está com febre emocional desde ontem. Fico receoso de não conseguir segurá-la aqui, presa nesta casa, por muito tempo.

– Tá bom, filho. Vou ver com Sven a melhor forma de levá-lo até aí. Ele está na casa de quem? – Não consigo deixar de sorrir ao lembrar do seu amigo fuzileiro. Sven é um sueco enorme, parecido com o ator Dolph Lundgren, loiro e forte como ele. Mas, por baixo daquela aparência de um gigante, tinha um coração mole.

– Ele está com George. Você precisa do telefone dele ou algo assim?

– Não, tudo bem. Eu ainda tenho o contato dele. Vou fazer o possível, positivo? – ele me pergunta, com aquela voz de comando que eu tanto ouvi na minha adolescência.

– Sim, senhor – eu brinco e ele ri do outro lado da linha.

– Você continua um rapazinho petulante – ele fala e eu posso ouvir o riso em sua voz.

– Você fez um bom trabalho comigo, Max.

– E eu tenho muito orgulho de você, garoto.

– Eu já estou com trinta anos, Max – eu falo rindo, me sentindo um adolescente da idade de Jude.

– Mas, para um pai, seus filhos são garotos eternamente. Fique bem, filho. Vamos pegar esse marginal.

– Obrigado, pai – eu falo e encerro a ligação, indo ao encontro de Jenny. Ela está sentada no nosso quarto, na cama, o corpo curvado para frente, mãos na cabeça, parecendo angustiada.

– Linda, o que houve? – Eu sento ao lado dela, passando a mão em suas costas, num carinho constante. Ela suspira e sorri para mim e não posso deixar de admirá-la por ser essa mulher forte.

– Conversei com James. Nate estava sendo transferido de presídio. Parece que um grupo interceptou o ônibus para resgatar um preso, um traficante ou algo assim, e ele conseguiu fugir na confusão.

– Ele não estava numa prisão de segurança máxima?

– Não. Estava sendo transferido por bom comportamento.

– Merda – eu resmungo e passo a mão no cabelo.

– Ele está sendo procurado, mas a polícia ainda não conseguiu prendê-lo. Não vejo a hora de o pegarem, Rafe. Estou cansada de fugir e de sentir medo – ela fala e me abraça forte.

– Eu te juro, Jenny, nós vamos superar isso. Ele vai ser preso e terá o que merece, eu te prometo. – Beijo seus cabelos e ela relaxa contra meu peito. – Eu conversei com Max, eles vão tentar trazer Jude.

– Oh, jura? Será que Alan não vai se importar? – ela pergunta preocupada.

– Eu mandei uma mensagem a George, avisando que Max vai entrar em contato com ele para organizar tudo. Não acredito que Alan seja contra. Ele sabe como a Maggie é agarrada a Jude.

– Ele vai precisar faltar às aulas. Peça ao George que arrume seus cadernos para ele poder estudar aqui. – ela fala, assumindo o papel de mãe rapidamente. Tiro o celular do bolso, sem soltá-la dos meus braços, e mando outra mensagem para George.

Cara, mande Jude trazer o material da escola. Jenny vai colocar ele p/ estudar. E por favor, avisem o Alan.

E ele que achou que ia tirar férias! LOL Pode deixar. Bjos para as duas. ;)

*

Jude

Yesterday, there was so many things
I was never told
Now that I startin' to learn
I feel I'm growin' old

O iPod tocava "Yesterdays", uma música meio velha, cantada por Axl Rose, mas, nessa gravação, era a voz de Alan que chegava aos meus ouvidos. Meu irmão passou para mim todo o seu amor à música e, sempre que eu tinha uma chance, colocava meus fones de ouvido para curtir um som.

Eu sentia muita saudade de Alan. Apesar da gente brigar às vezes, Alan era como meu pai. E depois de tanto tempo vivendo sozinhos, agora nós éramos parte de uma família. Como ele dizia, era a família que nós escolhemos. E, apesar de não ser uma família convencional, já que eu vivia tempos na casa de Jenny, Zach, Livy ou George, eu era feliz, pois pela primeira vez me sentia querido. Não que eu achasse que Alan não gostava de mim, eu sabia que sim. Mas nunca havia sido querido por outras pessoas além dele.

Estava saindo da escola mais cedo. Hoje eu iria viajar para um lugar, nas montanhas, para encontrar Rafe, Jenny e Maggie. Eu sorria só de pensar nela. Maggie era a minha pessoa preferida em todo o mundo. Não importava o quanto eu estivesse chateado com meus próprios problemas, bastava ver seu rostinho sorridente que eu sentia algo estranho por dentro. Eu nem sabia explicar direito o que era. Só sabia que Maggie me fazia sentir especial, mesmo a diferença de idade entre nós sendo tão grande.

Ando pela rua, com a mochila nas costas, ouvindo meu irmão cantar aquela música que parecia contar partes da nossa vida, quando sinto o telefone vibrar no meu bolso. Pego o celular e olho no visor para saber quem é e fico feliz ao ver que é Alan. Eu sentia muito a sua falta, mas sabia que ele estava longe por um bom motivo.

– Ei, cara!

– Hey, Jude! – ele fala, no ritmo da famosa música dos Beatles que tinha o meu nome.

– Ha ha ha – eu debocho da sua brincadeira, como fazia sempre que ele ligava. – Eu ia te ligar mesmo. Vou viajar hoje – eu falo, sentindo-me importante, já que é a minha primeira viagem sozinho.

– Viajar? Como? Pra onde você vai? – Alan pergunta assustado e eu solto uma gargalhada.

– Vou para um lugar nas montanhas. Tia Jenny e tio Rafe viajaram e parece que Maggie está sentindo minha falta. Aí pediram para eu ir até lá.

– Hum, entendi. Me passa o local para onde você vai, maninho – Alan pede. – Mesmo que eu não tenha como te acompanhar, quero saber onde você está. Fico preocupado.

– Eu anotei num papel o que tio George falou. Peraí. – Eu paro num canto da calçada e abro a mochila para pegar meu caderno. Quando consigo achar o papel com o nome do lugar anotado, um homem esbarra em mim e eu acabo derrubando o papel no chão. Droga. Quando vou me abaixar para pegar, o papel levanta voo e o estranho que quase me derrubou abaixa e pega o papel. Ele levanta e me entrega, abrindo um sorriso meio estranho. Quase sinistro. – Obrigado – eu falo quando pego o papel de volta.

– Por nada, garoto. – Ele continua andando e eu volto a falar no telefone.

– Desculpe, eu derrubei o papel no chão. O nome do lugar é Colorado Springs. Vou te dar o endereço. George me pediu para te passar e disse também que é para você ligar para ele – eu passo o recado e o endereço, enquanto Alan anota.

– Pronto. Vou ligar assim que terminarmos nosso papo. Tem visto a Olivia?

– Esses dias, não. Acho que ela está namorando aquele carinha do escritório, então quase não tem aparecido.

– Namorando?? – Alan quase grita no meu ouvido.

– É, cara. Eu te disse que o tal advogado estava cercando ela. Quando você volta?

– Acho que vou ter que ir aí antes do que eu imaginava... Vou tentar este mês ainda, nem que seja só para uma passada rápida, ok?

– Ok.

– Boa viagem, maninho. Vou ligar para George e tenho que voltar para o ensaio – me despeço de Alan e sigo para casa de George. Eu estava ansioso para a viagem. Mesmo que a tia Jenny fosse me fazer estudar enquanto eu estivesse lá.

★

Nathan

Sigo o garoto com o olhar, sem que ele me note. Eu era um mestre em me esconder, quando necessário. Sabia que continuar cercando a casa da vadia me traria resultado.

Sinto o sangue ferver por dentro ao pensar que a minha mulher estava na companhia daquele idiota grandalhão. Eu devia ter me livrado dele antes. Mas ele iria pagar por tocar no que é meu. E eu a faria se purificar por ter trepado com outro homem. Ela era uma vagabunda desde menina, eu sabia, mas ela era o meu vício e a minha *garota da sorte*. Se eu não a tivesse, ninguém mais teria.

Minhas mãos tremem, sentindo falta do pó. Eu estava economizando, porque a grana era curta e a maioria dos meus conhecidos estavam presos, mas eu ainda tinha um pouco guardado, que estava planejando usar quando colocasse minhas mãos nela. O sexo era sempre muito melhor com esse incentivo. Mas, por ora, o álcool teria que servir.

Coloco a mão sobre o bolso, sentindo o peso da arma que eu tinha roubado do policial que morreu durante a minha fuga. Estar no mesmo ônibus para ser transferido junto com aquele traficante tinha sido providencial. Tateio do outro lado e acho a garrafinha de vodca muito bem escondida e dou um gole generoso. Se aquela bastardinha não tivesse corrido, eu teria feito uso dela antes e agora teria Lucky só para mim. Mas isso seria remediado em breve. Eu tiraria não só a bastardinha, como o idiota grandalhão do meu caminho e finalmente ela seria só minha. Toda minha.

Capítulo vinte e sete

Rafe

Max organizou a viagem de George e Jude para o Colorado e, no dia seguinte, ambos desciam da aeronave fretada para trazê-los até aqui e eram escoltados por agentes especiais até a casa. George veio acompanhar Jude, como responsável, e trazer roupas para Jenny. Era sempre um risco, mas eu faria tudo de novo, porque o sorriso que ela abriu enquanto via os dois atravessarem o jardim era a melhor recompensa que eu poderia ter.

– *Oh, my God!* Estou exausto! – George fala, entrando na casa com uma grande mala para Jenny. – Foi quase uma operação de guerra chegar aqui! – Nós todos rimos. – Oh, meu anjo, você está tão... – ele corta o que está falando, quando nota o olhar assustado de Jude. Era nítido que Jenny estava muito machucada, seu corpo e rosto ainda repletos de hematomas. Antes que qualquer um de nós possa falar algo, pequenos passos acelerados pelo corredor chamam nossa atenção e, então, Maggie entra pela sala, pulando no colo de Jude e o abraçando como se não se vissem há anos, e não há apenas poucos dias.

– Juuuuuddeeeeeeeee – ela grita e ele a abraça rindo. A improvável amizade entre esse menino de quinze anos e a garotinha de cinco era algo realmente admirável. Ela nem parece a mesma Maggie chorosa de ontem. Ela não para de falar, contando sobre a casa, o frio e tudo que fez enquanto estava ali. George se volta, então, para Jenny.

– Como você está, querida? – ele pergunta e antes que Jenny tenha tempo de falar alguma coisa, Maggie, que parece ter engolido um papagaio, responde.

– Tio George, a mamãe anda com a mesma cara que a tia Julie e a tia Jo quando estão com tio Danny e tio Zach – Jenny abre a boca, mas Maggie prossegue. – O papai não para de abraçar e beijar a mamãe. Eu achava que era para os dodóis ficarem bons logo, mas acho que eles estão namorando. Porque os dois ficam sorrindo feito bobos e se abraçando. E estão dormindo lá no quarto do papai – ela conclui. Jenny está vermelha como um pimentão e eu não consigo segurar a risada.

– Maggie! – Jenny chama sua atenção, mas o sorriso de Maggie fica ainda maior e ela fala em tom de confidência a George: – E ela nem brigou comigo porque eu estou chamando o papai de papai.

– Jura, Maggie? – George abre um grande sorriso com a metralhadora verbal de Maggie.

– Juro juradinho – ela responde, arrancando a risada de todos que estão na sala.

– Maggs, porque você não leva Jude para ver o quarto onde ele vai dormir e aproveita para mostrar os brinquedos que você trouxe? – Jenny sugere e Maggie sai correndo pela sala, puxando Jude pela mão.

Olho para George e ele está com um grande sorriso aberto olhando para Jenny e eu.

– Preciso dizer que eu adorei a notícia, mocinha?

– George... – Jenny ameaça e ele ri.

– Não vou te perturbar, porque acho que Maggie já fez o suficiente por hoje. Mas estou feliz por vocês. – Agradeço ao George e puxo Jenny para meus braços, quando a porta da sala se abre e nós dois pulamos assustados no sofá.

– Meu filho, a porta tem que estar sempre trancada. – Max entra em casa, no modo fuzileiro.

– Ele é tããão sexy! – George murmura para Jenny e eu tenho que segurar o riso. Acho que Max não iria ficar muito confortável em ser considerado sexy por George. Max se aproxima e eu levanto para cumprimentá-lo.

– Oi, pai. – Max me puxa para um abraço e eu me dou conta do quanto senti sua falta.

– Meu filho – ele fala, daquele jeito formal dele, mas seus olhos demonstram que ele está feliz em me ver. Ele se afasta, seu olhar cai em Jenny e eu o sinto ficar tenso. Max devia ter uns cinquenta e oito anos, mas continuava tão forte e alto como eu me lembrava da minha adolescência, seus cabelos claros agora com mechas grisalhas pelo tempo. Ele era um típico militar. Aquele cara durão, cheio de regras, mas, por dentro, seu coração era de manteiga, principalmente no que se referia a mulheres. – Srta. Steel – ele fala para Jenny, os olhos dele parecendo tristes.

– Oh, por favor, me chame de Jenny – ela fala, sorrindo para ele e estendendo a mão. Max a segura e senta ao lado dela.

– Eu sinto muito pelo que você está passando, Jenny – ele fala baixo, olhando seus hematomas, e sei que ele deve estar prometendo a si mesmo não deixar que nada mais aconteça a ela. Assim como eu fiz. Jenny baixa os olhos, respira fundo, e volta a olhar para ele, abrindo um sorriso leve.

– Obrigada, Max. Eu realmente aprecio sua ajuda. Não sei o que faria sem vocês – ela fala e olha diretamente para mim e sinto meu peito inchar. Eu a amava tanto, como nunca imaginei amar alguém.

– Não tem o que agradecer, menina. Estamos aqui para protegê-la. Eu que tenho que agradecer por você ser a responsável por colocar um sorriso nessa cara feia do Raphael – ele fala e nós damos uma gargalhada. – Bom, Preston, não podemos nos demorar aqui. – Ele se volta para George, que abre a pequena sacola de viagem que trouxe.

– Oh, claro. Jen, querida, eu comprei roupas para você. A maior parte é roupa de frio, a temperatura aqui é muito diferente de LA – Ele vai mostrando a ela, enquanto eu e Max conversamos sobre Cyn e Alex, seu marido. – Embaixo de tudo – ele baixa a voz, mas eu me esforço para ouvir – tem algo sexy para você seduzir o bonitão. Apesar de eu ter certeza, pelo que a Maggie falou, que não será mais necessário. – George ri, Jenny cora e eu não consigo segurar meu sorriso.

– Raphael, eu preciso repassar umas coisas com vocês sobre a segurança.

– Claro – eu falo e George e Jenny se voltam para Max.

– Bom, a casa está cercada.

– Seguranças? – Jenny pergunta e Max acena, negando.

– Não, Jenny. Temos fuzileiros tomando conta da casa.

– Oh, meu Deus! Como você conseguiu isso? – Jenny pergunta, ao mesmo tempo em que George sussurra animado:

– Oh, meu Deus! Fuzileiros sarados!

Max o fuzila com o olhar e George abre seu melhor sorriso inocente.

– Desculpe, Max. Mas na escala militar de gostosura, os fuzileiros estão sempre à frente! – explodimos numa gargalhada e nem mesmo Max consegue segurar o riso.

– Bom – Max fala, tentando voltar nosso foco –, como eu estava dizendo, a casa está cercada. Além disso, o sistema de monitoramento está funcionando e ativo, inclusive no seu celular, Raphael. – Pego meu aparelho e entrego a ele, que abre o aplicativo que nem eu sabia que estava lá. – Aqui você consegue ter acesso aos sensores de presença na casa. Não temos câmeras aqui dentro, para proteger a intimidade de quem está hospedado. Mas conseguimos, pelos sensores infravermelhos, descobrir quantas pessoas estão na casa. Aqui, por exemplo. – Ele aperta um ícone, que indica que o sensor está ativo, e identifica a presença de dois pontos, equivalentes a duas pessoas no local.

– É o quarto onde as crianças estão – eu falo e Max concorda.

– Exatamente. Se vocês tiverem qualquer problema, basta apertar esse botão – ele indica na tela. – Ou ainda esses pequenos botões que estão espalhados pela casa – ele mostra um botão embutido no interruptor de luz. – Em poucos minutos, a casa será cercada e vocês estarão protegidos. Nos fundos da casa, não sei se você lembra, Raphael, tem um porão. Em caso de emergência, corram para lá e tranquem a porta. Ela será reaberta somente com uma senha e é à prova de balas.

– Nossa... – George fala, parecendo assustado. – Nunca vi um lugar como este. Parece uma fortaleza.

– É que eu sou um pouco... digamos, rígido com segurança – Max fala e Jenny e George balançam a cabeça, ainda impressionados.

– Eu nem vou contar para eles sobre quando você colocou aquele microlocalizador na Cyn, quando ela saiu com o primeiro namorado – eu brinco e os dois ficam ainda mais atônitos.

– Ela era uma menina de 17 anos. Eu tinha que protegê-la de cafajestes aproveitadores – Max fala como se fosse muito normal colocar um microlocalizador escondido na roupa de uma adolescente no primeiro encontro.

– O sensor ainda emitia pequenas ondas de choque e era para evitar que o rapaz passasse a mão no seio da Cynthia. Ele só esqueceu que quando Cyn encostava em qualquer lugar levava choque também – explico e todos caem na gargalhada.

– Ela ficou duas semanas sem falar comigo. Mas eu fiz com a melhor das intenções – Max fala com um sorriso. – Bom, nós estamos à caça do fugitivo e vamos pegá-lo, você pode ficar tranquila, Jenny – Max fala, se levantando. – Bem, rapaz, vamos embora?

– Claro! – George se levanta também e abraça Jenny. – Se cuide, meu anjo.

– Mande beijos pra todos... oh... eu nem perguntei sobre as meninas...

– Estão todos bem. Danny e Julie devem chegar na próxima semana. Eles iam ficar mais tempo, mas ela anda meio enjoada e estão desconfiados que talvez ela esteja esperando outro bebê.

– Oh, jura?

– Ela não tem certeza. Disse que não quis fazer o teste lá. Vão esperar chegar em casa para saber. Sabe como é a Julie. Romântica... e Daniel não fica atrás.

– Verdade – eles se abraçam mais uma vez e George segue Max.

– Tio George! – Maggie grita correndo, quando ouve o barulho da porta abrindo. – Tchau, tio George! Vou ficar mor-ren-do de saudades! – ela fala, imitando George. Ele a pega no colo, dando um beijo estalado em seu rosto e depois a coloca no chão. Após se despedir de George, ela se volta para Max, puxando a perna da sua calça. Ele olha para baixo, vendo aquele pingo de gente tentando chamar sua atenção, e ela abre um sorriso ao falar: – Tchau, vovô.

Max se abaixa até a altura de Maggie e a puxa num abraço apertado.

– Tchau, menininha – ela sorri e eles saem da casa, a caminho do carro que os levará para a pista de pouso.

Capítulo vinte e oito

Jenny

Depois que Max e George foram embora, o dia passou de forma leve. Minha filha ficou colada em Jude e não o soltou nem para dormir. Ao mesmo tempo em que me preocupava com essa dependência emocional, eu me sentia comovida ao ver o carinho que um tem pelo outro. Jude nem parece mais aquele menino tristonho que eu conheci pouco tempo atrás. E eu achava que Maggs tinha uma boa parcela de responsabilidade nisso.

Enquanto Jude e Maggie ficaram brincando e desenhando, Rafe e eu passamos a tarde conversando sobre Max. Ele me contou o quanto ele era rigoroso com os dois, mas que tinha sido um bom pai e nunca deixou faltar nada para eles. Rafe me fez rir com as histórias do passado, em que Max espantava os namorados de Cynthia com suas invenções tecnológicas, e que quase seguiu carreira nos fuzileiros, por influência de Max, mas, como esse nunca tinha sido o seu sonho, acabou desistindo.

Depois que as crianças pegaram no sono, viemos para nosso quarto também, e dormimos abraçados. No meio da noite, algo me acorda. Rafe está encolhido na ponta da cama. Eu me sento, tentando descobrir o que aconteceu, quando o vejo estremecer e murmurar palavras desconexas.

– Não... guardei tudo... não me machuque. – Ele se vira para o outro lado. – Corre, vamos, corre. – Ele está cada vez mais agitado. Pesadelo.

Passo a mão sobre seus cabelos, de leve, e aos poucos tento despertá-lo daquele sonho que parece atordoá-lo.

– Rafe, amor, acorda. – Sigo afagando sua cabeça, mas ele continua agitado. – Vamos, amor, acorda...

– Cyn, rápido, vamos Cyn. – Ele se agita e me empurra um pouco, como se quisesse me fazer sair dali. – Rafe, vamos, acorde. É a Jenny. Você está sonhando – falo baixinho, passando a mão no seu cabelo molhado de suor até que ele solta um grito sofrido e senta na cama num pulo.

– Oh, meu Deus! – eu falo, assustada, sem me afastar dele, enquanto Rafe tenta acalmar sua respiração, que aos poucos se estabiliza. Ele não fala nada para mim, nem mesmo me olha, e eu fico preocupada. – Querido... – eu o chamo, ele me olha e, em seguida, abaixa a cabeça parecendo constrangido.

– Desculpe, Jennifer. Deita, pode voltar a dormir. Eu tive um sonho, mas está tudo bem – ele fala, tentando demonstrar tranquilidade, mas eu posso ver que ele não está nada bem.

– Deixa eu te ajudar... fala comigo... – eu peço, me sentindo sozinha e com medo de perdê-lo, ao ouvi-lo me chamar pelo meu nome. Como a vida é engraçada... quando a gente se dá conta de algo que é perfeito para nós, qualquer coisa fora da nossa realidade, do nosso dia a dia, nos faz temer a dor da perda. E Rafe é muito importante para mim.

Ele levanta da cama, em total silêncio, arranca a camisa molhada de suor e a joga no canto da cadeira. Vai até o guarda-roupa e retira algo de lá. Mesmo com a luz apagada consigo ver os contornos do seu corpo forte. Seus ombros muito largos, os músculos definidos, seu tom de voz baixo e forte. E além dele ser essa bomba de testosterona ambulante, Rafe tem aquele jeito cavalheiro, educado, que abre portas e puxa cadeiras. E como se tudo isso não bastasse, ele ainda tinha aquela ponta de bad boy debaixo do jeito de príncipe encantado: além de ficar desbocado quando excitado, ainda tinha uma intrigante tatuagem na altura da costela, com a palavra *forever* pintada em seu corpo, como uma forma de lembrá-lo de algo que deveria ser para sempre.

Ele sai do quarto e ouço o barulho da porta do banheiro batendo. Sinto como se houvesse uma barreira entre nós que eu nem sabia que existia. Eu ainda tinha muito medo de sofrer, depois de tudo que passei, mas Rafe me fez sentir como se eu ainda tivesse uma chance... uma chance de o amor entrar na minha vida. A chance de amar e ser amada.

Levanto da cama, sentindo o ar frio da noite me atingir. Estou vestida com uma camisola longa e branca, que George trouxe para mim. Apesar de não ter mangas, o calor do corpo de Rafe colado ao meu me aquecia na baixa temperatura. Mas, agora, tudo o que eu sentia era um tremor por dentro, mais pelo medo do que pelo frio. Um robe da mesma seda fina faz conjunto com a bela camisola, e eu o visto, para tentar me proteger, pelo menos um pouco.

Vou em direção à cozinha, descalça, parando no quarto das crianças para ver se está tudo bem. Maggie está deitada na cama ao lado da de Jude, abraçada com a girafa, e os dois estão de mãos dadas. Abro um pequeno sorriso com a cena tão bonita e fico feliz por minha filha ter um amigo tão fiel.

Sigo pelo corredor, as luzes da casa apagadas. Na sala, a grande janela de vidro faz transbordar a vista da bela montanha à nossa frente. Fico imaginando aquela montanha coberta pelo branco da neve durante o inverno mais rigoroso. Olho ao redor e uma cena aparece num flash: uma noite de Natal, crianças correndo pela casa aquecida pela lareira. Nossos amigos rindo, conversando e tomando champanhe, enquanto eu e Rafe estaríamos abraçados bem ali, olhando a bela paisagem branca.

Balanço a cabeça, tentando apagar a imagem que veio nem sei de onde. Eu nem sabia se ficaríamos juntos e já estava sonhando com o Natal? Apesar de termos dito que nos amávamos eu sabia que existia drama demais em minha vida e que isso poderia afastar qualquer um. Até mesmo Rafe.

Volto ao meu caminho para a cozinha e, aproveitando a luz das estrelas lá de fora, não acendo a lâmpada, seguindo até o armário para pegar uma chaleira. Encho de água e a coloco no fogo. Lembro que minha mãe dizia, quando eu era pequena, que um chá quente podia curar qualquer dor ou, no mínimo, aquecer o coração. Rezo, em silêncio, para que a bebida conseguisse pelo menos me trazer o equilíbrio que eu preciso.

Acendo o fogo e coloco a chaleira. Recosto na mesa em frente ao fogão e me perco em um turbilhão de pensamentos desconexos.

★

Rafe

Merda. Fazia tanto tempo que eu não tinha esses pesadelos. Ser acordado por Jenny, assustada porque eu estava gritando, me deixou completamente desequilibrado. Eu não queria trazer ainda mais drama para a vida dela, quando ela já tinha tanto com o que se preocupar. E eu me sentia fraco. Sentia que tinha falhado em minha missão de protegê-la da dor no momento em que abri os olhos e vi aquele rosto pálido e assustado ao meu lado.

Levanto da cama, precisando de um banho para colocar minhas ideias no lugar. Ainda estou um pouco trêmulo da lembrança vívida que o pesadelo me trouxe. Era engraçado como eu conseguia ver tudo aquilo, como se eu fosse um espectador silencioso de uma peça de teatro. Como se a minha vida estivesse sendo representada ali, bem na minha frente.

Sigo para o banheiro, minha cabeça num turbilhão. Eu sabia que um dia teria que contar a Jenny sobre o meu passado. Sobre as coisas que passei desde que tinha a idade da Maggie. Que eu entendia o que ela sentia, porque já havia passado por tudo aquilo. Entro no chuveiro muito quente e deixo a água cair por um tempo para lavar aqueles sentimentos de dentro de mim. Muitas das minhas atitudes de hoje eram um reflexo do meu passado doloroso. Eu tentava não deixar que isso influenciasse meu presente, tentava viver de forma otimista. Mas, em determinados momentos, era complicado. E nessas horas eu me perguntava se era o cara certo para Jenny. Ela já teve sua cota de problemas equivalente a mil vidas, eu sabia disso mesmo antes de ter noção da gravidade da situação, o que me fazia questionar se era justo impor a ela um relacionamento com um cara quebrado e com um passado tão difícil quanto o dela. Sim, eu estava me afogando em autopiedade e odiava me sentir assim, mas não conseguia deixar de pensar nisso.

Termino o banho e saio do boxe, enrolado na toalha. Paro em frente ao espelho e esfrego a mão para desembaçá-lo. Encaro meu reflexo e faço uma careta para o que vejo: um olhar perdido, uma sombra de barba, a imagem do perdedor, que, no fundo, eu sei que não sou. Pego outra toalha do armário ao lado da pia e começo a secar o cabelo. O movimento com a toalha chama minha atenção para um ponto marcado em meu corpo: a tatuagem. *Forever* estava escrito e, só de olhar para as letras, seu sorriso doce toma conta da minha mente. Sinto, finalmente, meu coração se aquecer e as batidas do meu coração se acalmarem em reconhecimento. Ela era o meu *para sempre*. E, mesmo que tivéssemos dias ruins, se eu tivesse aquele sorriso ao meu lado, eu encontraria forças para enfrentar todos os nossos fantasmas. Ela foi a única que conseguiu despertar o mais profundo sentimento dentro de mim. A única que me fez sonhar com uma vida melhor. Que me fez acreditar que eu poderia construir um futuro se a tivesse ao meu lado. Para sempre.

Visto a calça que peguei no armário antes de vir para o banheiro, e saio em direção ao quarto, decidido a tirar aquele olhar triste do rosto da minha garota. Eu precisava da sua alegria. Eu precisava ser o motivo dos seus sorrisos, não de seus olhares tristes. Entro no quarto e tenho a sensação de ter levado um soco no estômago: o quarto está vazio. Imediatamente corro até a mesa de cabeceira para pegar meu celular e abro o aplicativo de rastreamento que Max instalou em meu telefone. Vejo a indicação de duas pessoas no quarto das crianças e, para meu alívio, além de mim, o aparelho só identifica mais uma pessoa na casa. Na cozinha.

Saio do quarto, determinado a trazê-la de volta para a cama. A casa está escura e silenciosa. Se não tivesse detectado sua presença no aplicativo, teria que andar pela casa à sua procura, já que Jenny não deixou rastros.

Entro na cozinha e sinto um arrepio que começa na base da minha coluna, corre pela minha espinha e termina na minha nuca, deixando meus pelos arrepiados. Não é um arrepio bom, longe disso. O fogão está aceso e, quando meus olhos se acostumam ao breu, vejo Jenny encostada no balcão, olhando para a janela, parecendo perdida em pensamentos. Me aproximo e a água que estava fervendo está quase seca, borbulhando sem parar.

– Meu anjo, o que está acontec... – eu começo a falar, desligando o fogo e, quando seguro seus ombros, sinto-a gelada e tremendo. – Deus, Jenny! Você está congelando! – eu a puxo para os meus braços, mas, antes de envolvê-la, olho dentro dos seus olhos e ela parece assustada, como se estivesse a quilômetros de distância.

Puxo-a para bem perto de mim, e ela fala, com a voz trêmula:

– Eu vim... fazer um chá... – Esfrego minhas mãos em seu corpo, tentando aquecê-la.

– A água está quase seca. Oh, baby, você está descalça com esse frio – eu falo, quando vejo seus pequenos pés nus. Ela estremece mais uma vez quando olha para baixo, parecendo sentir mais frio agora que se dá conta de que está descalça no chão gelado da cozinha, vestida com aquela coisinha sexy e muito fina que mal cobre seu corpo.

Eu a pego no colo e a levo de volta para o quarto. Fazemos o percurso em silêncio, seu corpo colado ao meu. Ela suspira contra meu peito e encosta a cabeça, fazendo com que eu me sinta um leão levando sua presa. Essa mulher me desperta os sentimentos mais intensos que já senti na vida. Ela estremece novamente quando entramos no quarto, o ambiente aquecido causando um choque térmico em seu corpo. Eu a coloco sobre a cama e deito ao seu lado, puxando o edredom para nos cobrir e aquecer seu corpo ainda frio. Jenny vira de frente para mim e eu a puxo para bem perto. Passo a mão por seus cabelos, tirando algumas mechas que caem em seu rosto, sem tirar os olhos dos seus. Ela é linda, mesmo com a aparência natural, sem maquiagem ou qualquer outro artifício feminino. Nossos olhos estão presos uns nos outros, tudo ao nosso redor perdendo importância. É como se nada mais existisse além de nós dois naquele momento. Passo minha mão pelo seu corpo, fazendo movimentos para cima e para baixo em suas costas, e ela estremece e solta um gemido baixo, que é o que faltava para quebrar meu autocontrole. Eu não resisto às suas reações e a beijo. Primeiro, com suavidade, quase um roçar de lábios. E então, quando nossos lábios finalmente se unem, é como se uma força invisível nos atingisse e aquele beijo, que começou quase casto, se transforma numa força da natureza.

Jenny me fazia sentir invencível. Forte. Completo. E ali, com ela nos braços, sentindo o sabor doce dos seus beijos, faço a promessa silenciosa de jamais deixá-la ir.

Capítulo vinte e nove

Jenny

Não sei explicar o que aconteceu comigo enquanto estava na cozinha. Eu simplesmente fiquei ali, em branco. Pensando em tudo e ao mesmo tempo em nada. Sentindo um misto de medo e antecipação. Um desejo enlouquecedor de ser feliz, mas ao mesmo tempo aquele pavor das coisas não darem certo. Até que ele entrou no cômodo frio e trouxe o calor com ele. Quando nossos olhos se encontraram, tive a confirmação de que aquele homem tão forte e tão doce era o meu pote de ouro no fim do arco-íris. Ele rouba meu ar só com seu olhar dourado e intenso. Seu toque provoca arrepios e me deixa completamente sem palavras. Quando ele me levanta em seus braços, aquecendo meu corpo com o calor do seu, tudo em que consigo pensar é que não queria que aquilo terminasse. Nunca, nunca mais queria me afastar de seu corpo quente e duro.

Ele me leva para o quarto em seu colo, exatamente do mesmo jeito protetor que vinha fazendo durante todo o tempo em que estávamos naquela casa. Eu me sentia cuidada. Amada. E agora, os olhos presos nos dele, envolvida pelo calor do seu corpo, desejada.

Ele aproxima seu rosto do meu, seu toque muito suave me fazendo sentir borboletas no estômago, até que o leve roçar dos lábios vira um beijo arrebatador. Nada me prepara para a descarga elétrica que sinto quando Rafe me beija. Aquele beijo, profundo e sensual, não é apenas fruto da atração entre duas pessoas. É o beijo de dois amantes, no mais puro sentido da palavra. É a união entre duas pessoas que, mais do que desejo, sentem a necessidade um do outro, e nada, nada mesmo além desse toque precioso é capaz de suprir essa necessidade crua.

Ele envolve seus braços fortes ao redor do meu corpo pequeno. Eu era baixa e magra, e sua altura imponente e seu corpo escultural, grande, definido, me faziam sentir ainda menor.

Suas mãos me seguram num aperto firme, mas sem machucar, até que sua língua toca a minha. Mais do que um beijo, aquela é uma reinvindicação. Rafe toma posse do meu corpo, das minhas emoções e dos meus pensamentos. Enquanto estamos juntos, nada mais tem espaço em minha mente que não seja ele e seu toque incrível.

Passo a mão por seu peito duro e nu, sentindo cada ondulação de seus músculos firmes. Ele me puxa para ainda mais perto, sem desgrudar os lábios dos meus, como se não quisesse permitir qualquer distância, ainda que mínima, entre nós.

Suas mãos fazem o caminho até o nó da faixa do robe, desfazendo-o. Lentamente, ele tira a seda suave de cima do meu corpo e se aproxima ainda mais, se é que é possível, me permitindo sentir sua grossa ereção coberta pelo moletom que está usando.

Eu solto um gemido baixo, ansiando seu toque mais íntimo, desejando não haver nada entre nós, apenas o contato entre nossas peles. Como se estivesse lendo meus pensamentos, Rafe corre as mãos pelo meu corpo, puxando a camisola fina, descobrindo lentamente minhas pernas, expondo minha calcinha rendada, levantando a camisola até a altura dos seios.

Eu ergo um pouco o corpo, para que ele tire minha camisola e, quando consegue, deito novamente, quase nua e exposta para ele.

Ele me empurra devagar, me posicionando com as costas contra o colchão e deita por cima de mim. Seu sexo contra o meu me faz antecipar o momento em que estaremos unidos de forma irremediável, nos tornando um só.

Minhas mãos exploram suas costas e o arranho de leve com as unhas, fazendo-o arquear o corpo e gemer baixinho em meu ouvido. Isso me basta para perder o último resquício de constrangimento que eu podia sentir. Saber que eu tinha o poder de fazê-lo perder o controle me deixa ousada e ansiosa para agradá-lo e tornar aquela noite inesquecível.

Beijo seu pescoço, alternando com mordidinhas, fazendo-o se arrepiar e gemer um pouco mais. Eu era dele, e ele também era meu. Para meu prazer e satisfação. Aproveito que sua guarda está baixa, distraído pelas sensações que eu provoco enquanto atinjo o seu ponto fraco ao me demorar nas carícias em seu pescoço, dou impulso e consigo inverter nossa posição. Agora ele está embaixo de mim, me olhando um pouco desconfiado, tentando descobrir como eu consegui distraí-lo a esse ponto. Abro um sorriso, que espero que pareça sedutor, jogo o edredom que nos envolvia para o outro lado da cama e, sem tirar os olhos dos seus, corro minhas mãos por seu peito definido, até chegar no cós da calça.

Ele prende a respiração, parecendo surpreso com a minha súbita iniciativa. Eu nunca, nunca mesmo, achei que um dia conseguiria ter esse tipo de atitude com um homem. Mas esse não era qualquer homem. Ele era quem eu amava e quem me amava verdadeiramente.

– Tudo bem? – pergunto com um sorriso charmoso, achando graça da sua surpresa.

– Ah... Jenny... – ele solta, em tom de ameaça, enquanto eu puxo sua calça devagar e ele eleva o quadril para me ajudar em minha tarefa.

Lentamente, vou baixando sua calça e liberando a sua ereção. Continuo puxando sua calça até que ele esteja completamente nu e jogo-a no chão. A respiração de Rafe está entrecortada e, sem desviar o olhar, subo nele lentamente, traçando os músculos das suas pernas com a minha boca e minha língua, até chegar em seu pau duro. Eu o seguro com as minhas duas mãos e, ainda olhando em seus olhos, lambo a cabeça, provocando um olhar surpreso dele em minha direção.

– Porra, Jenny – ele xinga baixinho, me fazendo sorrir ao lembrar da nossa noite no After Dark, quando ele perdeu completamente o controle e me mostrou que, por baixo do homem extremamente educado que eu conhecia, existia um furacão desbocado que me seduzia e me enlouquecia. Ele segura meus cabelos em suas mãos e é o incentivo para que eu o tome completamente em minha boca. Eu me sinto poderosa por ter aquele homem maravilhoso em minhas mãos, arqueando contra a minha boca, permitindo que o seu prazer seja o meu prazer.

Começo chupando-o devagar, primeiro tomando tudo, até que seu pau esteja quase em minha garganta e, então, tirando devagar. Juro que quase posso sentir um mini orgasmo se formando, só por me sentir detentora do poder de lhe proporcionar prazer. Repito os movimentos, acelerando pouco a pouco, ao mesmo tempo em que minha mão esquerda segura a base do seu pau e a outra acaricia seus testículos. Gradativamente, vou aumentando a pressão das mãos e o movimento de vai e vem da minha boca, enquanto Rafe fala o quanto eu o deixo louco e as coisas que ele vai fazer comigo mais tarde. Rafe está mais desbocado do que nunca e sinto que nosso sexo nunca foi tão primitivo, tão cheio de desejo, tão cru.

– Baby, se você não parar, eu vou gozar.

Passo a língua por toda sua extensão, levantando os olhos para ele, que está completamente vidrado nos meus movimentos. Vê-lo tão enlouquecido de prazer me deixa ainda mais excitada e sinto que posso atingir o clímax só de olhá-lo.

Volto a tomá-lo completamente, meus movimentos ainda mais rápidos, até que o sinto estremecer embaixo de mim. Antes que eu consiga fazer qualquer coisa, ele me afasta de seu pau, puxando-me para cima. Rafe cola sua boca na minha, me beijando intensamente.

– Você me deixa louco. Essa mistura de doçura e ousadia que você tem me faz perder o rumo. Mas eu quero gozar dentro de você – ele fala e, então, me vira na cama, assumindo o controle ao ficar por cima de mim, tira minha calcinha e sinto seu pau na minha abertura. – Eu nunca mais vou deixar você fugir de mim, meu anjo – ele fala com a voz rouca, penetrando meu corpo lentamente, permitindo que eu me acostume com sua extensão. – Sabe por que, baby? – ele pergunta, começando os movimentos de vai e vem e deixando-me fora de mim. Eu balanço a cabeça em negativo, nossos olhos presos uns nos outros, nossos movimentos cada vez mais rápidos, levando-nos ao auge do prazer. O clímax se aproxima cada vez mais e eu mal consigo lembrar meu nome.

Ele segura minhas duas mãos na altura da minha cabeça, proporcionando um impulso ainda maior. Ele mordisca meu seio e é o que faltava para que eu caísse com o orgasmo mais arrebatador que já tive em toda minha vida. Enquanto meu corpo estremece, Rafe repete o entra e sai por algumas vezes, até que seu clímax o alcança. Ele geme em meu ouvido, despejando seu sêmen dentro de mim.

Estamos suados, arfando, completamente exaustos da noite mais intensa que já tivemos juntos. Nem o fato de não termos usado preservativo me abala. Rafe, então, deita o corpo em cima do meu e, ainda unidos de forma tão íntima, ele fala baixinho em meu ouvido, com a voz rouca:

– Porque eu te amo, enlouquecidamente.

Capítulo trinta

Rafe

Se até algum tempo atrás alguém me dissesse que, algum dia, eu viveria um momento como esse, eu com certeza iria rir e achar que a pessoa estava brincando comigo.

Nunca, mas nunca mesmo, eu imaginei que pudesse viver um momento tão... completo. Isso mesmo, completo. Foi excitante, enlouquecedor, mas tão repleto de sentimento, de desejo, de paixão. Estar com Jennifer parecia... certo. Eu poderia passar o resto dos meus dias assim, deitado na cama, abraçado com ela, em silêncio, sentindo o calor do seu corpo junto ao meu.

– Você vai me contar, Rafe? – Jenny pergunta baixo, interrompendo meus pensamentos distraídos.

– Contar? O que, baby? – pergunto confuso.

– Eu não sei... só sei que você está me escondendo algo... e que piorou depois que você teve aquele sonho ruim – droga, achei que eu teria mais tempo. – Eu disse a mim mesma que deveria ser paciente e esperar você se sentir à vontade para falar, mas a verdade é que... – ela respira fundo e fala sem olhar para mim – ... eu me sinto magoada por você não confiar em mim o suficiente depois de... tudo.

– Não, meu anjo, não é isso... Eu confio em você. É claro que confio. – Sinto meu estômago se torcer com a possibilidade de magoá-la, ainda que não intencionalmente. – É só que...

– Que... – ela me estimula a continuar, levantando aqueles olhos tão expressivos para mim. Eu abro um sorriso leve e a puxo para um beijo suave, pedindo a Deus que ela não fuja de mim depois que souber de tudo.

– Eu não queria jogar mais problemas em cima de você. Eu quero te proteger, Jenny, não trazer mais tristezas. Porque eu conheço bem a dor que você sente... que você sentiu. Eu sei exatamente o sentimento que você tem dentro de si. E não sentia que era o momento oportuno, com tanta coisa acontecendo, de ainda despejar meus próprios fantasmas em cima de você.

– Rafe – ela senta na cama, de frente para mim, e toca meu queixo com sua mão delicada. Eu fecho os olhos ao sentir seu toque suave e respiro fundo, enquanto ela continua –, eu não sou uma boneca de porcelana, que vai quebrar a qualquer momento se você deixar cair no chão. Eu amo o seu jeito protetor, mas eu sei que sou forte o suficiente para passar pelas coisas difíceis. Eu quero estar com você – ela se aproxima e beija meus lábios de leve – o tempo todo – e então morde meu lábio inferior, me arrancando um gemido –, mas você precisa aprender a compartilhar as coisas comigo – ela completa e eu aprofundo o beijo, perdido em seu cheiro e seu gosto. Até que busco forças dentro de mim para me afastar e coragem para compartilhar a minha história.

– Ainda bem que você não é uma boneca de porcelana – eu falo e ela me olha, intrigada. – Eu tenho pavor delas – eu conto e ela ri, arrancando um sorriso meu, ao vê-la me olhar incrédula. – Chega pra cá. – Puxo ela de volta para os meus braços, acomodando-a entre as minhas pernas, e puxo o edredom para nos cobrir. Ficamos abraçados, ela de costas para mim, apoiada contra meu peito, enquanto meu queixo está encostado no alto da sua cabeça. Eu respiro fundo, fecho os olhos, vendo um filme passar na minha frente, então começo a contar a minha história para ela.

– Quando eu nasci, era como um sonho se tornando realidade para a minha mãe, assim ela sempre me dizia. Ela era casada com meu pai há alguns anos e nunca tinha conseguido engravidar. Ela era uma mulher bonita, na casa dos trinta anos. Tinha os cabelos claros, os olhos exatamente iguais aos meus. Eu sou muito parecido com ela, pelo pouco que me lembro e pelo que meu pai dizia. Quando fiz quatro anos, minha mãe ficou muito doente. Câncer. Eu não entendia o que estava acontecendo, apenas via minha mãe mais fraca a cada dia. Eu tinha pouco mais de cinco anos quando ela morreu. Lembro que meu pai me levou ao velório e eu só sentia que algo muito, muito ruim estava para acontecer. Algo ainda pior do que a morte da minha mãe. Menos de um mês depois, meu pai já era outra pessoa. Bebia muito todos os dias. Chegava em casa tarde. Eu passava os dias sozinho em casa, muitas vezes com fome, sem ter o que comer, porque ele não se preocupava com isso. Parecia que tinha morrido junto com ela, naquela tarde de verão.

Jenny estremece em meus braços e eu a aperto mais e dou um beijo em seus cabelos antes de prosseguir.

– Pouco a pouco, as coisas foram piorando. Ele levava mulheres aleatórias para casa. Bebia cada vez mais e, obviamente, era mais e mais violento. Tudo era motivo para um tapa ou até uma surra. Eu quase não falava, com medo de incomodá-lo e apanhar. Mudamos para uma casa velha, seis meses depois, na periferia de Denver, já que ele perdeu o emprego por estar sempre bêbado. As mulheres das casas vizinhas, quando ele saía, me davam banho e comida, mas, quando ele estava em casa, eu mal podia sair do meu quarto, já que cruzar seu caminho era garantia de violência – ela aperta meu braço e eu continuo contando, como se fosse uma história qualquer, que eu tivesse visto na TV, em vez de ter se passado comigo. – Lembro muito pouco da minha última noite naquela casa. Ele estava muito bêbado e chegou em casa quebrando louças. No caminho para o banheiro, tropeçou num brinquedo que eu havia esquecido do lado de fora quando corri para o quarto para sair de suas vistas. Ele veio até mim e me deu uma surra. De cinto. E então, voltou para a sala e apagou no sofá. Lembro de chorar e chorar a noite toda, sentindo muita falta da minha mãe. Então, foi tudo muito rápido. Quando eu me dei conta, o fogo já estava alto, lambendo o apartamento, e eu em pânico, sem saber o que fazer, até que uma vizinha gritou meu nome e eu consegui ser retirado pela varanda, antes que viesse tudo abaixo.

– Oh, Deus – Jenny murmura, mas eu apenas continuo.

– Ele morreu na hora e eu fui mandado para um abrigo. Eu não tinha família e, quando fui para aquela casa cheia de meninos, achei que, finalmente, teria amigos e pessoas que fossem cuidar de mim. – Sinto sua mão acariciar meu braço, dando forças para que eu continuasse. – Mas não foi isso que aconteceu. Eu passei por quatro abrigos, dos cinco anos e meio até os treze. Era um pior que o outro. Os adultos nos tratavam como lixo. Como se não fôssemos merecedores de atenção, cuidado ou carinho. Às vezes, recebíamos a visita de casais que queriam adotar, mas eles queriam crianças bonitas, com boa aparência.

– Mas você é tão lindo... – ela fala baixinho e eu não posso deixar de sorrir pela delicadeza em sua voz.

– Eu era uma criança muito, muito magra. Muito franzino, subnutrido. E já era mais velho do que normalmente as pessoas gostavam de adotar. Quando essas visitas apareciam, era como se fizéssemos parte da família von Trapp, todos com suas melhores roupas, guardadas exatamente para essas ocasiões.

Não podíamos deixar nada fora do lugar. Tudo tinha que ser perfeito. Ou nós éramos castigados.

– Deus! Eles batiam em vocês?

– Surras, tapas, banhos gelados, semanas sem almoço. Eu era muito sozinho. Até que conheci Cynthia. Ela era uma menina mais nova do que eu e tinha perdido os pais num acidente de carro. Ao contrário do tratamento que meu pai me dava, Cyn era muito amada e, quando foi para o abrigo, era como se um raio de sol tivesse entrado em minha vida. Ela devia ter a idade da Maggie e eu tinha três anos a mais que ela. Ela dizia que queria ser minha amiga e que nossa amizade nos daria a esperança de uma vida melhor. E ela foi a melhor coisa que me aconteceu durante aquela época. Talvez eu só tenha me mantido são por ela – enquanto eu falo, Jenny faz carinho em meu braço, como se estivesse me estimulando a falar.

– Você chegou a ser levado por alguém? – ela pergunta baixinho.

– Não, anjo, como eu falei antes, eu já não tinha mais idade. Uma vez tentaram levar a Cyn. Mas ela chorou tanto porque iriam nos separar que o casal desistiu e levou outra menina. O último abrigo que moramos foi o mais difícil. Eu estava com quase catorze anos e Cyn, com doze. O nosso tutor era um homem mais velho, casado, mas era só de aparências, como a maioria dos tutores que a gente conheceu. Cyn era bastante alta para a idade e sempre foi muito bonita. Cabelos loiros compridos, olhos azuis. Aos doze, seu corpo já estava em formação...

– Oh não... – Jenny estremece e eu a aperto ainda mais.

– Eu já notava o olhar dele quando Cyn passava. Mas ele nunca havia tentado nada. Eu quase não dormia, atento à movimentação da casa, preocupado com ela. Apesar de ter só quinze anos, eu vivia num dos piores ambientes, minha escola tinha muitos garotos que desafiavam a lei. Até que, uma noite, quando estavam todos dormindo, ouvi passos pelo corredor. Não me lembro direito dos fatos, só uma sucessão de flashes. Cyn gritando, sangue, muito sangue, e eu gritando para ela correr.

– Por isso que no pesadelo...

– Sim, no pesadelo eu sempre grito "Corre, Cyn". Eu sonho ou sonhava com mais frequência com essa noite. Ele tentou violentá-la enquanto estavam todos dormindo. E eu tentei matá-lo com uma faca da cozinha que eu escondia dentro de um buraco que fiz no meu colchão.

– Oh, querido...

– Eu o atingi enquanto ele tentava agarrá-la, mas não sei direito onde o golpeei. Eu simplesmente enfiei a faca e o empurrei, puxando-a da cama e correndo com ela pela casa para fugir dele.

– E você procurou a polícia? Ele foi preso? – a voz dela está entrecortada, demonstrando toda sua angústia.

– Não, baby. Eu era um menino, fugindo com uma menina que nem era da minha família. Tinha tentado matar o meu tutor. Eu só conseguia pensar que seria preso e que ela voltaria para aquele inferno. Nós morávamos no subúrbio de Denver, um bairro muito pobre chamado Montbello. Lembro que pensei que deveria sair dali, apesar de nunca ter ido a qualquer outro bairro. Atravessamos a cidade durante uma caminhada de quase duas horas até um bairro boêmio chamado Capitol Hill. Lá era muito diferente da nossa vizinhança e eu achei que ninguém iria nos procurar num lugar como aquele.

Sinto o corpo de Jenny estremecer e não deixo afrouxar o meu aperto ao seu redor. Me sinto anestesiado e simplesmente vou falando as coisas que ocorreram, como se tivesse contando uma história qualquer. Eu nunca havia contado isso para ninguém. Nem mesmo durante as sessões de terapia que Max me obrigou a fazer durante anos, tive coragem de contar todo aquele pesadelo. Mas eu sentia como se, pouco a pouco, todo aquele peso que eu carregava dentro de mim estivesse se esvaindo. Conto sobre os dias que passamos na rua, vagando pelo bairro, sendo ajudados por donos de bares e cafés locais e dormindo na rua. Até encontrarmos Max.

– Ele, na época, ainda era ativo nos fuzileiros, mas estava de férias, em casa. Nós dois estávamos tão cansados, com tanta fome e tão perdidos, que simplesmente sentamos na calçada de uma casa, dispostos a desistir da nossa fuga, desde que pudéssemos tomar um banho e comer alguma coisa mais consistente que pão. Levamos um susto de morte quando Max nos pegou pela gola das nossas camisas, achando que éramos dois invasores. – Solto uma risada com a lembrança e sinto Jenny relaxar. – Nós gritamos e tentamos correr, mas já não somos páreos para Max hoje, imagina naquela época. – Eu rio mais uma vez ao pensar em Max.

– E o que ele fez?

– Ele nos levou para dentro da casa. Nos mandou tomar banho, arrumou roupa para nós e nos deu comida. Após o jantar, caímos no sono, exaustos. Lembro que acordei de madrugada e Max estava na sala, sentado numa cadeira confortável, olhando para fora, pensativo, sentei ao lado dele e ficamos um bom tempo ali em silêncio. Sem que ele falasse uma palavra, eu contei a ele, por alto, os acontecimentos do abrigo. O que mais me marcou foi a sua expressão muito séria. Depois ele passou o braço ao redor dos meus ombros e me mandou ficar tranquilo que tudo seria resolvido. – Fico em silêncio, envolvido pelas lembranças.

– E então...?

– Então nós simplesmente ficamos. Não sei o que Max fez, mas, pouco tempo depois, tínhamos um documento em que ele constava como nosso pai.

– Uma certidão de nascimento?

– Sim. E é assim que o consideramos. Max nos colocou numa boa escola. Fez com que estudássemos, praticássemos esportes. Ele queria que eu seguisse sua carreira e por um bom tempo eu tentei. Max me fazia treinar como um soldado.

– Por isso que seu corpo é assim? – ela pergunta, passando as mãos pelos meus braços e eu não consigo segurar o sorriso.

– Assim como?

– Assim... muito forte – ela fala e eu a aperto novamente em meu abraço.

– Sim. Eu achava que quanto mais forte eu fosse, menor a possibilidade de alguém me bater novamente. Ou fazer mal a Cyn. – Ela balança a cabeça em concordância e eu continuo.

– Mas, então, eu fiz uma viagem a Los Angeles com um grupo de amigos e me apaixonei pela cidade. Conheci Danny e Zach e pouco tempo depois nos organizamos para abrir o After Dark.

– E Max não se aborreceu?

– Não, baby. Tudo o que ele queria é que eu fosse feliz – eu falo, soltando um suspiro. – É por tudo isso que eu te contei, Jen, que se você não quiser ficar comigo, eu vou entender. Eu matei, ou quase, um homem. Tenho um passado horrível e me sinto culpado por despejar tudo isso em você – eu falo de uma vez, antes que eu perca a coragem de fazer a coisa certa. – Então, se você não quiser ficar comigo, eu vou respeitar, baby – digo num sussurro. Jenny se remexe em meus braços, procurando espaço e eu afrouxo o meu aperto. Ela se vira de frente para mim, ajoelhada em cima da cama, e olha dentro dos meus olhos.

Seus dedos correm pelo meu rosto de forma muito suave. E eu vejo lágrimas em seus olhos. Quando nossos olhares se prendem, as lágrimas que ela estava segurando caem, silenciosas, e ela se aproxima mais e mais, até que seus lábios encostam os meus no beijo mais amoroso que já recebi na vida. Ela aprofunda o beijo, me deixando sem ar. Então, ela se afasta devagar ainda me olhando.

– Rafe, eu já te admirava antes e me orgulhava de você. Mesmo sem conhecer sua história. Agora eu entendo como você pode me entender tão bem e não fugir, mesmo que eu esteja sendo perseguida por um lunático. Eu jamais te deixaria pelo seu passado, querido. Ele fez de você o homem que você é: bom, forte, decidido, protetor. Nada, nada mesmo, me fará mais feliz do que estar com você. – Ela passa os dedos pelo meu rosto, enxugando lágrimas que eu nem tinha me dado conta de que havia derrubado. – Eu sou sua, amor. Se você me quiser – ela fala com um sorriso tímido e eu a puxo para mim, num abraço apertado, quase roubando todo seu ar.

– Você é minha de verdade? – eu pergunto baixinho em seu ouvido.

– Sim – ela responde num sussurro ao meu ouvido. – Eu sou sua.

– E eu sou seu – eu respondo, colando meus lábios nos dela, como uma promessa silenciosa.

Durante muitos anos, achei que jamais encontraria a felicidade. Depois que Max me adotou, senti como se a vida tivesse me dado uma trégua. Mas agora, com Jenny em meus braços, eu sentia que a minha felicidade estava ali. Com ela e Maggie. E então, com ela nos meus braços, reafirmei a minha promessa de protegê-la de todo o mal e cuidar dela e de Maggie. Para sempre.

Capítulo trinta e um

Jenny

Eu estava numa praia. O sol aquecia meu corpo e a areia em contato com meus pés descalços trazia um conforto que só a nossa casa pode nos proporcionar. Los Angeles era meu verdadeiro lar e eu estava feliz por estar ali. Deito ao lado de Rafe numa espreguiçadeira. Ele olha para mim, abre aquele sorriso sexy e, antes que eu consiga falar alguma coisa, levanta e vem na minha direção. Ele deita por cima de mim e me beija. Aquele beijo que arrepia da ponta do dedo do pé ao último fio de cabelo. Oh, Deus... esse homem é a minha perdição!

De repente, ouço uma risada. Não posso acreditar que Rafe está se divertindo logo agora. O som da risada vai aumentando aos poucos e eu o empurro, aborrecida com o fato de ele ter me provocado e agora ficar rindo de mim.

As risadas aumentam e resolvo empurrar Rafe de cima de mim, mas quando seguro seus braços, eles estão estranhamente finos. *O que está acontecendo?*, me pergunto, achando tudo muito estranho. De repente, uma sensação estranha me tira daquele momento e, quando abro os olhos, me deparo com uma garotinha com a mão suja, segurando meus ombros e rindo descontroladamente em cima de mim.

– Mamãezinha, acorda! – ela fala, assim que abro os olhos e a puxo num abraço. – O papai fez café. – Eu a puxo para um abraço apertado, sentindo seu cheiro de mel.

– Bom dia, boneca. Você já comeu?

– Já. Jude e eu comemos panquecas que o papai fez – ela fala, tão orgulhosa de estar sob os cuidados dos seus dois garotos favoritos. É incrível a naturalidade com que ela chama Rafe de "papai". Eu a entendo. Ele era tão importante em nossas vidas que, mesmo eu tendo passado muito tempo brigando com ela para não falar assim, Rafe já havia conquistado o seu coração.

– Essa princesinha veio te acordar, é? – Rafe entra no quarto, com um sorriso no rosto. Ele está vestindo uma camiseta branca e uma calça de moletom baixa que o deixam ainda mais delicioso. Se Maggie não estivesse aqui com Jude, que estava entrando no quarto atrás de Rafe, eu o jogaria na cama e o faria meu. Ele se aproxima e o cheiro de café fresco me atinge. Só então me dou conta de que ele está trazendo uma bandeja com o que parece ser o meu café da manhã.

Meu coração se aquece com a visão à minha frente: um homem maravilhoso, sentando ao meu lado na cama, depois de me trazer o café da manhã com um sorriso feliz no rosto, e acompanhado de uma garotinha saltitante e um adolescente parecendo envergonhado. Estendo meus braços para Jude e ele vem até mim e me abraça apertado. Eu desejo bom dia a ele, dou mais um beijo em Maggie e me volto, então, para Rafe, que continua com um sorriso brilhante no rosto.

– Eu também ganho um beijo de bom dia? – ele pergunta, um brilho malicioso passa por seu olhar.

– Depende. Eu ganho café? – eu brinco e ele ri, estendendo a caneca com café quente em minha direção. Quando vou pegá-la, ele a puxa de volta e estende o rosto, esperando um beijo. A cena tão familiar me envolve, e mesmo sabendo que as crianças nunca nos viram efetivamente agindo como um casal, eu me aproximo e dou um beijo leve em seus lábios. Quando o beijo acaba, nos afastamos devagar e ele me entrega a caneca. Jude senta na cama e eu o puxo para mais perto, e então, ficamos os quatro embolados na cama, aproveitando a manhã preguiçosa.

– Mamãe, tio George ligou. Disse que a tia Julie e o tio Danny estão chegando. Eles vão vir para cá? – Maggie pergunta e eu sorrio para ela.

– Não, querida, provavelmente eles estão chegando em casa – olho para Rafe, que balança a cabeça em concordância.

– Eles estão chegando de Paris. George disse que mais tarde eles vão nos ligar para saber de você – eu sorrio, pensando na minha amiga. Sinto tanta falta de estar perto dessas pessoas que adotaram a mim e a minha filha como família, pensando que já não consigo imaginar minha vida sem eles. Julie, em especial, foi quem me trouxe para esse grupo, me recebendo como uma irmã. Eu nunca tive amigas, e agora tinha não só uma, mas três melhores amigas, além de George, que cuidava de todas nós.

Após tomar o café conosco, Rafe recolheu a louça, enquanto fui tomar um banho. Quando desço novamente, os três estão sentados no tapete da sala, Jude está desenhando no seu bloco e Maggie está sentada no colo de Rafe, ouvindo a história que ele está lendo para ela. Ao me ver, ele abre um sorriso, sem parar de falar, estende o braço e eu me encaixo sob sua proteção, me sentindo completa, pela primeira vez em muito tempo. Seria um momento perfeito, se não estivéssemos ali por algo tão sério. Fecho os olhos, encostando minha cabeça em seu ombro, pedindo a Deus que nos livre de todo aquele mal.

★

No final da tarde, as crianças estavam tirando um cochilo e eu estava sentada olhando a paisagem pela janela. Rafe fazia um suco de laranja para nós, quando ouço seu telefone tocar. Poucos minutos depois, ele entra na sala com os copos de suco nas mãos e um sorriso no rosto.

– Meu anjo, era Daniel. Vou pegar o iPad lá no quarto para conversarmos com ele e Julie pelo Skype, tudo bem?

– Claro! Eles já chegaram?

– Já sim. Volto já. – Ele me entrega o copo e me beija antes de sair da sala. Rapidamente ele volta com o aparelho e se acomoda no sofá ao meu lado, me puxando contra ele. Esses dias na casa de Colorado fizeram com que ficássemos cada vez mais unidos. Rafe me tocava, me abraçava e beijava o tempo todo. Eu sentia como se tivesse encontrado meu verdadeiro lar nesse homem incrível.

Ficamos assim, abraçados, em silêncio, aproveitando a companhia um do outro, até que o Skype toca e vemos a foto de Daniel e Julie surgir na tela do iPad. Rafe atende e, em poucos segundos, nossos amigos aparecem. Julie está com um sorriso no rosto que desaparece ao ver meu rosto abatido e ainda machucado.

– Oh, meu Deus! Jenny! – ela fala, com os olhos cheios de lágrimas, colocando a mão na tela como se pudesse me tocar.

– *Shh*... Estou bem, amiga. Não chore – eu abro um sorriso, tentando acalmá-la, mas sentindo um turbilhão dentro de mim. Eu quase não me olhava no espelho, então acabava esquecendo das marcas em meu rosto e corpo. Na verdade, acho que eu fazia de conta que aquilo não tinha acontecido, para não sofrer ainda mais.

– Desculpe... – ela fala, enxugando os olhos, e Daniel sorri para nós, enquanto acaricia os cabelos dela. Rafe me aperta um pouco mais em seus braços.

– Quero saber de vocês, como foi a viagem? – pergunto, ensaiando um sorriso, e os olhos da minha amiga brilham, deixando-me feliz. Ela lutou tanto por esse amor e merecia muito essa felicidade ao lado do marido.

– Foi maravilhosa! E tão romântica! – ela fala e nós duas ficamos com ar sonhador. Julie começa a contar sobre os lugares onde foram, sobre as meninas e a gravidez da Jo. – Estou tão feliz por eles! Tenho certeza de que serão excelentes pais.

– Quem diria que nós, um dia, estaríamos falando de filhos! – Danny fala sorrindo, mas seu olhar parece um pouco melancólico.

– Verdade – Rafe concorda. – Está tudo bem, cara? Estou achando vocês um pouco desanimados.

– Eu passei a viagem um pouco enjoada, e achamos que eu estava grávida – Julie explica suspirando. – Mas era alarme falso.

– Eu achei que dessa vez teria uma *Mini-Mim* – Danny fala, um pouco abatido.

– Ah, queridos, não fiquem tristes. Tenho certeza de que logo, logo vocês vão conseguir!

– A gente nem tinha planejado nada, Jen. As gêmeas já dão bastante trabalho! Mas Zach ficou implicando com Danny que teria um menino, três meninos, uma equipe inteira! – Danny bufa e faz um grande bico. – E ele inventou que não poderia ficar para trás – ela fala rindo, ele emburra um pouco mais e todos nós rimos.

– Seria muito legal ter um pequeno time – Danny resmunga e Julie sorri para ele, compreensiva.

– Não, querido. Passaríamos as noites acordados, tomando conta de muitos bebês. E não poderíamos... – Ela puxa ele pela camisa e fala algo em seu ouvido, fazendo com que ele arregale os olhos. Eu e Rafe rimos muito e Danny parece, finalmente, convencido.

–Você tem razão, baby. Acho melhor pararmos nas gêmeas!

Conversamos um pouco mais, rindo e brincando, até que um choro ao longe interrompe nossa conversa.

– Deve ser Charlie, baby. Vou lá buscá-la. Jenny, Rafe, se precisarem de algo, por favor, nos avisem, ok? E nos mantenham informados sobre o que está acontecendo – Danny se despede, sendo seguido por Julie.

– Eu preciso ir, queridos. Está na hora de amamentá-las. Chloé sempre chora um pouco depois de Charlie – ela sorri. – Amiga, estamos com você, viu? Você não está sozinha. Rafe, cuide bem dela.

– Pode deixar, Julie – nos despedimos e Rafe desliga a videoconferência.

– Eles são demais.

– Ela fez muito bem a ele – Rafe beija o alto da minha cabeça e me aperta em seus braços. – Mas seria bem legal ter um menino.

Viro para olhar seu rosto, assustada com o rumo dessa conversa. Nunca imaginei que Rafe pensasse em ter filhos comigo.

–Você está falando sério? – eu pergunto, chocada.

– Estou sim. Se bem que uma menininha poderia fazer companhia a Maggie – ele olha para mim e se espanta com meu ar chocado. – O que foi? Eu disse que te amo, Jen.

– Eu sei, mas...

– Meu anjo, não tem mas. Eu te amo. Você me ama. Assim que essa situação toda se resolver, vamos conversar sobre o futuro. Mas coloca na sua cabeça, eu não deixo mais você.

– Oh, Rafe...

– Sou apaixonado pelas minhas duas garotas: você e Maggie. Quero fazer vocês felizes. E, se um filho for resultado do nosso amor, eu o amarei igualmente – ele fala, sorrindo, e me beija. Tenho a sensação de que estou vivendo um sonho. E se for, não quero nunca mais acordar.

Capítulo trinta e dois

Rafe

Não eram nem seis e meia da manhã e eu já tinha acordado. Olho para Jenny ao meu lado na cama, que dorme como um anjo, e não posso evitar de me sentir preocupado com ela. Todas aquelas coisas pelas quais ela vinha passando, ano após ano, me deixavam com o coração na mão. Mas agora eu me sentia estranhamente inquieto. Uma sensação de angústia apertava meu peito e eu não conseguia imaginar o porquê. Levanto da cama devagar, para não acordá-la, e saio do quarto em silêncio. Passo no quarto das crianças, que estão dormindo, e abro um sorriso ao me lembrar da conversa que tivemos ontem, sobre filhos. Meu sorriso se amplia ao pensar que Jenny me daria aquilo que eu sempre quis: uma família. Mesmo que Maggie não fosse minha filha de sangue, eu a considerava minha de verdade, e ter mais uma criança correndo pela casa era como um sonho se tornando realidade.

Fecho a porta devagar e vou até a cozinha para preparar um café. Talvez a cafeína me trouxesse o conforto que eu estava precisando para espantar essa sensação ruim. Não via a hora desse marginal do ex-marido dela ser preso para que pudéssemos voltar para casa e recuperar nossa paz.

★

Nathan

Passei a noite em claro repassando meu plano. Eu estava há dois dias de tocaia esperando a oportunidade certa para entrar na casa e pegar a minha Lucky de volta. E quando eu conseguisse, eu a convenceria de uma vez por todas que ela me pertencia.

A casa estava cercada por quatro seguranças. Dois na frente e dois nos fundos. Lucky não saía de dentro de casa, o que me obrigaria a invadir aquele maldito cativeiro onde ela estava sendo mantida junto com o grandalhão imbecil e a idiotinha. Eu acabaria com os dois e então teria Lucky só para mim.

Encontrei uma casa vazia a uns quinhentos metros de onde Lucky estava. Não tinha alarme, então foi muito fácil entrar. A despensa estava cheia de enlatados, indicando que era uma casa de temporada, o que me deixava mais tranquilo de usá-la como base, mas eu me mantinha mais tempo olhando de longe, embrenhado na mata, prestando atenção à rotina da casa para ver o momento certo de entrar.

Eram quase oito horas da manhã e tudo estava calmo. Eu estava escondido no meio do mato, embrenhado na encosta da montanha daquele maldito lugar. Estou suando, apesar do frio da região. Minhas mãos estão trêmulas e eu sinto pela terceira, ou seria oitava vez, o volume em meu bolso, onde o pó estava guardado. Eu estava guardando a droga para um momento importante da minha tocaia, mas eu sentia que a qualquer momento eu conseguiria entrar. Vejo os dois seguranças andando pelos fundos e começo a suar ainda mais. A cada movimentação deles, eu ficava mais e mais nervoso.

De repente, um movimento diferente na casa chama a minha atenção. Um carro preto para nos fundos e um homem alto, loiro e de terno sai e se aproxima dos dois seguranças.

Eles conversam por alguns minutos e um dos guardas entra na casa novamente. Sei que algo vai acontecer. Enquanto os dois conversam próximos ao carro, eu puxo o papelote em meu bolso, me preparando para o momento que se aproxima. Sinto a euforia começar a tomar meu corpo e tiro a arma que está escondida em minha calça, me preparando para pegar minha Lucky de volta. O segurança volta de dentro da casa, acompanhado de outro que percebo ser um dos que fica na parte da frente. Eles conversam com os outros dois e eu me aproximo devagar, me arrastando pelo chão, por entre a mata, para não ser visto. Ouço um deles falando algo sobre suprimentos e imagino que eles estão a caminho da cidade para comprar comida ou algo assim. Um dos guardas entra no carro com o homem loiro, o segurança que fica na frente da casa assume a vigília da área de trás e o terceiro segue em direção à frente da casa, fazendo a ronda pelo terreno ao redor.

Eu sabia que o momento de pegar minha mulher de volta estava chegando. Lucky ia ser minha de novo. Minha mão estava coçando para segurá-la. Ela era frágil e me fazia sentir forte e poderoso quando se submetia a mim. Eu era o seu dono. Dono das suas vontades, do seu prazer e da sua dor. E não via a hora de tê-la só para mim novamente.

Enquanto espero alguns minutos para dar tempo do segurança chegar no outro extremo da casa, coloco a mão na cintura, para sentir minha arma. Não queria ter que matar ninguém, além do grandalhão e da garotinha idiota, mas tinha que me manter preparado.

Levanto devagar, apenas o suficiente para andar agachado, e esfrego minha mão em meu punho fechado, me preparando para golpear o segurança. Eu não queria usar a arma, mas sim minhas mãos. Eu me sentia forte, preparado, e sabia que tinha vantagem sobre o maldito homem. Aproximo-me pouco a pouco pelas suas costas e, quando ele sente a minha presença, golpeio de uma única vez com toda a minha força. Ele bambeia e eu aproveito esse momento para usar a vantagem a meu favor. Eu havia treinado muito durante o tempo que passei na cadeia. Era ainda mais forte do que quando entrei na prisão e, por estar enjaulado, concentrei toda a minha ira em treinar diariamente e me preparar para esse momento. Consigo derrubar o homem e subo nele, me sentindo um verdadeiro guerreiro que vai resgatar a sua mulher.

Desfiro meu último golpe com toda força, satisfeito por não ter lhe dado chance de defesa e ele, finalmente, cai desacordado. Minha primeira barreira tinha sido derrubada. Entro na casa pelos fundos, caminhando pelo jardim com cuidado para não ser visto, com a arma em punho. Agora eu resgataria minha Lucky de volta e nunca mais a deixaria fugir. Nunca mais.

★

Rafe

Enquanto Jenny está secando o cabelo após o banho, vou até o quarto das crianças ver se está tudo bem. Aquela sensação esquisita não me abandonou desde a hora em que levantei. Maggie está brincando com as bonecas, enquanto Jude está desenhando. Ela me vê, parado na porta, e corre até mim com os bracinhos abertos.

– Papai! Papai!

Eu a levanto no colo, abraçando-a, e sinto seu perfume infantil, que enche meu coração de amor.

– Oi, meu anjinho. – Beijo seus cabelos, faço cócegas em sua barriga e ela ri.

– Você vai ser meu papai de verdade? Eu ouvi você dizer que ama a mamãe.

– E amo mesmo. Amo você e a mamãe, muito!

– E a gente vai ser uma família? Tio George disse que a gente pode escolher a família do coração. Eu quero escolher você para ser meu papaizinho. – Ela me abraça e eu a aperto em meu colo. Nesse momento, Jenny aparece e sorri ao nos ver abraçados.

– Bom dia. Vamos tomar café? – ela pergunta, dando um beijo em Maggie e entrando no quarto para cumprimentar Jude com um beijo.

– Vamos! – os meninos respondem juntos e, assim que coloco Maggie no chão, eles saem correndo pela casa. Nós dois rimos e eu a puxo para um beijo, quando vejo seus pés descalços.

– Meu anjo, você está descalça! O piso da cozinha deve estar muito gelado. Onde está seu chinelo? – pergunto preocupado. O clima de Colorado Springs era muito frio e eu não queria que ela adoecesse.

– Esqueci. – Ela abre um sorriso tímido. – Está no quarto. Vou calçar e encontro vocês na cozinha. – Nos beijamos e saímos do quarto, cada um para um lado da casa.

Entro na cozinha, Maggie está sentada numa cadeira alta na bancada, cantando, e Jude está pegando leite na geladeira. Sinto um estranho arrepio na nuca e resolvo ligar para Max para saber se está tudo bem. Aperto o botão de ligar o celular e sinto meu coração disparar. O aplicativo que Max instalou no meu celular indica a presença de uma quinta pessoa na casa. Tiro Maggie da cadeirinha e, antes que ela tenha chance de perguntar algo, falo olhando seriamente para Jude, fazendo uma prece silenciosa para que ele entenda a gravidade da situação:

– Vamos brincar de pique – Maggie dá uma risada e Jude continua sério, parecendo compreender que eu não quero assustá-la. – Vocês devem correr o mais rápido que conseguirem até o subsolo da casa. Tem um grande quarto. Entrem lá que já vou encontrá-los. Agora! – eu grito e, enquanto aperto o botão de alarme no interruptor perto da porta, Jude puxa Maggie pela mão e corre com ela. Corro pela casa atrás de Jenny, ouvindo as crianças descerem as escadas. Tento me manter silencioso, para não chamar a atenção de quem quer que esteja entrando na casa, acompanhando os passos do invasor no andar de cima.

Quando vou entrar no quarto, Jenny sai e quase trombamos um com o outro. Ela abre um sorriso e, ao levantar o olhar para mim, coloco o dedo na boca, fazendo sinal de silêncio. Ela estremece e balança a cabeça e eu a puxo pela mão, os dois correndo pela casa em direção ao porão, onde Maggie e Jude já estão. No meio do caminho, ouvimos gritos enfurecidos no andar de cima.

– Lucky, sua vadia, onde você está? – Objetos são derrubados, vidros quebrados e os gritos só aumentam. – Você não vai me escapar, você é minha, está me ouvindo? Minha!

– Não pare, Jen, corre! – eu falo baixinho, incentivando Jenny a não parar até estar segura.

– Oh, Deus... – As lágrimas estão caindo em seu rosto e sinto sua mão trêmula apertando a minha. O celular vibra em minha mão. Mal tenho tempo de falar alô e Max começa a falar.

– Raphael, ele está na casa, entre com Jenny e as crianças no porão. Nós vamos pegá-lo. – Descemos as escadas correndo, ouvindo os passos pesados do bastardo chegando ao andar acima do nosso.

–Vou deixá-la no porão e volto. Eu posso imobilizar ele e...

– Não! – Jenny grita ao mesmo tempo que Max. – Entre no porão e não saia. Estamos entrando! – Ele desliga e estamos quase na entrada do porão, quando ouço passos atrás de nós.

– Lucky, volta aqui, sua vadia. Eu vou te pegar. E vou matar esse idiota que roubou você de mim. – Ele está descendo as escadas e eu digito rapidamente a senha para abrir a porta. Erro na primeira tentativa e tenho que digitar a senha novamente, o mais rápido possível, para colocar Jenny em segurança. A porta finalmente abre e eu a empurro para dentro. Olho para trás e vejo o homem alto e muito forte, com uma tatuagem tribal escura no braço esquerdo aparecendo sob a camiseta de manga curta que ele usa, apesar do clima muito frio.

Ele me vê e seu olhar fica ainda mais selvagem. Ouço um tiro e pulo para dentro do porão, conseguindo fechar a porta atrás de mim. A última coisa que eu penso é que, felizmente, Jenny e as crianças estão em segurança, antes de apagar.

★

Pisco algumas vezes até meus olhos se acostumarem com a claridade. Tento sentar, mas a tontura não me permite. Então, sinto mãos macias passarem pelo meu cabelo.

– *Shh*... está tudo bem, querido. Estamos com você – Jenny fala baixinho, sua voz suave e carinhosa inunda meu coração de alívio por saber que ela e as crianças estão em segurança.

– Papai, você acordou? Não está na hora de dormir – Maggie fala, chegando perto de mim e me olhando com curiosidade. Vejo Jude um pouco afastado, o rosto assustado, mas ao mesmo tempo tão sério e tão responsável. Abro os braços para os dois, apesar da dor que sinto no ombro esquerdo. Eles se encaixam no meu abraço e, apesar de me sentir aliviado por estarmos ali tão juntos e em segurança, não consigo segurar o gemido de dor.

– Eu... machuquei sério, Jen? – pergunto da forma mais contida possível, para não assustar as crianças. Jenny está pressionando seu casaco de malha contra meu ombro.

– Não muito. Foi de raspão. Mas vamos precisar ir ao hospital para ver isso com calma depois.

– Machucou, papai?

– Só um pouquinho, meu anjo. Mas vou ficar bem. – Maggie balança os cachos escuros em silêncio. Poucos segundos depois, ela se volta para a mãe.

– Mamãe, dessa vez você pode dar um beijinho no papai para passar? – Apesar da dor que sinto no ombro, sorrio ao lembrar que já passamos por essa cena, e não consigo nem mesmo largar as crianças do meu abraço.

– Posso sim, Maggs. Vou dar muitos beijos no seu papai para ele sarar – Jenny fala rindo e beija o alto da minha cabeça, me mantendo em seu colo macio.

Pouco tempo depois, ouvimos o barulho da porta se abrir e Max, seguido de outros homens, entram no porão para, finalmente, nos resgatar.

– Acabou, meus filhos. Acabou – Max fala e eu sinto um alívio ainda maior. Jenny não consegue segurar as lágrimas de emoção.

– Mamãe, por que você está chorando? – Maggie pergunta desconfiada. Seus olhos também se enchem de lágrimas ao ver o sofrimento da mãe.

– É de saudades do vovô, minha filha. E de felicidade. Ele vai nos guiar para casa. – Ela beija a menina no rosto e a pega no colo, abraçando Jude com o outro braço, enquanto os homens de Max nos tiram dali. Finalmente, estamos livres.

Capítulo trinta e três

Jenny

Eu estava sentada numa cadeira ao lado daquela cama de hospital há horas. As enfermeiras já tinham me mandado ir descansar no hotel onde Max nos colocou, mas, mesmo sabendo que ele não corria risco de morte, eu não sairia. Rafe levou um tiro de raspão ao me salvar do meu maior pesadelo. Ele tinha que ficar em observação para descartar a hipótese de infecção, já que teve um pouco de febre. E eu continuaria ao lado dele até irmos para casa.

Minha mente ficou repassando aquela cena inúmeras vezes. Ele me empurrando para dentro do porão, Maggie olhando surpresa, Jude muito sério e preocupado. Então, o barulho do tiro, Rafe caindo para dentro do cômodo, seu ombro sangrando, a porta batendo atrás dele. Precisei ser forte. Por ele, por Maggie, por Jude, mas principalmente por mim. Eu não podia deixar as crianças em pânico achando que Rafe, o ídolo delas, poderia ter sido ferido gravemente. Mantive a conversa leve com elas, explicando que Rafe se machucou quando entrou no porão, mas que eu, uma médica, cuidaria dele, desviando sua atenção do ferimento. Por dentro, eu tremia igual a gelatina. Mas, por fora, eu era o reflexo da mãe segura e calma.

Quando Rafe finalmente abriu os olhos, foi como se uma descarga elétrica tivesse atingido meu corpo. Por toda minha vida eu cuidei de mim e da minha filha, mas agora eu tinha um homem. Um homem bom, carinhoso, para cuidar de nós. E nós dele. Ali, enquanto nós quatro estávamos abraçados, fiz uma prece silenciosa, pedindo a Deus que me perdoasse, mas que fizesse o necessário para tirar Nate da minha vida, mesmo que, para isso, ele precisasse morrer. Desejar a morte desse alguém me tornava uma pessoa má? Será que eu merecia ser castigada por esses pensamentos maldosos? Eu esperava que não. Eu só queria poder, depois de anos de terror, respirar aliviada. Ter o meu final feliz e ver minha filha crescer, alegre e saudável, sem que um maluco estivesse à espreita.

Então, Max nos resgatou. Ele entrou em nosso refúgio, acompanhado por seus homens e me garantiu que tudo tinha acabado. Ainda assim, tive que me manter forte. Não podia me deixar abater na frente das crianças. Fomos levados para um hotel, no centro de Colorado Springs, enquanto Rafe foi transferido para o Hospital Penrose-St. Francis. Aproveitei aqueles momentos com as crianças, enquanto esperávamos a chegada de George, que vinha de helicóptero de Los Angeles para cá, para conversar com eles sobre os acontecimentos. Enquanto Jude tomava banho, expliquei a Maggie que Rafe estava no hospital, porque tinha machucado o braço, mas que ele estava bem e que logo ficaria conosco novamente. Eu queria garantir que minha filha não ficaria com nenhum tipo de trauma dessa tarde horrível e, graças a Deus, ela estava bem. Ela entendeu a situação, perguntou se eu também ficaria boa dos hematomas e pareceu satisfeita quando eu disse que sim, que logo, logo as manchas roxas sumiriam e eu estaria cem por cento novamente.

Então, foi a vez de conversar com Jude. Ele era a minha maior preocupação, já que entendia bem o que estava acontecendo, mas Alan fazia um trabalho incrível com esse menino e eu não tinha dúvidas de que, quando crescesse, seria um homem muito bom. Ele disse que havia percebido que tinha alguém atrás de mim, alguém que havia me machucado e, agora, machucado Rafe. Eu expliquei, da melhor forma que pude, que estávamos a salvo e que ninguém mais iria nos machucar. Jude me surpreendeu com sua maturidade ao me abraçar e dizer que eu merecia ser feliz e que ele ficaria com Maggie para que eu pudesse ir ao hospital. Pouco tempo depois, George chegou para ficar com as crianças e fui ao hospital ficar com Rafe.

Só aqui, nesse quarto de hospital, vendo o homem que é tudo para mim se recuperando, é que me permiti chorar. Por mim, pelo meu passado, pelas minhas perdas. Eu chorei e chorei, em silêncio, até que estava pronta. Pronta para enterrar meu passado de vez e seguir adiante. Desta vez, fazendo a escolha certa. Agora, eu conseguia olhar para o futuro e ver um caminho florido à minha frente. Eu não sentia mais medo. E me sentia preparada para proporcionar o que há de melhor para Maggie e, claro, para Rafe. Eu o amo com todo meu coração e tudo que desejo agora é ser capaz de fazê-lo feliz e recompensá-lo por tudo que precisou passar para me ter ao seu lado.

Fico mais algum tempo sentada na cadeira, olhando para ele, até que uma batida na porta me tira dos meus pensamentos.

– Jenny, minha querida, posso entrar?

– James! – Vou até a porta e abraço meu amigo tão querido. Mais que um advogado, ele era alguém com quem eu sempre podia contar. Ele me abraça e me leva até o corredor para conversar comigo sem acordar Rafe.

– Como você está? – ele pergunta, observando os hematomas com desgosto.

– Agora estou bem. Tudo isso vai passar, James. Nenhum desses hematomas vai ficar – eu abro um sorriso para tranquilizá-lo.

– Graças a Deus. E Rafe?

– Ele está se recuperando. A febre cedeu e a equipe está monitorando para ter certeza que não houve infecção. Acho que em 24 horas ele deve ter alta.

– Ele é um bom homem.

– Um dos melhores. Assim como você – eu falo e ele ri.

– Obrigado. E agora? O que você vai fazer? Vai voltar a ser Evelyn Madison? Você não precisa mais se esconder em outro nome.

– Realmente não preciso. Mas Evelyn morreu. Aquela pessoa frágil, que se permitiu ser dominada por um homem doente, não existe mais. Vou continuar sendo Jennifer Steel e, se aquele bom homem deitado lá dentro ainda quiser, espero ser a Sra. Collins em breve. – Nós dois rimos.

– Jennifer Steel Collins é um belo nome.

– Eu concordo. – Ele me puxa para um abraço e beija o alto da minha cabeça.

– Te desejo toda felicidade do mundo, minha querida. Você, mais do que ninguém, merece ser muito feliz. – Ele se afasta, em direção aos elevadores. – Ah! Espero vocês dois no meu escritório. Posso estar enganado, mas acho que Rafe vai querer ser pai legalmente de uma garotinha linda e muito esperta. – Ele pisca para mim e segue para os elevadores, deixando meu coração em cambalhotas.

Volto para o quarto com um sorriso no rosto, sonhando com o futuro pela primeira vez na vida.

★

Algumas horas depois, ainda estou sentada na mesma cadeira, tomando um café quentinho levado por uma enfermeira gentil, quando uma leve batida na porta me chama a atenção.

– Olá? – Max abre a porta do quarto e vou até ele para abraçá-lo. – Como você está, minha filha?

– Ah, Max. Estou bem. – Ele me aperta em seus braços e eu estremeço ao ouvir uma voz baixa atrás de nós.

– Tire as mãos da minha garota, coroa!

– Rafe! – nós dois chamamos seu nome e corremos até a cama.

– Querido, como você está? Está com dor? – pergunto, verificando se ele está com febre e começando a checar seus sinais vitais, quando ele segura a minha mão, me fazendo parar.

– Eu estou bem. Só preciso das minhas duas garotas comigo. Onde está Maggie?

– Ela está com George e Jude, no hotel – Max responde e Rafe aperta minha mão, acariciando-a com o polegar.

– Você vai nos contar o que aconteceu, Max? – Rafe pergunta, de olhos fechados, ainda segurando minha mão na sua.

– Raphael, meu filho, não acha melhor deixarmos para falar sobre isso quando você sair do hospital?

– Não, pai. Eu estou bem. Quero encerrar essa história aqui. Quando eu sair do hospital, quero que esse pesadelo fique no passado e que a gente siga nossa vida. – Max olha para mim e eu aceno, concordando.

– Também prefiro saber logo e encerrar de vez.

– Certo... – ele inspira e começa a falar: – Tínhamos duas equipes, uma na frente e outra nos fundos da casa, além de outra patrulhando os arredores. Um dos seguranças saiu para comprar suprimentos e ele se aproveitou do momento em que o outro estava sozinho para atacá-lo. Assim que identificamos que alguém havia entrado na casa, saí da minha base de helicóptero, e uma equipe de fuzileiros, que também estava alocada próxima à casa, invadiu o local.

– Foi tudo muito rápido... – Rafe fala e Max concorda.

– Sim, foi tudo muito rápido. Ele foi atrás de vocês, no porão, mas quando percebeu que a casa começou a ser cercada, correu, pegando a chave da caminhonete que eu havia deixado para vocês em cima da mesa ao lado da entrada da casa. Ele roubou a caminhonete, atirou algumas vezes contra nós, e fugiu, derrubando os portões da casa. Nós o seguimos por terra e ar e, numa das curvas sinuosas das montanhas, ele simplesmente colocou a cabeça para fora da caminhonete, olhando para cima, tentando mirar a arma para o helicóptero. Ele obviamente perdeu o controle do carro e capotou.

– Meu Deus... – sussurro, assustada com a cena em minha imaginação. – Como alguém coloca a cabeça para fora do carro numa curva?

– Acredito que ele estava drogado – Max explica e eu aceno, pensando que faz sentido. – O carro, então, explodiu e ele morreu. A equipe de resgate já tirou os destroços da caminhonete do local e eu acionei o seguro. Ele será identificado pelo teste de DNA, já que o corpo estava carbonizado devido à explosão. – Sinto meu corpo tremer, pensando no quanto tudo aquilo parece surreal, mas, ao mesmo tempo, aliviada por ter a certeza que meu maior pesadelo realmente tinha acabado.

– Acabou, meu anjo. Ele se foi – Rafe fala, me puxando para seus braços.

– Sim, meus filhos, acabou. Você precisa ficar aqui até quando? – Max pergunta e Rafe olha para mim, em busca de respostas.

– O médico deve passar daqui a pouco. Acredito que ele fique, no máximo, até amanhã.

– Ótimo. Bom, vocês precisam de algo? Jenny, quer que eu fique aqui para você voltar ao hotel e descansar?

– Não... – eu começo a falar e Rafe me interrompe.

– Meu anjo, vai descansar, você está aqui há muito tempo.

– Não, vou ficar aqui com você. Eu estou bem. Agora, estou bem, de verdade – respondo, sorrindo para ele. Max, então, se despede, dizendo que vai ver as crianças e que voltará para nos buscar quando Rafe tiver alta. Ele deixa seu número de telefone no meu celular para que eu possa ligar quando tiver notícias.

– Querido, vou levá-lo até o elevador, ok? – digo para Rafe, depositando um beijo leve em seus lábios e ele sorri para mim. Vou com Max até o corredor e ele me abraça.

– Seja bem-vinda à família, minha filha.

– Obrigada, Max. Você é um bom homem.

– Raphael e Cynthia são as pessoas mais importantes da minha vida. Eles nem imaginam, mas me salvaram quando eu não tinha mais ninguém. Sempre quis que eles encontrassem uma pessoa especial para que tivessem aquilo que eu tive enquanto minha Candace era viva. – Ele enxuga os olhos. – Você é uma boa moça, Jennifer. Merece ser feliz. E tenho certeza de que vocês dois farão bem um para o outro. Me deram até uma netinha. Quem sabe, quando vocês se acertarem em definitivo, não vão me dar outros netinhos? – Ele pisca para mim, me fazendo rir, emocionada, e entra no elevador.

Volto para o quarto sorrindo e, quando abro a porta, Rafe está num sono tranquilo. Me acomodo do lado que não está machucado, passando meu braço por sua cintura, desfrutando do calor do corpo daquele homem que era tudo para mim.

★

Rafe

Acordo devagar, piscando os olhos até que consigo perceber onde estou. Hospital. Meu ombro lateja, minha cabeça dói, mas, ao meu lado, com a cabeça apoiada em meu peito, está a mulher que faz a minha vida valer a pena. Eu sorrio olhando para Jenny e pouco a pouco ela vai despertando.

– Bom dia, linda. – Beijo sua testa e ela se aconchega ainda mais a mim, fazendo meu sorriso aumentar. Um cara realmente poderia se acostumar a isso.

– Bom dia. Como está?

– Feliz – eu respondo e ela dá uma risada.

– Que bom que está feliz. E o ombro? – ela pergunta, o modo *médica* já ativado.

– Está dolorido, mas estou bem. De verdade, Jen. Será que hoje eu consigo ir para casa?

– Acho que sim. O médico passou por aqui... – ela olha no relógio – ... algumas horas atrás e disse que se você continuasse sem febre seria liberado – eu balanço a cabeça satisfeito e uma batida na porta me surpreende.

– *Hellooooooo!* Vocês estão vestidos? Podemos entrar? – a voz divertida de George chega até nós e Maggie entra correndo no quarto sem esperar que um de nós responda.

– Papaaaai!! – ela grita e corre até a cama. Jenny levanta e a pega no colo.

– Shhhh. Mamãe já explicou que não pode gritar no hospital. Tem gente doente.

– Ops. – Ela coloca a mão na boca, parecendo envergonhada, mas explica à mãe: – Desculpa, mamãe. É que eu estava mor-ren-do de saudades do papai. – Todos nós rimos da sua imitação de George e ela se estica, no colo de Jenny, para minha direção.

– Onde está Jude, George? – Jenny pergunta.

– Ele está falando com Alan ao telefone, aqui fora. Como você está, Sir Lancelot? – Eu e Jenny rimos do apelido que George me dá, enquanto Maggie se acomoda ao meu lado. – O que foi? Você é um verdadeiro cavaleiro de armadura!

– Estou bem. Não vejo a hora de irmos para casa – falo, olhando para Jenny, que abre um sorriso bonito. Não me canso de olhar para ela e admirá-la.

– Graças a Deus você está bem. Daniel e Zach já ligaram para saber de você. As meninas mandaram beijo, Jenny.

– Obrigada, querido.

– Tio George, está na hora daquela minha "conversa", lembra? – Maggie fala com George, que imediatamente concorda.

– Verdade, garotinha! Vou procurar Jude. Quando acabarem de conversar me chamem! – George sai animado do quarto e eu olho para Maggie e então para Jenny, que abre um sorrisinho suspeito.

– O que vocês duas estão aprontando? – Elas duas riem ainda mais, confirmando a minha suspeita de que estão realmente aprontando algo.

– Nós duas queríamos conversar com você – Jenny começa. – Discutimos muito ontem, quando fomos para o hotel. – Jenny se aproxima da cama, segurando a minha mão, e Maggie se aconchega ainda mais. – Nós queríamos dizer que você é uma pessoa muito especial para nós duas e...

– O que a mamãe quer perguntar é se você quer ser o meu papai de verdade. – Ela levanta aqueles olhos exatamente iguais aos da sua mãe, em expectativa.

– Vocês estão me... – eu começo e Jenny me interrompe.

– Rafe, eu e Maggie estamos pedindo você em casamento. Você quer casar com a gente? Ser meu marido e o papai dela? – Jenny pergunta com a voz trêmula, e eu juro, essa é a coisa mais emocionante que já me aconteceu na vida. As duas me olham, parecendo ansiosas pela minha resposta, e eu me sinto mais apaixonado por elas do que nunca.

– Bom, eu tenho duas condições. – Elas se entreolham, parecendo curiosas. – Se uma de vocês não aceitar, eu não posso aceitar – eu digo e as duas engolem em seco, balançando a cabeça e olhando para mim.

– A primeira é que eu quero ser o seu papai de verdade, na certidão de nascimento.

– Ele pode, mamãe? A gente pode escrever o nome dele lá? – Maggie pergunta a Jenny, confusa. As lágrimas rolam no belo rosto de Jen e ela balança a cabeça, concordando.

– Pode, meu anjo, pode sim – Jen responde e Maggie se volta para mim, ansiosa.

– Pronto, papai. Quando sairmos do hospital a mamãe vai escrever seu nome na cer... cer...

– Certidão – eu ajudo e ela concorda.

– Isso! E o que mais? – ela pergunta e as duas me olham ansiosas, as lágrimas ainda rolando dos olhos de Jenny.

– A outra condição é que vocês duas me ajudem a escolher uma casa nossa. Uma só nossa, bem grande. Com um jardim grande para Maggie brincar. Talvez até um cachorro.

– Um cachorro como o Pepper? – Maggie pergunta, parecendo considerar a minha oferta, enquanto Jenny tenta controlar as lágrimas sem sucesso.

– Pode ser, se você quiser. Ou podemos escolher outro. – Maggie balança a cabeça e eu puxo as duas para mais perto com meu braço bom. – Nada me fará mais feliz do que ter a companhia e o amor de vocês. Para sempre.

– Para sempre? – Jenny sussurra e eu concordo, com um balançar de cabeça.

– É o que eu sempre sonhei. – Eu me movo e puxo a roupa do hospital para mostrar a tatuagem feita naquela noite de bebedeira.

– Isso... isso foi para mim? Para nós? – Jenny pergunta e eu mais uma vez concordo, emocionado.

– Foi sim, meu amor. Vocês duas são o meu "para sempre".

– Então, você aceita? – Maggie pergunta.

– Aceito, meu anjinho.

– Então, pode beijar a noiva – ela fala, imitando um casamento de verdade, e Jenny e eu rimos, sem deixar de atender à orientação da nossa filha.

Epílogo

George

– Pode beijar a noiva – o juiz de paz fala e Rafe abraça sua linda noiva, virando-a em seus braços para beijá-la, como um verdadeiro cavaleiro faz com sua princesa. Maggie pula ao redor deles, animada em seu vestido rosa. Esses três mereciam ser verdadeiramente felizes, depois de tudo o que passaram. E eu não tinha dúvidas de que seriam.

– Ah, *mi amor*... – eu suspiro ao lado de Ben, que aperta a minha mão com carinho.

– Eles fazem uma linda família – Ben fala e eu concordo.

Depois que Rafe teve alta no hospital, voltamos juntos para Los Angeles e ele mostrou o homem determinado que é. Em menos de um mês, encontrou uma casa perfeita para os três, em Santa Monica, próxima à casa de Danny e Julie, o que seria ótimo para as crianças crescerem juntas; organizou a mudança da família e o casamento, que estava acontecendo nos jardins da casa. Eu morreria de saudades dos dois, mas entendia que eles precisavam de um lar um pouco maior e começar a vida conjugal longe daquela casa que havia sido maculada pelo maluco do Nathan.

Essa história de vizinhos animou também Zach e Jo, que estavam em busca de um novo lar, já que a barriga da minha

Docinho crescia mais e mais a cada dia e o loft onde eles moram, apesar de maravilhoso, não era adequado para uma família com bebê. Ou, quem sabe, bebês, caso a disputa entre Zach e Danny sobre quem teria o maior número de crianças se concretizasse.

Era um casamento pequeno, mas não menos charmoso. Contratamos uma empresa para organizar um belo almoço. Olho ao redor e vejo todos os nossos amigos, como sempre, presentes nos momentos importantes. Danny e Julie estavam sentados com as gêmeas, ao lado de Mary e Paul, conversando com o belo Max. Ainda me sinto acalorado ao lembrar que ele é um ex-fuzileiro, que eu considerava basicamente semideuses nos romances que lia com as meninas. Zach estava de pé, abraçado com Jo, a mão apoiada no ventre da esposa, enquanto conversavam com Cyn, a irmã de Rafe, e seu marido. Sentado no balanço estava Jude, com seu inseparável caderno de desenho, e mais adiante... Livy, acompanhada do esnobe Stanley. Eu realmente não gostava dele. Ele tem aquele olhar de nojo, sabe? Como se as pessoas não fossem dignas de sua presença.

– Georgie, querido... você não aprende.

– Oh! O que eu fiz? – pergunto, colocando a mão sobre o coração. Ben me conhece tãooo bem! Droga!

– Consigo ouvir suas engrenagens funcionando daqui. Não implique com o rapaz.

– Oh, *chéri*, ele não merece nossa Livy. Ela é boa demais para ele. Quase prefiro que ela fique com Alan.

– E por falar em Alan...

– *Oh, my god!* – Olho na direção para onde Ben está apontando e meu queixo cai. Você achava Alan gato, lindo, gostoso? Esquece. Essa é uma versão turbinada e deliciosa do nosso guitarrista sensual.

Cabelo curto e bagunçado? Checado!

Barba por fazer? Checado!

Calça jeans justa e incrivelmente desbotada abraçando seu quadril? Checado!

Uma quantidade ainda maior de tatuagens sensuais aparecendo em seus braços envoltos por uma blusa displicentemente arregaçada? Checagem dupla!

Ele parece ainda mais autoconfiante e convencido do que nunca. Alan é, de fato, a personificação do bad boy guitarrista e tatuado, o tipo certo de cara errado que absolutamente toda mulher encara pelo menos uma vez na vida. Ele entra no quintal e vai até os noivos para cumprimentá-los. Olho ao redor, buscando ar, e me deparo com nossa pequena ruiva olhando para ele como se ele fosse a maçã proibida no paraíso. Então, Alan se vira na direção onde Livy está sentada e a sensação que tenho é que um novo big bang está prestes a acontecer. A tensão é palpável. Excitante. Emocionante. E-le-tri-zan-te. Até que Alan vê o acompanhante de Livy. Aí, meu amor, o clima fica a-pa-vo-ran-te com a cara desgostosa que ele faz.

– Georgie, não. Senta! – Ben chama a minha atenção, mas eu nem tinha percebido que tinha me levantado.

– E se tiver uma briga? Alan não parece nada satisfeito – eu pergunto preocupado.

– Ele não vai arrumar confusão aqui – Ben fala, tranquilizando-me, e eu sento novamente, com o coração quase na boca. Alan vai até Danny e Julie, passando por Zach e Jo, cumprimentando a todos, sem perder tempo, até chegar à nossa mesa.

– George. Ben – ele fala, apertando nossas mãos e eu seguro-a mais tempo do que deveria.

– Alan, você...

– Depois a gente conversa, George. – Ele solta minha mão, pisca para mim e vai até o irmão. Jude corre para abraçá-lo e ele conversa com o menino, que mostra o desenho em que vem trabalhando, tirando um sorriso largo daquele rosto sensual. Ele fala algo para Jude, que concorda e corre até Maggie, levando a menina para a área reservada do quintal para a pista de dança. Eles dançam juntos, sendo acompanhados dos nossos demais amigos, mas não consigo tirar os olhos da pantera sensual que vai em direção ao coelhinho ruivo.

Alan para em frente a Livy, sem dar a mínima importância para o fato de ela estar acompanhada do carrancudo Stanley. Ele estende a mão e eu imagino que esteja convidando-a para dançar. Ela levanta, completamente hipnotizada, e eles se encaram. Oh. Meu. Deus. Ele está roubando Livy do namorado debaixo do nariz dele. Estou simplesmente chocado.

– Ben, ele... ele...

– Eu estou vendo também, George – Ben responde, parecendo tão surpreso quanto eu.

– Mas... mas... – pois bem, senhoras e senhores. Estou simplesmente sem palavras! E olha que isso não é comum de acontecer!

Stanley levanta e reclama, consigo ler seus lábios da posição em que estou sentado. "O que você pensa que está fazendo?", ele pergunta. Tolinho, os dois estão completamente envolvidos em sua bolha sensual particular e nada nem ninguém pode estourá-la! E então, a coisa mais inacreditável acontece. Alan puxa de leve a mão de Livy e ela o segue em direção à pista de dança, sem desviar os olhos dele e nem mesmo dar uma satisfação a Stanley, que fica parado, boquiaberto, olhando os dois como se – assim como nós – não estivesse acreditando no que estava acontecendo. Há! Entra na fila, garotão!

"Can't Take My Eyes Off You", na voz sexy de Damien Rice, toca no aparelho de som e os casais se juntam para dançar. Alan para no meio da pista, de frente para a doce Livy e, ainda com os olhos grudados um no outro, puxa ela contra si e eles começam a balançar juntos, numa dança sensual e completamente à parte do mundo.

– Meu bom Deus, Ben, e agora? – eu pergunto, realmente assustado com toda essa intensidade.

– Georgie, você não vai se envolver.

– Mas, Ben!

– Eu não sei por que ainda insisto nisso.Você nunca me ouve.

– Eles são meus amigos. Ela é virgem!

– E você vai fazer o quê? Colocar um cinto de castidade nela? – ele pergunta e eu tenho que dar razão a ele. Eu não posso protegê-la dessa forma. Mas eu posso ajudá-la a conquistá-lo. Quem sabe transformar o nosso coelhinho numa tigresa ainda mais perigosa que ele? Eu sabia que Livy era simplesmente enfeitiçada por ele, e eu, como bom amigo que sou, vou ajudá-la a conquistar seu homem dos sonhos. Ah, com certeza eu vou! Ou eu não me chamo George Preston!

Agradecimentos

Escrever a história de Rafe e Jenny foi um grande desafio para mim. Ela jamais teria saído da minha imaginação sem o apoio de algumas pessoas a quem não posso deixar de agradecer.

Cris Saavedra, Veronica Góes, Luizyana Poletto, Jamille Freitas e Ingrid Duarte, minhas companheiras fiéis durante essa jornada literária. Obrigada por acompanharem capítulo a capítulo cada pedacinho dessa história e por me ajudarem com suas críticas, sugestões e, claro, torcida!

Ao trio que faz as coisas acontecerem: minha editora-chefe, Marcia Batista, e minhas agentes Flavia Viotti e Meire Dias. Obrigada por me desafiarem e acreditarem no meu potencial e nas minhas histórias. Vocês três são incríveis e sinto o maior orgulho em ter vocês como parte da minha vida!

Aos blogueiros queridos que me apoiam diariamente, compartilhando com seus leitores o amor pela turma do After Dark. O trabalho de vocês é incrível e eu sou fã de vocês! Um beijo muito especial a Débora Favoreto, do *Em cada página*. Obrigada por fazer minhas leituras críticas e pelo carinho. Espero que continuemos compartilhando o nosso amor por Funko Pop por muito, muito tempo.

À minha mãe maravilhosa. Que pessoa especial que eu tenho na minha vida e amo tanto. Obrigada por compreender a minha jornada dupla e por apoiar meu sonho.

Ao Felipe Meyer. Dessa vez, o agradecimento a você não é só por me ouvir falar boa parte do tempo sobre livros, mas por ter me ajudado com as cenas de ação, além de ter contribuído para alguns diálogos extremamente importantes! Continuei mantendo a moto do Danny, fique tranquilo!

E, por último, mas não menos importante, obrigada a todos os leitores. Vocês são incríveis comigo, me enchem de amor e carinho e me fazem muito feliz.

Poucos dias depois de finalizar esta história, li uma entrevista com uma mulher abusada pelo marido, assim como Jenny. A reportagem mexeu demais comigo, parecia que era a minha personagem que estava falando através daquela mulher. Tal entrevista me fez ter a consciência de que, infelizmente, existem pessoas ruins que podem fazer qualquer tipo de maldade, inclusive a quem deveriam proteger. Portanto, se tal situação ocorrer com você ou algum amigo, não deixe de procurar ajuda.

Playlist

My Lover's Gone – Dido
Just Give Me a Reason – Pink (feat. Nate Ruess)
You and Me – Lifehouse
A Thousand Miles – Vanessa Carlton
My Neck, My Back – Khia
All of Me – John Legend
Buttons – The Pussycat Dolls
Naughty Girl – Beyoncé
Adore You – Miley Cyrus
Hey, Soul Sister – Train
Suddenly I See – KT Tunstall
Mirrors – Justin Timberlake
I Remember You – Skid Row
Marry You – Bruno Mars
Come Away With Me – Norah Jones
Can't Take My Eyes Off You – Damien Rice
Always – Bon Jovi
Total Eclipse of the Heart – Bonnie Tyler
Let Her Go – All the Little Things
Yesterdays – Guns N' Roses
Hey Jude – The Beatles
Your Song – Ellie Goulding
Elvis – Annie Eve
The Scientist – Coldplay
Teardrops on My Guitar – Taylor Swift
Because of You – Kelly Clarkson
Wouldn't It Be Nice – The Beach Boys

Este livro foi composto na fonte Bembo
e impresso em papel *Norbrite* 66,6 g/m² na Imprensa da Fé.